La
CARTA del
ABUELO

La
CARTA del
ABUELO

Diego Gaspar

SUMA
de letras

La carta del abuelo

Primera edición: julio, 2017

D. R. © 2017, Diego Gaspar

D. R. © 2017, derechos de edición mundiales en lengua castellana:
Penguin Random House Grupo Editorial, S.A. de C.V.
Blvd. Miguel de Cervantes Saavedra núm. 301, 1er piso,
colonia Granada, delegación Miguel Hidalgo, C.P. 11520,
Ciudad de México
www.megustaleer.com.mx

D. R. © Penguin Random House / Daniel Bolívar, por el diseño de cubierta
D. R. © fotografías de cubierta, cortesía del autor
D. R. © fotografía de Diego Gaspar, cortesía del autor

ISBN: 978-607-315-522-9

Impreso en México – *Printed in Mexico*

El papel utilizado para la impresión de este libro ha sido fabricado a partir de madera procedente
de bosques y plantaciones gestionadas con los más altos estándares ambientales, garantizando
una explotación de los recursos sostenible con el medio ambiente y beneficiosa para las personas.

Penguin
Random House
Grupo Editorial

A Mamá, con cariño

NOTA

Ésta no es una obra histórica ni alberga pretensión alguna de serlo. Se trata de una colección de sentimientos que busca honrar la memoria de un recuerdo.

He querido confeccionar un repertorio sentimental que brinde propósitos de reconciliación, al tiempo de fomentar algunas resonancias filiales.

DG

En Viena hay cuatro espejos
donde juegan tu boca y los ecos.
Hay una muerte para piano
que pinta de azul a los muchachos.
Hay mendigos por los tejados.
Hay frescas guirnaldas de llanto.

En Viena bailaré contigo
con un disfraz que tenga
cabeza de río.
¡Mira qué orillas tengo de jacintos!
Dejaré mi boca entre tus piernas,
mi alma en fotografías y azucenas,
y en las ondas oscuras de tu andar
quiero, amor mío, amor mío, dejar,
violín y sepulcro, las cintas del vals.

Pequeño vals Vienés
Federico García Lorca

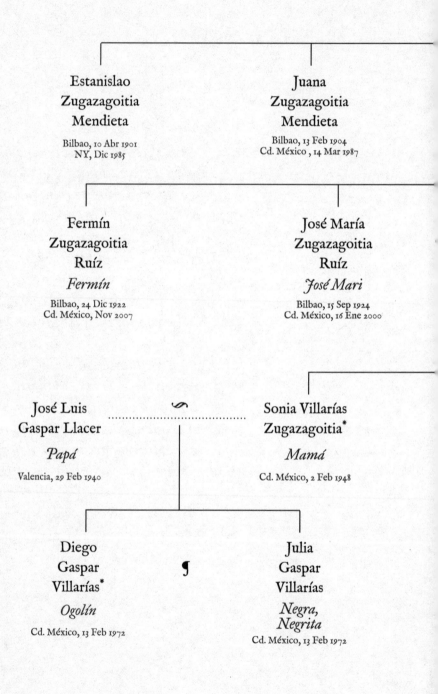

Estanislao
Zugazagoitia
Mendieta

Bilbao, 10 Abr 1901
NY, Dic 1985

Juana
Zugazagoitia
Mendieta

Bilbao, 13 Feb 1904
Cd. México , 14 Mar 1987

Fermín
Zugazagoitia
Ruíz

Fermín

Bilbao, 24 Dic 1922
Cd. México, Nov 2007

José María
Zugazagoitia
Ruíz

José Mari

Bilbao, 15 Sep 1924
Cd. México, 16 Ene 2000

José Luis
Gaspar Llacer

Papá

Valencia, 29 Feb 1940

Sonia Villarías
Zugazagoitia*

Mamá

Cd. México, 2 Feb 1948

Diego
Gaspar
Villarías*

Ogolín

Cd. México, 13 Feb 1972

Julia
Gaspar
Villarías

*Negra,
Negrita*

Cd. México, 13 Feb 1972

ÁRBOL
GENEALÓGICO DE

JULIÁN
ZUGAZAGOITIA
MENDIETA*

∽

Julia
Ruíz Roteta

Bilbao, 18 Jun 1898
Cd. México, 27 Feb 1965

Bilbao, 5 Feb 1899
Madrid, 9 Nov 1940

Jesusa
Zugazagoitia
Ruíz

Abuela, Jesu

Santoña, 26 Dic 1926
Cd. México, 19 Ene 1989

Olga
Zugazagoitia
Ruíz

Tía Olga

Santoña, 20 Feb 1928

Julián
Zugazagoitia
Ruíz*

Julianín

Santoña, 15 May 1929
Cd. México, 11 Sep 2004

José María Villarías
Zugazagoitia*

Tío Jose

Cd. México, 21 Ago 1959

* Coleccionista Sentimental
∽ Matrimonio
§ Gemelos

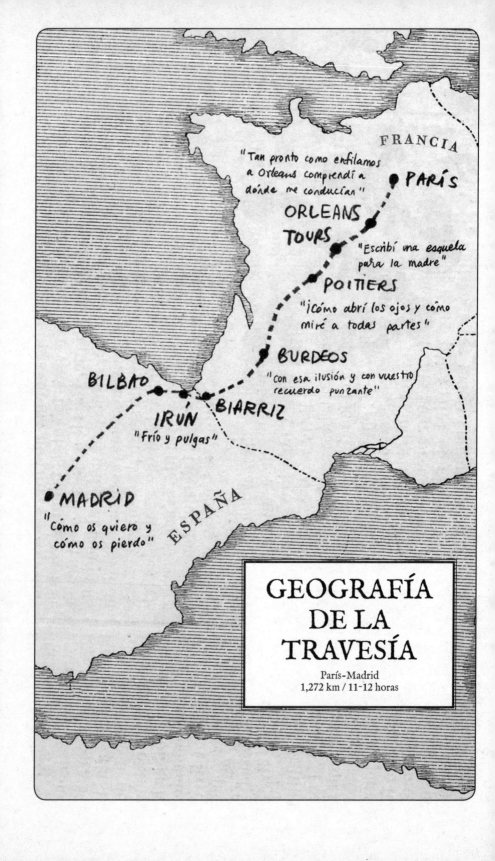

PREFACIO

"Pienso en la niña que abre la puerta y descubre a la policía: su desconcierto y asombro ante el cambio de ambiente. Las manos heladas, los poros de la piel como los de una gallina desemplumada. El sonido de los golpes a la puerta, los chasquidos de las botas de los militares; después la angustia, la culpa, la perenne duda. Su vida se detiene, las reservas filiales se terminan, los canales de agua se anegan".

Hay episodios en las historias de las familias que marcan hondo. Sucesos que modifican para siempre las formas de interlocución y los modos de convivencia. El que cuento en este libro marcó a la mía y volvió al silencio y a la culpa monedas de cambio ineludibles, censuras y castigos autoimpuestos que trascendieron generaciones. A las nuevas nos interesa entender y honrar la memoria porque somos parte de ella y porque hoy más que nunca necesitamos puntos de referencia que nos guíen por la inmensa aventura que es la vida.

LA CARTA

Estamos sentados en el sofá del cuarto de la televisión y mamá nos habla con naturalidad extraña. Nos asegura que la proeza de la existencia es tanto más llevadera cuanto mayor grado de reconciliación se alcance. Nunca nos habla de la vida, hay que descifrar sus hechos más que sus palabras para saber lo que quiere comunicar en realidad. Pero esa tarde está decidida a compartir con nosotros alguna de sus angustias existenciales, historias guardadas que son como clavos ardiendo en el alma. Mi hermana y yo estuvimos siete meses y dos semanas juntos en el útero de esa mujer que trata de explicarnos algunas cosas importantes de la vida. El tiempo que pasamos en sus entrañas nos vuelve tan cercanos que tenemos la asombrosa facilidad de entendernos sin la intermediación de las palabras. Yo me llamo Diego y ella Julia, pero entre nosotros preferimos llamarnos Ogolín y Negrita. Es uno más de nuestros códigos de entendimiento.

—Me debo estar quedando sordo, Negrita. —Murmuro y me descubro mordiéndome la uña del índice izquierdo— ¿Escuché bien lo que nos acaba de decir mamá?

Mi hermana guarda silencio. Al igual que a mí, se le escapa la intención de dormir la siesta en compañía de los sillones-guardianes de nuestra infancia. Se reincorpora del sillón en el que descansa, atenta. La veo de reojo y sé que piensa lo mismo que yo. Mamá se da cuenta de nuestra virtud porque nos ve con una cara de extrañeza y bondad combinadas.

Ustedes son como dos papalotes que vuelan abrazados, suele decirnos al tiempo de acariciar con la yema de los dedos el lóbulo de una de mis orejas. Ese simple gesto me eleva. Porque tiene la fantástica cualidad de hacer magia con las manos: todo lo que gestiona con ellas lo convierte en oro, así sean paellas, viñetas escolares o lóbulos de orejas.

Nos cuenta de una carta, de árboles genealógicos que desconocemos, pero que nos rasgan la memoria y nos ponen alerta por razones incomprensibles para nosotros. De ambientaciones familiares que se parecen a la nuestra pero que están atravesadas por la desdicha de la guerra, la sangre, las balas. Noto que al hablar del recuerdo epistolar se precipita. Patina verbalmente y aparece un resplandor en los ojos que los dota de una luz muy peculiar. Siento una intensa ola de curiosidad recorrer la espalda del cuerpo. La conversación detona un interruptor que enciende recuerdos y nostalgias inacabadas, como cuando la excitación entra y se tiene que encontrar una forma de saciarla. Lo tenemos muy claro, hay que empezar por ahí. Con un movimiento de la barbilla le pido a Julia que nos reunamos en su habitación para procesar lo ocurrido y trazar una ruta que nos lleve a la caja de pandora epistolar.

–Nunca la había visto tan explícita. –Comparte tan pronto entramos a la recámara–. Juega con dos esferas imantadas que recorren sus manos de un lado a otro como si fueran carreteras de alta velocidad. Al hacerlo, las esferas se besan y emiten un sonido parecido al de una copa de cristal de bohemia cuando es acariciada por un dedo con humedad.

No puedo contener la carcajada: en una sola palabra define con claridad el episodio de aquella tarde y logra caracterizar con exactitud el estado de ánimo de nuestra madre.

–¡Eres genial! –Grito, apurándola a sentarnos en la cama–.

¿Por qué mamá nos cuenta hasta ahora la existencia de esas letras familiares? ¿Qué motivos la llevan a compartir con nosotros el estado de ánimo tan explícito que la invade esa tarde de televisión y siestas truncadas? Sabemos por resorte de infancia que no es lineal en sus conversaciones y aproximaciones filiales. Siempre existe un motivo superior entre líneas, un motivo implícito y muchas veces inconsciente que se revela de formas y en tiempos imprecisos. Así son todos los padres, pensamos, indescifrables. Ante la evidencia de misterio, nos proponemos investigar, así que ponemos manos a la obra.

Convenimos dejar pasar la noche para formalizar las pesquisas a la mañana siguiente. Julia abordaría a papá para preguntarle directamente por el destino y guarida actual de la carta y yo regresaría con mamá para indagar más detalles de su abuelo y algunos pormenores de su vida. Estamos emocionados. Descubrir de forma casi fortuita la existencia de unas hojas de papel con palabras que nos vinculan de tantas formas con tantas cosas. Saber que nos comunicamos con nuestros padres de una manera distinta a la acostumbrada, nos mueve emocionalmente, toca fibras dormidas que quieren despertar. Mordemos el polvo de la curiosidad. Mi hermana está exaltada, se le nota contenta, hay un brillo en sus ojos que inspira aventura. Reconocemos que estamos dispuestos a descifrar los misterios filiales y a andar los caminos que las letras propongan. A la mañana siguiente llevamos a la práctica el plan: la ayuda de papá es valiosa sin ser definitiva: nos explica que si todavía existe un original lo tiene la tía de mamá.

Se nos viene a la mente el rostro de nuestra tía abuela. Su imagen, sus formas nos invaden como una brisa ligera que acaricia la nostalgia. Pensamos unos segundos en la condición filial de la vida. En momentos que se han ido pero que tienen eco en la actualidad de nuestra existencia. En la vida más como una colección de sentimientos que como un acontecer de hechos.

–No le digas a nadie lo que te he contado, ya sabes. –Pide papá mientras ojea los periódicos del día–.

En casa, los arreglos sentimentales y de casi cualquier tipo se gestionan así, en la intimidad de las implicitudes y los entendimientos metafísicos. Julia me confiesa que no sabe eso que debe saber, pero que está dispuesta a guardar el secreto. Asiento con la cabeza y le cuento mi parte: no encuentro en mamá tanta disposición a hablar como en la tarde anterior. La conversación es parca y revuelta. Confirma lo que sabemos, agrega que la carta está dirigida a la esposa de su abuelo y que es el testimonio sentimental más hondo de la guerra.

–Tenemos que encontrarla. –Apresura mi hermana mientras guarda las esferas con las que juega en una caja de madera forrada de telas de colores–.

Tiene razón, pero antes de enfrascarnos en la aventura, quiero entender algunas cosas que pueden sumar significado a nuestra vida familiar. Sobre todo las voces, los secretos, ese cosquilleo de la memoria. Los nombres que resuenan pero que no encuentran eco en el presente por tratarse de recipientes vacíos. Las miradas, los silencios. La intuición que señala caminos pero que se detiene ante la voracidad del tiempo. Los pequeños grandes secretos de la filiación, los entramados familiares y algunas de sus imposibilidades. El río del cariño y la fuerza del querer.

–Eso lo descubriremos con la carta. –Insiste empujándome con fuerza lejos de su habitación–.

Esa tarde, sin más recursos que la intuición y el motor rebelde de la curiosidad, nos adentramos en uno de los rincones de infancia que siempre olió a misterio. Aprovechamos la ausencia de nuestros padres para inmiscuirnos en su recámara y buscar alguna pista, huellas que nos guíen. En el primer cajón de una vieja cómoda encontramos una foto filiación de tono y sabor militar con el rostro del abuelo y una fotocopia de –recitamos a coro– "el testimonio sentimental más hondo de la guerra". Consta de cinco fojas blancas inundadas de una letra menudísima pero lineal y ordenada. A la vista parece un electrocardiograma del pulso intenso y activo de un corazón sano. Salimos de la recámara con el corazón y el cuerpo como el de un caballo andando al galope. Pido que esta vez vayamos al cuarto de la televisión a instalarnos para leer. Lo hacemos con la respiración entrecortada por la necesidad de tomar aire de vez en cuando, tal como describen su vuelo en el cielo dos cometas entrelazados.

Cárcel de Porlier, 9 de noviembre de 1940
Querida Julita:
¡Cuánto tiempo que no me siento, cómodamente, a escribirte! Esto, querida mía, necesita muchas explicaciones. La primera, que he carecido de papel y, segunda, que hace un mes que mi salud ha sido floja. Según mis temores, confirmados más tarde, se me presentó el acceso de marras que sólo aquí, en la cárcel Porlier, donde por el momento estoy, me ha sido posible curar, con la colaboración cordial de un médico y un practicante amigos, que se esmeran admirablemente.

Detenemos un momento la lectura para buscar en el diccionario la expresión *acceso de marras*, no queremos interpretar las palabras. "La aparición súbita de cierto estado físico o moral que debilita la salud", es la definición que más nos convence. Seguimos leyendo.

He pasado muy malos días, pero ya estoy en condiciones de salir al patio a tomar el sol, habiendo desaparecido la mayor parte de las molestias. En resumen, que voy a pasar unas horas contigo, contándote, sin muchos detalles, pero con la necesaria claridad, cómo han ido ocurriendo las cosas desde que salí de casa el 27 de julio. Imagino que te darías cuenta de la precipitación con que me puse a las órdenes de los alemanes y de la razón que me movió a acelerar las cosas. Mientras Fermín hacía el café, se lo dije al oído. Me interesaba mucho que, ya que no podíamos evitar la detención, quedase evitado el registro domiciliario. No estoy arrepentido de haberme marchado sin daros un beso y un abrazo a cada uno, pues he aprendido, por los relatos de mis compañeros de cautiverio, que en los registros que padecieron, la policía se incautó de las pequeñas reservas de que disponían para resistir. La sola idea de que esto mismo os hubiera ocurrido a vosotros, me tenía inquieto a términos de angustia, pues dada la piscología del francés, imposible esperar de él la menor solidaridad.

Julia me pide que detengamos de nuevo la lectura para acomodarse en el sillón–guardián donde estamos. Yo también aprovecho para acomodar el cuerpo y algo más. El inicio nos modifica. Descubrimos ecos, reminiscencias familiares que nos colocan en borde sentimental.

Tengo hoy la convicción de que nada de eso ha sucedido y de que, por algún tiempo, podéis esperar ahí la solución que no dejará de presentarse, siendo mi consejo que, de poder, os decidáis a embarcar para Méjico, ya que a España no debéis pensar en venir y en Francia, con el bloqueo inglés, la vida irá haciéndose cada vez más difícil. En Méjico, además de paz, encontraréis las ayudas que podéis necesitar. Tengo esa seguridad. La proximidad del tío Marcelino, por otra parte, os será utilísima. Así, pues, sin la menor vacilación, tan pronto como se presente la ocasión, ¡a Méjico! Y vuelvo al motivo de esta carta, que supongo te interesa, ya que jamás, desde el tiempo que nos queremos, ha habido un tan largo periodo de tiempo en que has carecido de mis noticias, y no, ciertamente, porque haya dejado de escribirte. Tantas veces como la ocasión se presentó, te escribí o hice que te escribieran, pero llegué pronto a la convicción de que mis cartas no te llegaban. No quiero decirte mi rabia y mi desesperación. La detención me pesaba mucho menos que la injusticia de mantenerme incomunicado contigo. Ya llegaremos a esto. Comienzo.

Antes de continuar pensamos en el valor de la escritura. En la potencia de su significado, en la valentía que se necesita para expresar un sentimiento verdadero. El papel ayuda a la pluma, la convierte en un arma poderosa. Hay un encanto especial en las letras que estamos leyendo. Puede que sea uno trágico, pero imaginar al abuelo escribiendo desde la cárcel a su mujer es una aventura de la imaginación. La tinta, el papel escaso, las condiciones precarias. El alma herida y aun así la mano segura escribiendo con claridad y fuerza lo que mente y corazón dictan.

De casa pasamos, Sevilla y yo, a la cárcel de París: La Santé. Cinco días de incomunicación absoluta. No tenía en el bolsillo más que un franco y quince céntimos, lo que no me permitía comprar absolutamente nada de comer. El rancho, malo; el pan, peor. Prácticamente pasé cinco días sin probar bocado, salvo algunas dentelladas que le tiraba a la pasta dentífrica que, con buen acuerdo, me enviasteis. Sólo a la mañana, a la hora de salir al patio —diez minutos de aire— podía cambiar unas palabras con Sevilla, pocas, pues el patio en la cárcel de París, está dividido en compartimentos estancos, de suerte que cada preso está aislado de los demás y todos vigilados, desde una torreta, por el oficial de turno. Sospecho que vosotros intentasteis enviarme algo, pero no llegó sino la pasta y el cepillo para los dientes. A los cinco días, a las siete de la mañana me sacaron de la prisión y en un coche de turismo, con un soldado alemán como conductor; un oficial, de paisano, de la misma nacionalidad, y un traductor español, señorito y tonto, comenzó mi viaje hacia España. El oficial, sobre no hablarme, ni siquiera se dignaba mirarme: como si no existiera. El traductor, con el que quise pegar la hebra, para sacarle algunas noticias, tenía miedo de hablar conmigo. Así y todo me dijo que, en efecto, me conducían a España, pero me pidió que nada dejase conocer, pues le iba en ello la cabeza. ¡Qué tontería! Tan pronto como enfilamos la carretera de Orleans comprendí dónde me conducían. Me dieron de comer en el camino, sentándome con el chofer, quien, más humano que los otros, acabó por darme muestras de afecto. Siempre que compraba fruta, me daba una parte de su compra; me ofrecía chocolate y cigarrillos y, en cuanto se le presentaba ocasión, me sonreía y me daba pruebas de su atención. A solas con él, intentaba, sin resultado, porque no sabía una sola palabra de francés, conversar. Nos entendíamos por señas. Pasamos por Poitiers. ¡Cómo abrí los ojos y cómo miré a todas partes con la esperanza de descubrir a Juanita o a la madre! Inútil. No descubrí ni un solo rostro conocido. Aprovechando un alto en Tours, escribí una esquela para la madre y hube de romperla, porque no descubrí a nadie a quien poderla entregar. Luego me arrepentí de haberla roto. La excursión terminó, a la tarde, en Burdeos, donde, después de varias idas y venidas, me metieron en la cárcel a dormir, sin cenar, naturalmente. Me dieron una celda muy amplia, recién encalada y con un zócalo pintado de brea. Parecía el camarote de un buque y con esa ilusión y vuestro recuerdo punzante, me dormí. Para desayuno, un zoquete de pan blanco y sabroso. A las diez, vuelta al automóvil y en viaje hacia Irún. Paramos en Biarritz. Un calor de horno, tormentoso. Tropecé a un amigo de Bilbao que me dio cincuenta francos y me ofreció más dinero. De no haber roto la carta para la madre, él la hubiera podido enviar. Su dinero no me sirvió de nada, pues no me consintieron adquirir tabaco ni un bocadillo, pretextando que ambas cosas me serían dadas en España. ¡Buena idea de España! Seca la boca, vacío el estómago, llegamos a Irún y, naturalmente, fui albergado en la cárcel. Comienzo de lo pintoresco a lo absurdo. Al tomarme la filiación, quien hacía el trabajo me dijo que me conocía y me admiraba y que se ponía a mis órdenes. Le pedí que te escribiese unas líneas y me prometió hacerlo.

–¡Es la que encontramos en el cajón de la cómoda, Ogolín! –Mi hermana se incorpora del sillón–guardián en el que estamos, me toma con fuerza del brazo y al soltarme se lleva las manos a la boca para amortiguar un suspiro–.

No sé por qué, pero imagino el momento preciso en el que los guardias le hacen la filiación. Un despacho de espacios reducidos facilita el destemple de la pupila. El flashazo lo toma desprevenido. El olor a humo ralentiza el ambiente, lo vuelve opaco. La cara y el cuerpo ajados. Tomo la foto y veo al hombre de la imagen. No debe tener más de cuarenta años. Algunas señas del cautiverio se perciben: dos grandes ojeras enmarcan los ojos vivaces y templados. El rostro muestra una delgadez acentuada que se traduce en pliegues de piel prematuros, arrugas en forma de telaraña. Debe usar lentes, porque se aprecia una separación importante entre las dos órbitas de los ojos, se necesita refracción para rectificar y facilitar la visión. La nariz prominente no desentona con la delgadez y la forma afilada de la cara. Cejas pobladas, orejas pronunciadas y una boca compuesta por dos labios bien alineados, delgados y firmes. Su expresión es tranquila y su mirada esquiva, como cuando la interpelación de la cámara molesta. Tiene un aire a sabio de generación. La forma cómo ve a la cámara, el porte que exhibe, los trazos de su apostura general.

–Bien puede pasar por uno de nuestros siete sabios. –Le entrego la foto a Julia para que la observe. Acabamos de tener esa lección en una de nuestras clases de historia de México–.

–Yo sólo recuerdo a Lombardo Toledano y Alfonso Caso. Pero tienes razón, parece sabio de generación.

Hasta aquí llega la carta, al menos la parte que tenemos porque nos damos cuenta de inmediato que debe seguir no sólo por las señas de continuidad narrativa (ya llegaremos esto, le escribe a su mujer desde la cárcel), sino porque la copia tiene un folio en la parte inferior derecha de la última hoja. Uno de tres, indica la numeración. Señal inequívoca de que existen dos partes adicionales.

–¿Los tíos? –Le pregunto a Julia y al hacerlo frunzo el ceño hasta pegar ambas cejas–.

–Sólo hay una forma de averiguarlo.

No medimos el tiempo que nos toma la lectura del primer folio porque sentimos que se detiene. Al principio nos cuesta familiarizarnos con la letra estrecha y menudísima, pero una vez enganchados en la historia no podemos parar de leerla. Muchas preguntas se agolpan y ametrallan con sus balas: cómo llegan las letras que leemos a manos cercanas, por qué esta historia familiar permanece inerme hasta ahora. Pronto, la intriga se convierte en conciencia. Nos aborda un sentido de significancia por la vida, estamos abriendo compuertas de nuestra estela familiar que nos hacen recordar, al tiempo de preguntarnos por nuestra identidad filial. La pluma del abuelo dibuja, con pausa y certeza implacables, la simienza de nuestra estirpe.

LA TÍA ABUELA

Al día siguiente decido caminar de la escuela a casa. Me siento feliz por saberme libre y con vida. Durante el camino repaso las decisiones importantes de mi existencia. Es inevitable pensar en el encierro del abuelo sin pasar por alto las concesiones que me brinda mi propia libertad. Algo se conecta en el interior con la lectura del primer folio. De pronto, el sol que lame el rostro brilla con mayor intensidad. Baña el cuerpo en movimiento y noto cómo los huesos lo agradecen. Puedo percibir y recordar aromas antes indiferentes o imposibles de rastrear. Níspero, de camino por las calles me invade el olor agrio y matinal de esa fruta lampiña de color amarillo. El olfato me lleva a Cuernavaca, a la propiedad campirana que tienen mis padres en ese lugar cercano a la ciudad. Julia y yo jugamos a tirarnos maromas por un jardín empinado como pista para esquiar en nieve, cuando de pronto un gallo me pica las nalgas. ¡Cómo abro los ojos y cómo miro a todas partes! El alboroto es incendiario. Mamá corre de un lado a otro con un periódico en las manos para reprender a Lorquita, el gallo sicario. Nosotros seguimos asombrados por lo que ocurre. Me duelen las nalgas como cuando nos acaban de inyectar el líquido de la vacuna de la hepatitis. El culo dispuesto, el frío del alcohol sobre la piel, el algodón que patina y absorbe, el piquete de aguja de metal y el dolor del cuerpo al paso del líquido brumoso como la brea del alquitrán. Al fin, alcanzamos por el pescuezo a Lorquita para encerrarlo en la jaula de listón de alambre más grande del gallinero que se encuentra a un lado de la casa de Beatriz y Ernesto. Además de gallos mercenarios, tenemos un arsenal de animales que adoptamos sin permiso familiar: hay conejos, gatos, dos patos energúmenos que cagan en la alberca hasta volver el agua charco, gallinas y más gallos, palomas y pericos y la consabida ración de peces de ornato, ranas y renacuajos. A casi todos los bautizamos con nombres de poetas o literatos. Al conejo más grande lo llamamos Lezamita. Los patos son Azorín y Vallejo. Andan de un lado a otro Juan Ramoncito, Amadito, Velardito y, por excelentísima obviedad, el buen Lorquita. Ninguno declama, pero corren, saltan y no para de molestar ni un segundo. Ernesto y Beatriz son los encargados de alimentar y sosegar las ansias de los animales de la granja. Papá se refiere a ellos como Beatriz la Divina y Ernesto el Revolucionario. Tardamos algunos años en comprender por qué los llama así, pero para nosotros no hay mujer en el mundo más divina que Beatriz ni hombre más fuerte y plantado que Ernesto.

Al llegar me inunda otro aroma de infancia que lo tenemos registrado con el nombre de *huele de noche.* A pesar de ser aun temprano para que las estrellas y la luna enciendan el cosmos, huele a noche. Mamá espera en la puerta con el semblante de lo cotidiano instalado en su corporalidad. No puedo evitar tomarla de las manos y, con movimientos de pies y piernas parecidos a los de un muñeco de madera con las extremidades pegadas por grapas de acero, tratar de bailar con ella un vals sin fin por el planeta. Mientras ella ríe yo me prometo abrir con todas mis fuerzas los ojos y mirar, siempre, a todas partes.

El primer folio se convierte en una obsesión. En la escuela, durante las horas ahorcadas entre clase y clase, no paramos de hacer eco de las palabras que leemos en el papel. La forma de su escritura, los acentos familiares, los nombres que cosquillean la memoria, la cruel y desamparada ambientación que se lee entre líneas nos tienen prendidos a la historia de un hombre que cada minuto que pasa se vuelve más entrañable. El nombre de su mujer me truena en la cabeza. *Querida Julita*, empieza, para escribir después un *desde el tiempo que nos queremos* que tiene a mi hermana en jaque emocional. Ninguno de los dos es ajeno al hecho de que se llaman de la misma forma.

—*Desde el tiempo que nos queremos.* —Repite Julia de forma involuntaria, su mente juega con las imágenes que dibujan en su inconsciente las palabras. Imagina a la mujer: tez muy blanca, pelo rubio chino recogido en un chongo sencillo. Observa los rostros diáfanos y ajados de la pareja—.

—Quiere decir que tienen una relación de muchos años, quizá de toda la vida, ¿no? —Me pregunta librándose de las imágenes—. Nos encontramos en una de las jardineras de descanso de la escuela. El barullo de voces limita la audición. A los pocos segundos, el gemido de la campana escolar apremia la conversación.

—Es un tono más poético. Cada vez me convenzo más que el abuelo es un poeta frustrado. La carta es también un testimonio poético.

—Y hondo, como dice mamá.

—Sí, es un golpazo emocional.

Nos despedimos para atender las clases de la jornada. Yo tengo Anatomía en el salón seiscientos tres con la profesora Lolita y ella de Física en el cuatrocientos ocho con un profesor de nuevo ingreso llamado Eric. Es el primer año que no estamos juntos en el mismo grupo. La escuela recomienda separarnos y ponernos en grupos distintos para "fortalecer nuestra identidad".

Esa tarde, durante la comida, mamá no se encuentra en un momento de apertura emocional como cuando nos confiesa la existencia de la carta. Parece ensimismada, envuelta en sus propias cavilaciones. Mala señal, porque las comidas en casa son una fiesta de la imaginación, el mejor momento para abordarla con los temas de ocasión. En el colegio, sus recetas y guisos son muy populares. Es común que nuestros amigos y amigas pregunten por sus platillos. Además de una delicia para los paladares, sus guisos son una forma de comunicación entre nosotros. Cocina muchas horas de la mañana. Vuelca toda su vocación artística para crear platillos de un sabor y una belleza singulares. La cocina es lienzo, partitura y soneto. Todos los sábados va al mercado de San Juan para comprar pescado, conejo, todo tipo de embutidos, algunos mariscos especiales de temporada y un sinfín de hierbas y manantiales. Muchos fines de semana de infancia Julia y yo la acompañamos en su *ruta de los encantos*, como llama a sus paseos por el lugar. La entrada número doce nos da la bienvenida con un olor a pescado y mariscos que nos moja la punta de la lengua. Podemos identificar mejillones, langostinos, almejas, ostiones y ostras, admirar colores brillantes de escamas de meros, huachinangos, extraviados, esmedregales, atunes, salmones, lubinas y sardinas, al tiempo de pescar con las manos camarones de pacotilla y gambas que nos ofrecen. Compramos mangos, carambolas, manzanas y naranjas que no nos caben en las manos. Conocemos lichis y cerezas rojas, melones valencianos, arúgula y frutos del mar extraños como las nécoras, berberechos, navajas, percebes, bogavantes y centollos. Mamá sabe llevarnos por los recovecos de ese mercado que aprendemos a querer como a un libro de aventuras y personajes inventados. Don Lupe es el marchante mayor, el más elaborado. Nos permite tocar los huachinangos y apretar con fuerza los ojos extraviados de merluzas y mojarras. Las jaibas enormes y francas están amarradas por las pinzas con listones de colores ¡Cómo disfrutamos desenredarlas y entablar duelos a muerte con nuestros dedos y sus brazos potentes y puntiagudos! Los olores son un mosaico revolucionario. Todos mezclados, todos intensos y frescos como mañanas y rocíos enamorados. Vemos y olemos a la muerte por primera vez. Cogidos de sus brazos, nos adentramos a la zona de mamíferos comestibles. El escenario nos golpea en la frente: un montón de conejos apilados yacen muertos en un tablón frío y seco que sirve de exhibidor. Con una templanza desconocida para nosotros, mamá los toma del tablón para sopesarlos. Les tienta el muslo, las nalgas y los apretuja como quien amasa una tortilla. Después de una minuciosa revisión, escoge uno blanco con pintas negras de tres y medio kilogramos. Antes de que el marchante Pilatos –prometo que así le llaman– proceda a despellejar y descuartizar al mamífero escogido, podemos observar sus dos dientes y las pupilas dilatadísimas de sus ojos muertos. Parecen canicas de cristal negro empotradas en las cavidades oculares. El olor a muerte invade las fosas nasales. Es un olor (cómo describirlo) que sabe a sangre, huele a traición y viste de traje. Siempre empezamos por los gabinetes de pescados y mariscos, luego por los pasillos de embutidos, aceites, semillas y granos. Continuamos la aventura en los pasillos de frutas y verduras y para finalizar damos una vuelta por los rastros de carne que exhiben variedad de animales. Discreto y frugal, así es el mercado. Cuando salimos, nos despide un letrero de piedra con las palabras "San Juan". La letra "S", construida con roca caliza blanca, está partida por la mitad y el muro que soporta la estructura de las letras carcomido por los estragos de la humedad. Ese día nos vamos con la certeza de que Lezamita y toda su estirpe nunca más nos volverá a dirigir la palabra. De camino a la salida recorremos la zona nueva del mercado y mamá nos explica que la modernidad acabará por destruirlo. En ese tiempo no lo entendemos del todo, pero esperamos que se equivoque: nos gusta ir con ella a ese lugar de sorpresas. Andando hacia el estacionamiento me hago el cojo. Camino toda la cuadra que separa la entrada número doce al coche fingiendo que una pierna no me funciona. No tengo ni idea cuál es el motivo de mi representación, pero me siento renovado cuando me desprendo del regazo de mamá para introducir el cuerpo en el asiento del copiloto.

—Lezamita no nos perdonará nunca. —Le reclamo una vez que está sentada a mi lado—.

Con el tiempo, comprendemos que las visitas al mercado son una forma de curar la nostalgia. En sus pasajes infinitos tropieza con personajes de su infancia y recrea de manera terapéutica parte de su vida y la de su familia con los marchantes de puestos de frutas, verduras y comida.

La sopa confirma un nuevo ensimismamiento maternal. Terrible augurio para retomar las pesquisas filiales. En la mesa sin ritmo (no lo hay porque los manteles no hacen juego ni con las servilletas ni con ningún otro adorno que suele poner en mejores días), un caldo de pollo con menudencias de hígado y arroz blanco. De segundo, ternera sin guarnición y agua simple. Recuerdo las dentelladas que el abuelo da a la pasta de dientes durante el cautiverio y aplaco el sentimiento de burguesía que empieza a apoderarse de mí como el mar lo hace de la arena en marea alta. Me como de un tirón, casi sin respirar, toda la comida y bebo el agua. No dejo ni una migaja: con una hogaza de pan recorro el plato para dejarlo impoluto. Le confieso a Julia sin la intermediación de las palabras que a pesar del mal día, la comida está muy buena. La capacidad para producir magia con las manos sigue intacta, aún y cuando las condiciones emocionales no son apropiadas.

Quiero preguntarle el resto de la historia, pero no puedo. Algo en el ambiente me detiene. Me contengo y voy a la cocina para tratar de sosegar las palabras que se amontonan en la boca.

—¿No quieres un mango? —Me pregunta mamá desde el comedor—. Son de San Juan.

–No seas pesado. –Me alcanza Julia en la cocina. Sorbe la cuchara que lleva en la boca–. Prefiero esperar a escuchar la historia precipitada o trunca. Así que contrólate, carajo.

Estamos en la cocina que utilizamos de antecomedor cuando la situación amerita un lugar más pequeño. Jovita es testigo de las palabras que nos decimos. Es la niña (literalmente es una niña de catorce o quince años) que nos ayuda en la cocina y en otros deberes domésticos. Dentro de unos años sabrá cocinar mejor que nosotros. Al observarla con más cuidado reconocemos que limpia mollejas y prepara la remolacha para endulzar el agua.

–Lo que hemos leído ha hecho lo imposible. –Le susurro al oído para que no nos escuche Jovita. Uso las manos para hacer un cuenco de resonancia–.

Desde que leemos la parte que tenemos me cuesta trabajo activar el mecanismo. Me refiero al hábito de revolotearme en mis desgracias particulares y convencerme de que mi vida es un desastre y que sin duda alguna soy la persona más desdichada del planeta.

–Ser mártir por conveniencia. Pues para que te enteres de una vez que hay de desgracias a desgracias y que no eres la única persona condenada en este mundo. –Resopla el cometa con la razón a su favor y se va a sentar a la mesa del comedor para intentar retomar el hilo de la conversación–.

****

–¡Cocido, Ogolín, me dijo mamá que hoy habrá cocido en casa!

Suenan todas las alarmas. Que haga cocido para la comida significa que su estado de ánimo está por las nubes, exaltado, eufórico. La imaginamos enfundada en su bata morada deshebrando el vacío tierno por las horas de cocción en el agua hirviendo, cociendo el popurrí de verduras y legumbres que nos encanta. Los fideos gordos con sabor a huerto nadan en un caldo que contiene la esencia del resto de los ingredientes: pollo, ejotes, tocino, garbanzos, papa, col. Lo único que no se cuece en el mismo caldo son las morcillas de arroz y cebolla y el chorizo de Cantimpalo. La magia se consuma con las horas del trabajo previo y con el baño de una salsa de tomate espesa como la desesperanza pero sabrosa como el amor. Se nos hace agua a la boca y agua también a las palabras. Salimos del colegio rumbo a casa en estado de gracia: el corazón acelerado, las piernas inquietas. Aguijoneados por el guiso y por la necesidad de saber más, llegamos mucho más temprano que de costumbre. La encontramos en la cocina con una sonrisa en la cara, lista, pensamos, para hablar. El problema es que de nuevo no sabemos cómo empezar la conversación. Yo no encuentro las palabras ni la ruta dialéctica necesarias para iniciarla y Julia se mantiene pensativa, callada en el lugar de la mesa que utiliza desde que es una niña. Le doy vueltas y vueltas al asunto sin encontrar el valor ni la templanza mostrada por mamá con la parentela de Lezamita.

—Sabías que se fue de su casa sin darle un beso a sus hijos y a su esposa.

No sé si mi hermana pregunta o afirma porque la neutralidad de la voz no permite matices, pero la forma como lo expresa suena bien, le brinda un motivo filial consistente al contexto, empezamos a sentir que el abuelo de nuestra madre también es el nuestro.

Mamá enmudece por algunos momentos que nos parecen siglos. Aprovecha el silencio para servirnos la sopa y sentarse a la mesa.

—Lo hace para defenderlos. —Al hablar se abotona la bata morada como si la temperatura ambiental descendiera varios grados centígrados—.

—Por eso le susurra a su hijo mayor que se va sin despedidas ni aspavientos —Me meto en la conversación—, se pone a las órdenes de los gendarmes de la policía y, sin darles tiempo para una revisión más profunda, cierra la puerta para ahuyentarlos.

–Es una imagen que conmueve. –Se coloca los lentes que utiliza para ver de cerca en el cuello de la camisa, tiene que abrir la bata un poco para que las manos los acomoden–. El padre que sale de casa, la incertidumbre que no encuentra formas de expresión. La culpa. El silencio cómplice. La duda.

Entre bocado y bocado, sigue hablando. Julia y yo estamos atentos como cuando de pequeños nos cantaba para que conciliáramos el sueño y expiáramos fantasmas que no nos dejaban dormir.

Del departamento lo llevan a la cárcel de París en donde pasa varios días encerrado. Durante esos días, la policía francesa termina el papeleo burocrático y recibe la anuencia para llevarlo de regreso a España. De ese periplo, no se sabe más que lo evidente: un tormento cruel, ascético, carente de todas las condiciones mínimas de humanidad y, sobre todo, de incomunicación y malos tratos. También de incertidumbre y –sujeta la voz un tiempo para entrecortarla en un suspiro– de derrota. Poco a poco, nos cuenta lo que ocurre en el seno familiar ante la tragedia del arresto. La esposa, Julita, decide tomar la batuta emocional y operativa de las circunstancias. A los primeros que acuna con vehemencia son a la menor de las hijas, Olga, nuestra tía abuela, y al mayor de los hijos, Fermín, de doce y dieciocho años. Los dos están congestionados, absortos por lo que acaba de pasar. La hija pequeña contiene el llanto y en los brazos de su madre siente cómo le cae el mundo encima. Por primera vez en su vida experimenta la fuerza de la gravedad del planeta en sus espaldas. Es una muchacha vivaz y alegre, lectora precoz y dueña de una caligrafía exquisita. Muchos años después, esa niña nos enseñará a leer los *thrillers* policiacos y las historias de Agatha Christie. Nosotros devoramos títulos como *El*

Asesinato de Roger Ackroyd, Los Diez Negritos, El Misterio de Sittaford, sin tener la menor idea de que muchas de las historias de la escritora británica devuelven a nuestra tía abuela al momento de su vida en el que le roban al padre. Cuando alguno de los dos termina de leer una de las novelas que nos recomienda, sale corriendo a su encuentro. Normalmente leemos los *thrillers* policiacos en las vacaciones de verano por lo que ella se encuentra con nosotros en la casa de campo de nuestros padres. Damos un paseo largo para rememorar pasajes de la lectura y para compartir asombros y misterios que se resuelven en las últimas páginas. ¡A que no esperabas que el detective fuera al final el asesino!, exclama con la seguridad de quien sabe de memoria los desenlaces de los libros que se atreve a recomendar.

Nos conmueve la narración y la voz de mamá. Recordar a su tía con esa mezcla de imágenes entre tiempos presentes y pasados nos lleva a un estado mental de vértigo y zozobra. ¿Cuántas novelas de policías y misterios de guerra, encarcelamientos y asesinatos lee? ¿Cuántas veces se observa en ellas, siendo uno de los personajes de la escritora, parte de la trama de una traición anunciada? ¿Cuántas veces recuerda a su padre en el momento en el que los franceses se lo llevan? Pienso en la niña que abre la puerta y descubre a la policía: su desconcierto y asombro ante el cambio de ambiente. Las manos heladas, los poros de la piel como los de una gallina desemplumada. El sonido de los golpes a la puerta, los chasquidos de las botas de los militares; después la angustia, la culpa, la perenne duda. Su vida se detiene, las reservas filiales se terminan, los canales de agua se anegan. Quizá por ello en la lectura de *thrillers* policiacos encuentra una manera de reinventar su vida, de reeditarla en la tranquilidad efímera de una ficción que la devuelve a una realidad vivida. La única forma de expiar el dolor de aquel episodio en el que su familia comparece ante el destino.

Fermín sigue con la taza de café en la mano. Los demás, encerrados en una recámara. Julita tiembla pero recoge arrestos para dar órdenes de supervivencia, intuye que sus vidas corren peligro.

–Deja el café y escribe a Marcelino un telegrama –le exige al primogénito con aplomo en la voz mientras gira el picaporte de la puerta–. Dile que tenemos que salir de aquí, que nos ayude a ir a México.

El muchacho sigue con las manos atadas a esa taza de café que representa el último lazo con su padre. Se desprende de ella y atiende las órdenes de su madre. *París, julio 1940. Se han llevado al padre. Zozobra. Debemos llegar a Méjico. Ayuda. Responde.* Escribe las primeras palabras que brotan de la mente maltrecha y que trascribe con el corazón dándole golpes en el pecho. Coge la dirección del tío Marcelino y sale despedido a los servicios de correos. La fila es larga y lenta. Por fin llega su turno y en un francés precario solicita a la *madame* de la ventanilla una estampa de correos azul con la ilustración de la torre Eiffel de fondo con la finalidad de distinguir el carácter de urgencia de la misiva. Tiene quince francos en el bolsillo. La *madame* apura la cifra con la mano: dieciocho. Ante la desgracia, la improvisación: decide eliminar la palabra *zozobra* del telegrama y con ello pagar la cantidad de embarque. Esa palabrita la aprende en la clase de historia con el profesor Guillén en una de sus interminables lecciones de navegación. Sabe que en lides marítimas significa cuando un barco encalla con algún pedazo de tierra. Ese día experimenta en el cuerpo la otra connotación de la palabra eliminada: angustia. Hace cálculos mentales para estimar que el telegrama llegará a tierras mexicanas en poco más de tres semanas y coloca en la mente el mes de septiembre como posible fecha para emprender la huida a México.

En el departamento la situación sigue siendo tensa y volátil. Julita no parar de dar órdenes, al tiempo de construir un muro de contención emocional que permita a sus hijos mantener la calma. Empacar maletas y tener todo listo para "estar ligeros por si hace falta salir de aquí", les pide a los niños convertidos en manojos de nervios. Todos excepto la mayor de las niñas, Jesu, nuestra abuela materna, ponen manos a la obra. Está recostaba en la cama de la recámara principal jugando con Gertrudis, su inseparable muñeca de trapo. El juguete infantil es un remedo a la imaginación: varias capas de trapos limpios cosidas por manos expertas desembocan, en la parte superior, en una cabeza amorfa con largas extensiones de pelo color café hecho de hebras de lana y, en la parte inferior, en unos trozos de tela negra que hacen las veces de zapatos de charol. Es una marioneta de una pieza que huele a infancia. Su nombre se lo debe a su hermano más pequeño de todos y consentido, Julianín, con el que entabla conversaciones imposibles de cuentos de hadas, aventuras y caballeros de fina estampa. Percibe lo que pasa, pero prefiere abstraerse en su mundo de imaginaciones solitarias. Es la hija más débil del núcleo familiar. Sus desmayos y su debilidad congénita invitan a ser más condescendiente con ella que con el resto de la prole. Se incorpora y abraza a su madre. El sol se vuelve partícipe involuntario del encuentro porque deja caer sus rayos sobre las figuras recogidas. Se quedan unos momentos acunadas hasta que la voz más sincera de la madre despierta la escena.

–Vamos –le ruega–, ayúdale a Gertrudis a recoger sus cosas. Dile que nos ayude a empacar las nuestras.

Como el sol, Julianín las observa a corta distancia. Resuelto, pone manos a la obra y secunda el propósito de acelerar la recolección de recuerdos para preparar la partida a México.

* * * *

Mamá toma un respiro para hacer una pausa. Se le ve agotada, exhausta de recordar y de volver a experimentar sensaciones que se cocinan a fuego lento en busca de volverse vapor de agua. Julia y yo estamos pensativos, inmersos en nuestras mini tragedias sentimentales, acomodando cada una de las partes de la historia, dándole vueltas a los temas, al tiempo de recriminar la crueldad con que se va pintando la vida de los seres humanos. *Haberme marchado sin daros un beso y un abrazo a cada uno*, el eco de la frase hace que me acaricie las sientes para amortiguar el pulso que palpita con fuerza. Ese beso quizá habría permitido a nuestra tía abuela expiar culpas en el momento de la detención de su padre y con ello aprender a vivir sin la necesidad de apoyo literario ni el soporte de las aventuras y andanzas de vidas inventadas por alguien más. Que su hermano mayor lograse soltar la taza de café y emprender una existencia sin ataduras ni barreras imaginarias. Que sus hermanos pequeños aprendieran a vivir sin miedo. Que su madre tuviera descanso. Siento una lágrima que se escurre por la mejilla y llega al hombro. La enjugo con la manga de la sudadera y me concentro en los datos. La carta es escrita en noviembre de 1940. Esta referencia nos da una perspectiva necesaria. Todo ocurre durante ese año: la detención, el encierro en la cárcel de París, el viaje a España –suponemos que para un tipo de enjuiciamiento–, la foto filiación y la huida de la familia a América. Las piezas empiezan a embonar en el rompecabezas. De julio veintisiete a noviembre nueve hay un espacio de tiempo de poco más de cien días. En otras palabras, tienen que preparar la salida de Francia y la llegada a México en menos de una estación.

–Tres meses en aquel departamento de París, con la policía alemana y la francesa respirándoles en la nuca. –Julia está sentada con los brazos apoyados en la cara. Los puños le sirven de sostén–. Debió haber sido un infierno.

Nos vienen a la mente algunos silencios familiares. Formas que distinguen el sello de los contornos de las relaciones humanas. Expresiones, notas sentimentales. Puntos de referencia, guías de interpretación para entender sin la intermediación de las palabras sentimientos que nacen. El pensamiento nos remite al lugar de Francia donde madre e hijos se encuentran. Una mujer angustiada, cinco seres humanos heridos y desconcertados, un marido arrancado del seno familiar y toda la espesura de la vida ahogándolos.

Una soledad rodeada de soledades. –Completo nuestros pensamientos desde el lugar que ocupo en la mesa–.

Estamos a punto de terminar la sobremesa familiar. Además de cansada, mamá luce abatida. Convenimos con la mirada terminar la sesión y ofrecerle tregua. Se abren preguntas que necesitan respuesta. ¿Qué pasos siguen para ordenar las circunstancias y preparar el viaje a un país desconocido? ¿Quién les presta la ayuda necesaria? ¿Cómo viajan a México? ¿Cuánto tardan? ¿Pueden despedirse del abuelo? Algo descifra de lo que revolotea en nuestras cabezas, porque retoma el hilo de la conversación y nos promete hablar con su tía y su hermano menor para que nos reciban en su casa con la finalidad de redondear la historia con las piezas que hacen falta. A pesar de sentir la mirada de mi hermana deletreándome la palabra t e r m i n a m o s, no me puedo contener.

–¿Por qué nos cuentas la historia hasta ahora? –Pregunto mientras me levanto de la mesa para ayudarla a incorporarse–.

Jovita irrumpe en el comedor para recoger vasos y cubiertos. Lleva un plato con un mango manila de color amarillo con motitas negras trinchado por la parte superior. Su presencia es como una servilleta de papel que el viento impulsa, la fragilidad obliga a fildearla.

39

–Gracias, Jovita. –Le alcanza a decir mamá de camino hacia las escaleras que la conducen a su recámara–.

* * * *

En una pequeña y sosegada ciudad británica, Kings Abbott, una dama llamada Mrs. Ferrars asesina a su marido y es víctima de extorsión hasta que ella, sin poder aguantar más, se suicida. El hombre a quien ella ama, Roger Ackroyd, recibe una carta que le revela el nombre del extorsionador, quien la lleva a quitarse la vida. Antes de conocer la identidad del personaje, Roger Ackroyd es asesinado. Poirot, un antiguo policía recién retirado a Kings Abbott, es llamado para tratar de resolver el caso. Es el resumen que leo en un viejo inventario literario de una de las novelas que más le gustan a nuestra tía abuela. Se trata de un *thriller* policiaco que te mantiene al borde del asiento hasta que el desenlace, inesperado y frenético, resuelve las interrogantes que la trama va enunciando. Después de hablar por teléfono con ella, quedamos en reunirnos en las oficinas donde trabaja, al sur de la ciudad. No sé por qué pero me resuena en la mente su voz cuando contesta el auricular.

–Buenooooooooooeeeee. –Imito la voz. Alargo la letra "o" hasta convertirla en el sonido de una letra "e", tal como lo hace ella.

–¡No seas así! –Me reprende mi hermana con la mano levantada–.

Le explico que no me burlo, que me gusta imitar la voz, me trae buenos recuerdos. Julia ríe y me invita a sentarnos en la acera de cemento que utilizamos cuando esperamos. Estamos en el zaguán de la puerta de la casa de nuestros padres a la espera del taxi que nos lleve. De nuevo los grafiteros de la zona destrozan con sus líneas retóricas y amorfas las paredes blancas y el portón de lámina negra.

–La única forma de evitar las pintas es colocar un nicho con una Virgen de Guadalupe. –Me asegura justo cuando se estaciona el Tsuru II que nos llevará a ver a nuestra tía abuela–.

Desde que tenemos uso de razón (mamá llama a este despertar la etapa de la congoja existencial, periodo que empieza cuando sabemos que vamos a morir, cuando caemos en la cuenta de que somos mortales), la recordamos trabajando. Toda su vida productiva la realiza como asistente particular de un viejo empresario del norte del país afincado en la ciudad de México. Da orden a agendas y a vidas ajenas, compone memorándums y oficios, se asegura de que la oficina marche con ritmo de manecillas de reloj y disciplina militar. La mayor parte del día la utiliza para transcribir la vida de las personas en citas, llamadas y alguna que otra correspondencia privada. Como a un intérprete a quien la vida nunca le alcanza para componer una existencia propia, es el primer personaje literario en vida que conocemos. Siempre parece estar a la espera de algo o de alguien que nunca llega. La lectura de la primera parte de la carta nos indica el camino a seguir, el viaje que debemos hacer. Pero antes de emprenderlo nos interesa mucho entender algunos pasajes en los que se describen escenarios familiares que salen de nuestro entendimiento, verificar y conocer la vida de los nombres de los personajes que aparecen en la narración, así como contextualizar fechas para entender a cabalidad y tomar perspectiva histórica de la época. Sobre todo, queremos saber qué hacen su esposa y los niños después de la detención. También, preguntarle a la tía por los folios que faltan. Antes de emprender el viaje a la cárcel de Porlier, en Madrid, queremos conocer de primera mano la versión de los hechos de una de las hijas del abuelo. Un halo de inconsciencia e ingenuidad acompaña nuestros pensamientos. Sentimos cómo se apodera de nuestra voluntad una especie de alegría activa.

Tocamos los bordes de nuestra infancia. Experimentamos felicidad.

–Puede que esta cruzada epistolar sea la oportunidad para expiar culpas y exorcizar fantasmas que necesitan descansar, ¿no? –Le pregunto a Julia de camino–. Vamos en la parte posterior del taxi, esquivando como podemos los arrebatos dialécticos del chofer, que habla sin parar.

La tía nos abre el portón de madera de roble macizo y bien calado de la puerta de la casa–oficina donde trabaja. Nos da gusto verla, parada, esperando a que sus sobrinos nietos la aborden con preguntas incómodas del pasado que ya fue.

–Pasad, pasad, que ya os esperaba. –Nos recibe como cantando–. Lleva una blusa de vestir de seda blanca con grandes solapas y una falda de lino color gris muy larga. Medias apretadas, zapatos bajos de charol azul claro. En su semblante se aprecia la marca de los años: la comisura de los labios es seca y arrugada. En la parte inferior de los ojos se dibujan dos bolsitas azuladas. Alcanzamos a distinguir esa palidez en el rostro que denota alguna enfermedad crónica. Tose al momento en que nos topamos con ella en el portón de la casa.

Entramos en una de las habitaciones de la casa que funciona como oficina corporativa. Tres sillones de fieltro anaranjado custodian una mesa redonda de caoba atravesada por vetas de un color rojizo que recuerda lava incandescente de volcán en erupción. Al fondo, dos grandes ventanales de vidrio biselado en cuadrículas guiadas por madera de encino blanco besan nuestra vista. Una orquídea salvaje con botones incipientes de flores moradas saluda coqueta desde su rincón solar. Huele a lavanda fresca, los cuadros y las fotografías que visten las paredes regalan un toque de intimidad.

–Vinimos a hablar de la carta de tu padre. –Alerta mi hermana tan pronto se sienta en uno de los sillones afelpados de la habitación–.

–No tenéis una idea lo que me costó transcribirla. –Responde sin inmutarse, sentada al igual que nosotros en uno de los sillones cómodos y fulgurantes–.

No damos crédito a su soltura y disposición para hablar de forma tan abierta. Su código casi secreto de existir, la melancolía en la que suponemos vive y ese halo de abstracción social con el que la recordamos, nos hace muy difícil decodificar la realidad como nos la muestra en esa mañana joven de octubre. No para de hablar durante la hora y media que dura nuestro encuentro. Sus únicos remansos verbales ocurren cuando detiene la conversación para dar pequeños sorbos al té de jazmín y hierbas, dispuesto con buen tino a la vera de sus manos. Nos sitúa en aquella mañana de julio de 1940. Lo que más recuerda es la llegada de su hermano mayor al departamento. Viene de la oficina de los servicios de correo.

–¿Qué edad tenías? –Le pregunto con ternura en las palabras–. Quiero que vaya con la mente a ese momento y nos lo cuente todo.

–No lo sé. –Me responde sin rastros de resentimiento en la voz–. Aún jugaba con muñecas de trapo y me tapaba los oídos con el ruido de los truenos.

Fermín miente a los más chicos de la prole, pero a su madre le dice la verdad: el telegrama tardará en llegar al menos tres semanas. Las calles están infestadas de policías alemanes y franceses y, por si fuera poco, hace un frío que congela. La madre decide salir en busca de ayuda con sus dos hijos mayores. Pide al resto que se cuiden entre ellos y que por ningún motivo abran a la puerta. Está desencajada, aterrada por las noticias y las circunstancias. Las piernas le bailan y la boca seca le detiene las palabras, las estropea. Por fortuna las instrucciones están dadas, así que toma de las manos a sus compañeros y enfila hacia la puerta. No voltea la mirada ni un segundo para evitar la congestión y la parálisis. Camina enfundada con una gabardina beige, sombrero de ala y una bufanda de lana que le teje su cuñada. Los muchachos van menos abrigados pero aparentan mayor determinación y soltura. Ella se percata enseguida de la situación al momento de pisar la calle: es una cacería de brujas. Jóvenes y diestros policías franceses y alemanes abren casas e inspeccionan hogares. Evita dirigirse a la comandancia local, para seguir sus pasos por la avenida Descartes y coger la única calle donde viven almas conocidas, amigos que pueden ayudar con su consejo. El portón de la casa de la prima Matilde está oscuro y no hay indicios aparentes de actividad. La chimenea no echa humo, la luz de las habitaciones está apagada y la calle respira en completa calma. Después de algunos minutos deciden acercarse al portón para tocar con los puños, el frío y el golpe les comen los nudillos. Nada. José Mari, el segundo de los hijos, esta vez pega con fuerza a la puerta con la punta filosa del botín izquierdo. El estruendo modifica el ambiente y descubre una luz mortecina que baila de un lado a otro en una de las alcobas de la propiedad. Madre e hijos llenan de vapor blanco la noche. El portón se abre, en la penumbra se logran distinguir la sonrisa nerviosa de la prima y el rostro parco y arrugado de su esposo.

–No hay tiempo que esperar. –Fusila el marido mientras cierra la puerta de la casa y guía a los recién llegados al calor superfluo que destila el calentador de aceite que tienen en la sala–.Tenéis que coger el primer barco a América.

José Mari es el integrante más introvertido de la prole. Se escurre al interior de la casa y descubre lo que muchos años después, cuando la vida naufraga entre la melancolía y la desesperación, se vuelve una extraña forma de coleccionar tesoros. En el escritorio de aquel hombre ve apiladas, como en una especie de serpentín maravilloso, decenas de plumas de todas las estaturas y de todas las especies imaginables. Hay bolígrafos, plumas fuente que brillan como soles petrificados al alcance de las manos; dispositivos extraños para cargar tinta, lapicillos de carbón que buscan destacar en la mirada por sus puntas afiladas. En medio de todo ese archipiélago de utensilios para la escritura, sobresale una isla, un pequeño traste que contiene lo que al joven muchacho le parece arena de oro: son las puntas de metal que hacen posible que la tinta de los bolígrafos resbale y se convierta en palabras sobre la hoja de papel en blanco. Cientos de balines diminutos bailan entre sus dedos regalándole la misma sensación que lo invade cuando de muy pequeño despierta al lado de sus padres entre las sábanas cálidas y la mañana aún tierna que anuncia el comienzo del día. No puede controlar los impulsos: toma un bolígrafo del escritorio para guardarlo, apurado y nervioso, en uno de los bolsillos del pantalón. Se despiden agradecidos. Tienen las coordenadas de la agregaduría diplomática de México en París, del único puerto francés por el que es posible embarcar con rumbo a esa nación americana y el rumor acreditado de la eventual salida de buques de vapor franceses al país del nuevo mundo. Llevan también dos mil francos adicionales en la cartera, posibles fechas y horas de salida de los barcos de vapor, así como cinco salvoconductos (son cinco hojas con el membrete acerado de la embajada de España en París) que les entrega el marido de la prima con la finalidad de facilitar el embarque y evitar cualquier problema con las autoridades migratorias.

–Jueves ocho de agosto, no lo olvidéis, jueves ocho de agosto a las seis de la mañana. –Les recuerda, viene de la cocina con una bolsa llena de viandas y comida enlatada–. Para el viaje –se despide con torpeza, apura la salida de las visitas–.

Durante el regreso, la mente es un torbellino: disponen de poco más de una semana para comprar los boletos de embarque, verificar la situación y las condiciones que ofrece el país al que, si la fortuna se congracia con ellos, huirán sin más pertenencias que lo que llevan puesto. Julita piensa con igual denuedo en la entereza que debe inyectar a la prole para emprender un viaje colmado de incertidumbre. Antes de llegar deciden pasar a la comisaría local para preguntar por el padre. La oficina es un refrigerador alterado, supura gas maloliente por todos lados. La presión y los malos ratos se respiran. Los módulos de atención, atiborrados de personas, atienden a cuenta gotas las solicitudes de información de los españoles que siguen las pistas de familiares detenidos y encarcelados. Al llegar al módulo de atención les piden papeles y constancias de identificación. Después de muchos minutos, la llaman por separado y le advierten que de volver a la comisaría, la detendrán a ella y a sus dos hijos mayores los deportarán a España para correr la misma suerte que el marido.

Nuestra tía empieza a mecerse en el sillón con movimientos cada vez más bruscos y descontrolados. Pensamos que caerá al suelo así que nos levantamos de nuestros lugares para detenerla por ambos lados.

–Recuerdo como si fuera ayer el momento en el que regresa al departamento mi madre y mis dos hermanos. –Rememora con la boca seca y los ojos acuosos–.

Se acomoda en el sillón, utiliza nuestros brazos como soporte para empujarse hasta el fondo de la tela.

–Lleva el color de la angustia en el rostro. –El mismo que ella tiene mientras nos cuenta la historia–. Pálida y temblorosa, nos pide sentarnos a la mesa para explicarnos la situación. Sus palabras son como algodones para los oídos, porque sabe trasmitirnos la gravedad de la situación, al tiempo de confortarnos con la imagen idílica de un porvenir seguro y promisorio en las tierras lejanas pero bondadosas –ese término utiliza– del General Lázaro Cárdenas.

Mientras tanto, nos sigue contando, el tío Marcelino intuye lo que ocurre al otro lado del Atlántico. Con la ayuda de un amigo confiable, les hace llegar un telegrama explicando sus temores. En el mensaje los conmina a salir de inmediato de Francia para embarcarse en el primer barco con destino a América, *tan pronto como se presente la ocasión, ¡a Méjico!* Marido y amigo coinciden en el destino que debe escoger la prole. Las inclemencias del tiempo arrecian, así que los dos hermanos tienen que taparse nariz, orejas y boca para volver a los servicios de correo de la ciudad de París por el comunicado. Regresan eufóricos al descubrir que la respuesta llega tan deprisa. Las manos les tiemblan de emoción y de frío al momento de entregar el telegrama a su madre, quien de inmediato lo besa como si se tratara de un poema de amor que tarda demasiado tiempo en llegar. A la mañana siguiente, la misma comitiva familiar acude a la agregaduría diplomática de México en París para recolectar información con relación al itinerario de los buques de vapor que dispone el gobierno francés a iniciativa y gestoría del mexicano para dar salida a los desplazados por la guerra. La oficina diplomática consta de tres funcionarios de rango menor, algunos escritorios y un sistema telegráfico para comunicar en clave morse allende del Océano Atlántico. A pesar de ello, el trato que reciben es fraternal. La funcionaria de mayor rango –nuestra tía hace esfuerzos para recordar su nombre llevándose los dedos medio e índice de la mano izquierda a la cabeza– les brinda información valiosísima. Les asegura que cuatro embarcaciones son asignados para la tarea de transportar a los desplazados por la guerra a México: Sinaia, Ipanema, Mexique y Serpa Pinto. El primero de ellos sale con mil seiscientos refugiados. El segundo –la funcionaria observa el reloj de la pared y apura la mirada a la de sus interlocutores– zarpa en unas horas con mil refugiados y los dos últimos, el Mexique y el Serpa Pinto, lo harán en cinco días, el ocho de agosto. De nueva cuenta la angustia se apodera de la escena. Salen corriendo de las oficinas rumbo al encuentro del resto de la prole. Son días aciagos y oscuros, instantes fugaces en que la vida se convierte en lastre. Jesu, la niña más débil del núcleo, está resfriada. Para ella las noches son un infierno acuoso debido a las garras de la fiebre que le aprisionan extremidades, pulmones, voluntad. No llora, nunca lo hace, es como si olvidara las ganas de llorar. Julianín recrea para ella historias de caballeros, al tiempo que juega a amarrar y desamarrar las patas de Gertrudis en la antesala de un planeta alejado. Es un artista, un conversador genial que ilumina vidas con su inocencia genuina. Olga lee sus primeras novelas en el regazo de su madre. Repasa las aventuras de un corcel negro que zozobra en una isla desierta, se sobrecoge cuando la asalta la inminencia de las olas y el recuerdo del padre vuelve: el chasquido de las botas, los golpes de puños a la puerta, el picaporte girando. Fermín y José Mari juegan a las damas chinas sin hablar ni mirarse. Se comunican sin el intermedio de las palabras. Julita se llena de ternura. Alcanza con los ojos la bondad de sus hijas, acaricia la imaginación del más pequeño, besa en la frente a la que duerme en sus brazos y regala una mirada de determinación a los dos mayores. Al fin la roba el sueño. Un susurro se apodera de la mente. Es la suave conjunción de existencias.

* * * *

El autobús que los conduce al puerto de Sète, en el distrito de Montpellier, a unos ochenta kilómetros de París, se detiene. La nieve y el hielo del delta del río Ródano nos les permite avanzar. Hay que finalizar el recorrido andando. Los separan aproximadamente doce kilómetros de distancia al Serpa Pinto. No llueve ni nieva, pero no hay más que cinco o seis grados. Nuestra tía abuela es la primera en bajar por los elevados escalones que conducen al hielo. Da tres saltos para burlar el agua encharcada que rodea el autobús y descubrir un escenario que la deja sin habla. En medio del paisaje nevado el cuerpo se llena de felicidad. Nunca antes había experimentado el sabor de su existencia en ese estado, ni tampoco la agilidad de las piernas. Revolotea en el hielo como una princesa a la que le regalan un nuevo corazón. Sube, baja, da volteretas que le empapan el vestido de olanes que compra en el mercado de las pulgas de París. Toma el hielo con las manos para mojar las mejillas rosadas que a la distancia parecen algodones de azúcar recién horneados. Rota en su propio eje sin parar de dar vueltas para que la estela del aire que genera levante el vestido y le descubra las piernas.

Notamos que la tía entra en una especie de trance: con los ojos cerrados sigue recreando con palabras y ademanes la escena que a nosotros nos tiene embelesados. Debe sentir nuestras miradas atentas porque se incorpora de un salto para devolver la mente al lugar en que nos encontramos. No llora, el masaje mental que logra darse con uno de los mejores recuerdos de su infancia afina el rostro para pintarle una sonrisa inmarcesible en la boca. De pronto, experimenta un cambio de ánimo. La sonrisa se transustancia en un rictus doloroso. Tose, le cuesta trabajo respirar.

—Nunca debí haber abierto esa maldita puerta. —Alcanza a decirnos antes de perder el conocimiento y derrumbarse en el sillón—.

Los paramédicos que la atienden nos aseguran que presenta signos vitales estables pero que es necesario administrar medicamentos y mantenerla en observación algunas horas

—No os preocupéis por vuestro tío, yo me encargo. —Nos tranquiliza con las últimas palabras que saldrán de su boca ese día—. Y buscad a la tía Juanita y a su hermano, ellos saben, ellos saben…

La referencia filial nos colma la cara de alegría. Son los hermanos del abuelo. Nos encanta la idea de coincidir con ellos para descubrir lo que saben de la historia. Alcanzamos a observar a nuestra tía reclinada en la camilla aséptica de la ambulancia. Con un serpentín capilar transparente que le cuelga por la mano izquierda, va recostada observando por la ventana lo que sucede a su alrededor. Nuestra conversación, más bien el monólogo que experimentamos juntos, nos hace pensar que detona algo en ella, algún mecanismo de sobrevivencia. Como si el personaje de novela despertara de un letargo voluntario para emanciparse, para abandonar la ficción y volverse verosímil para sí misma. Dispuesta, quizá por primera vez, a vivir en primera persona su existencia, a cortar el cordón umbilical que la une a los personajes de ficciones que lee.

–Gracias. –Alcanzamos a despedirnos de ella arrojándole un beso que nos parece una caricatura mal lograda del que no pudo darle su padre aquella mañana trágica de París–.

Permanecemos de pie en la calle empedrada que descansa fuera de la casa–oficina. Observamos cómo la ambulancia desparece de la vista. A pesar de estar preocupados por su salud, nos alegra palpar la certeza de que Sir Roger Ackroyd acaba de ser desterrado de su vida.

EL TIO

Después del episodio con nuestra tía abuela, decimos ir en busca de nuevas pistas para reconstruir escenarios que nos ayuden a entender mejor la historia del abuelo y que nos permitan delinear el viaje que queremos hacer. En particular, nos interesa encontrar el segundo folio de la carta. La precipitación de los acontecimientos nos impidió preguntarle directamente a nuestra tía abuela por su paradero. Tenemos muy claro que la única persona a la que le encomendaría el resguardo de la carta de su padre es el hermano menor de mamá, nuestro tío Jose. Hace tiempo que la curiosidad por esta historia familiar se ha transformado en una especie de saga arqueológica de gran valía y significancia para nosotros. Queremos conocer todos los pliegues, descubrir todas las piezas. Descifrar parte de nuestro pasado para entender mejor el presente que vivimos. Encontrar, reconstruir, entender. El trayecto hacia el lugar de la ciudad donde vive nuestro tío es largo porque tenemos que cubrir poco más de quince kilómetros, los que separan el sur con el centro. Decidimos viajar en metro con la intención de recrear el ambiente de bullicio y aventura que la memoria guarda del hábitat de nuestro tío. De camino, en el interior de los vagones, observo a Julia. Es un sábado de principios de octubre por la mañana, hace frío y una fina escarcha de agua nos acompaña desde que salimos de casa. Es temprano pero la ciudad respira como un recién nacido en busca del pecho materno. Usa aretes pequeños ajustados a los oídos y una gabardina negra que le cubre las piernas hasta por debajo de las rodillas. Su tez es suave y joven. Destaca la armonía estética de su rostro: las orejas recortadas y pegadas a los lóbulos parietales, apenas se perciben porque se pierden en los lazos de cobre brillante que es su pelo. Unas finas cejas enmarcan dos ojos sentimentales y su barbilla se pronuncia ligeramente hacia el norte para dotarla de una elegancia clásica. Igual que peces de ornato alborotados por la mano intrusa que acaricia el agua, saltan a mi encuentro cientos de recuerdos vividos con ella. Viene a la mente uno que me devuelve a nuestra infancia compartida y dibuja una sonrisa en mi rostro: cuando mamá y papá llegan tarde, nos encuentran dormidos en los sillones-guardianes del cuarto de la televisión. Al incorporarnos para llevarnos a la cama, mi hermana empieza a recitar *London Bridge is Falling Down*. Canta los versos de la canción con seguridad y aplomo en la voz: *London Bridge is falling down, falling down, falling down. London Bridge is falling down, My fair lady.* Quienes presenciamos lo que ocurre no sabemos qué hacer. Nos miramos y tapamos la boca para no ensuciar la escena con carcajadas. Dejamos que termine de cantar y la recostamos en la cama. Yo me voy a la mía aún con risa en el alma. Esa noche sueño con el puente londinense, con la infinita ternura que me genera y une a mi hermana y con esas complicidades familiares que vuelven la vida mucho más transitable.

****

El edificio donde vive nuestro tío está enclavado en una de las colonias más antiguas del norte de la ciudad. Áspero por dentro y por fuera, recuerda a un tubo de leche con algunas escotillas empotradas que hacen las veces de ventanas. Las escaleras frías y sosegadas, están alineadas por un barandal de aluminio que continua hasta marcar con un recorte de lámina los camerinos de las puertas de los departamentos, cuatro por piso. Una sensación de vejez impregna las paredes y toda la estructura interna. Las vigas se aprecian cansadas y las escaleras, aún remozadas, dejan ver el paso del tiempo con el resane de pintura blanca en grietas y enmendaduras. Cruzamos el portón de acceso y nos dirigimos a la primera torre de la urbanización, por el lado izquierdo. Recordamos bien las escaleras y los barandales de aluminio frío otrora brillante. En otra época que se vuelve cercana, en este mismo edificio visitábamos todos los domingos de las semanas a nuestra abuela materna. Lo que más disfrutábamos era atravesar la puerta de vidrio plegable de la planta baja, para salir despedidos en competencia de olimpiada hasta el tercer piso. La carrera tenía un obstáculo terrorífico: un perro faldero de hocico invertido custodiaba el departamento 101, justo el que topábamos al abrir la puerta plegable de vidrio con molduras de aluminio. Alquitrán nos ladraba a garganta abierta y nos perseguía hasta el primer piso, frontera que por alguna razón psicológica lo detenía para regresarlo al tapete polvoriento de la planta baja, no sin antes menear el cuerpo con un aplomo y prestancia dignos de un pedigrí de alcurnia.

No lo podemos evitar, una vez abierta la puerta de la planta baja, Julia me empuja para que pierda el paso y de un salto enfila hacia las escaleras. Me estabilizo y obligo a las piernas a ir a su encuentro. Subimos corriendo a toda velocidad. Yo salto las escaleras de dos en dos para darle alcance. El corazón y las carcajadas estallan como fuegos artificiales, tal como la memoria los recuerda en los cielos oscuros iluminados con pólvora multicolor. Al subir las escaleras en modo de competencia, no advertimos el ruido que hacen pies y gargantas. Los gritos de la voz y los tronidos de los zapatos retumban en el edificio como petardos, tosidos de seres malignos, motores en ebullición. Al llegar al tercer piso, la puerta está abierta. Nos detenemos en seco. Una placa recién lustrada nos avienta luz a los ojos: *303*. Se trata de un espacio pequeño pero bien distribuido: dos recámaras, baño y medio, sala comedor y una estancia favorecida por el único ventanal que lo baña de luz. Caemos en la cuenta de que nunca antes habíamos entrado al lugar.

–Pasad, estoy en el estudio, no os preocupéis de nada. –Admite nuestra presencia–.

Advertimos enseguida la conjugación castiza que utiliza aún y cuando es mexicano por nacimiento. También registramos de inmediato que no se trata de una pose o de un cliché voluntario. Es curioso pero estamos tan acostumbrados a escuchar esa conjugación en algunos integrantes de la familia, que desde siempre se nos había hecho algo natural. Sólo ahora, con la historia del abuelo que empezamos a descubrir, entendemos o hacemos patente el reconocimiento de una vinculación mucho más acentuada entre ambos países. Nos sorprende mucho que a lo largo de varias generaciones, al menos dos, se conserve esta conjugación y que siga siendo tan natural para nosotros escucharla. Lo cierto es que las últimas palabras de nuestro tío surten en nosotros el efecto contrario. Estamos ansiosos y algo asustados aunque resueltos a encontrar respuestas y atar los cabos que nos hacen falta para completar la historia. Lo recordamos más joven –¿cuánto hace ya, ocho, diez años?–. El pelo blanco acomodado en púas hirsutas en la superficie del cuero cabelludo, escasea. Lleva lentes redondos con armazón metálico de color negro azabache, tal como los usa el abuelo en las fotos familiares que tenemos. Sorprende el parecido: la forma prominente de la nariz, la cara afilada y las ojeras que enmarcan ojos présbitas que examinamos y reconocemos. Cuando entramos a la habitación convertida en estudio, sostiene en las manos un libro de pasta color naranja brillante con letras negras en mayúsculas. Hojas blancas bien apiladas decoran el escritorio que, impertérrito, nos saluda. Abundan lápices de carboncillo con la punta bien afilada que parecen soldados, custodios heráldicos. La pieza tiene el aspecto de un templo: huele a orden y a años. Su postura cómoda y apacible sugiere que nos lleva esperando más tiempo del que imaginamos. No sabemos si saludarlo con un beso o estrecharle la mano. Optamos por sentarnos e iniciar la conversación con un "hola" discreto.

–Así que os interesa la historia de vuestro bisabuelo. –Nos pregunta mientras afila un lápiz con una hoja de navaja recién lustrada–. ¡Bueno, bueno! Eso sí que es motivo para celebrar.

La ironía nos sorprende aunque intuíamos que la cruzada en busca de información con él sería una aduana repleta de guardias y agentes verificadores. Tenemos que improvisar e idear nuestras mejores argucias para llevarnos algo más que sarcasmo de la visita.

–Buscamos pistas. –Adelanta mi hermana algunas palabras para acomodarse en una de las sillas dispuestas para nosotros–.

–Me parece muy bien –consiente, guarda en un cajón la navaja luminosa y filosa con la que juega–.

Luego le platicamos con lujo de detalle lo que sabemos de la historia. Somos prudentes a la hora de abordar el descubrimiento de la carta: no aclaramos nada de cómo la obtenemos, ni mencionamos nuestras inquietudes en torno a los dos folios que nos hacen falta. Mientras Julia habla yo registro con los ojos la habitación. Mi visión es limitada, solo puedo ampliarla en los brevísimos espacios en los que Jose, atento a las palabras, baja la mirada para echarle una ojeada al libro naranja. Registro en la mente dos archiveros grandes empotrados, uno pegado al otro, al final de la recámara, cerca de la puerta. Veo un pequeño librero con documentos y folders apretujados como cardúmenes de peces en aguas reducidas, cuya base de madera culmina en dos estanterías y en una gaveta que a la distancia tiene pinta de caja fuerte. El resto de los muebles no me parece posible resguardo epistolar: un *reposet* de piel negra, dos sillas de madera robusta (caoba, adivino, por el color rojizo de los cantos) con almohadillas de color rojo brillante, cómodas para descansar los pies, varios cuadros y dos lámparas de pie estilizadas que decoran la pieza. Pierdo el hilo de la conversación pero es evidente que no tiene intención alguna de ayudarnos: su lenguaje corporal es parco y evasivo. Se le nota incómodo, indiferente a las preguntas de sus sobrinos entrometidos. De pronto, al cruzar la pierna derecha y acompañar el movimiento con un gesto de imbécil consagrado (como cuando todo mundo cruza una pierna), golpeo con una saliente de madera que se encuentra en el escritorio. Un leve impulso de emoción me devuelve a la charla y trato de hilar la conversación para no abandonar a mi hermana en la batalla dialéctica que libra. Convencido de que la saliente de madera no puede ser más que un cajón oculto, la apuro con la mirada para que concluya la faena. Jose empieza a mirarnos con atención y escucha nuestras palabras con algunos gestos de empatía familiar. Sin embargo, cuando terminamos la exposición, se levanta del sillón en el que descansa.

—No creo poder ayudaros. —Nos golpea con la voz al tiempo de guardar los lápices carcelarios y hacer un ademán con las manos para que abandonemos el estudio—. No tengo el resto y me temo que voy retrasado para mi clase en la universidad. La Universidad Nacional, ¿no sé si os suene algo?

Sabemos que miente, pero aun así debemos seguirle la corriente. La asepsia del comentario, junto con el dardo barnizado de una buena dosis de mala leche nos impulsa de las sillas. Damos un salto coordinado para ponernos de pie. Le sorprende la acción acrobática que hacemos por el sobresalto que pega en el aire. Imita nuestro movimiento para conducirnos a la salida haciendo un barrido imaginario con las manos. De camino a la puerta vemos que el departamento nos despide con una mesa de madera pequeña revestida por un mantel de terciopelo rojo con encajes blancos. Encima de la mesa, dormidas, yacen dos llaves amarradas a dos grandes llaveros con la bandera amarilla, roja y morada de la Republica Española. Mientras camino por el pasillo rumbo a la salida no sé cuál de ellas robar. A la distancia las dos son iguales. La presión del momento empieza a volver imposible el plan de robo. Julia va la primera, yo segundo y al final nuestro tío, apurando la escena. Estoy a punto de fingir un colapso nervioso para retrasar la fila india que nos encamina a la salida, cuando observo su mano tomar una de las llaves con la delicadeza de un hada madrina al pasar las hojas de un cuento. Se inclina sobre su costado izquierdo siguiendo el compás del ritmo corporal, desliza los dedos con una naturalidad de asaltante de barrio para apoderarse de una de las llaves. Contengo la respiración con la idea repentina de ensanchar pulmones y tórax para reducir el campo de visión del tercer pasajero.

—Me han dicho que os gusta leer. —Afirma a manera de despedida con el libro de pasta naranja brillante en las manos. Lo mueve de un lado a otro como si se tratara de un abanico sevillano para producir aire—. Pues bien, tomadlo prestado para que no os digáis que no soy consecuente con la causa. Empezad por esto y cultivaros un poco, que no les caería mal. ¡Vaya juventud perdida la de estos días!

Tomamos el libro y apuramos lo más que podemos la salida. Se cierran las puertas en nuestras narices. Los movimientos de extracción son tan rápidos y furiosos que no podemos darnos la vuelta para intentar una despedida.

—Qué bien puestos los tienes. —Le digo a Julia en el rellano del pasillo—.

Ella ahoga una risita nerviosa y con tono corporal de escudera hace una reverencia a la puerta con ambas manos.

Debemos esperar a que Jose salga a impartir clases en la universidad para poder revisar el interior del lugar. Acordamos hacerlo en la azotea del edificio con la intención de escuchar mejor. Después de un tiempo imposible de descifrar, oímos el chasquido de la puerta al abrirse y a los pocos segundos olemos a lavanda fresca. Nos asomamos con cuidado desde nuestra buhardilla y observamos la silueta de un hombre que a la distancia se parece mucho al abuelo.

Hay que actuar rápido porque no sabemos a qué hora pueda regresar. Primero, averiguar cuál de los departamentos abre la llave. Después, buscar los folios restantes en la habitación estudio y regresar a casa. Probamos la llave en el picaporte de la puerta del departamento de nuestro tío. La metemos por la cerradura para comprobar que embona. Contenemos la respiración y con suavidad tratamos de darle vuelta, sin éxito. Vamos a la puerta contigua y la introducimos en la cerradura del departamento que perteneció a nuestra abuela y que en la actualidad funciona como un espacio adicional que su hijo, nuestro tío, conserva. Cuadramos miradas, tomamos aire y rodamos la llave. Nos recibe un olor a naftalina penetrante, abrasivo, asalta las fosas nasales. Tenemos que taparnos la boca con las manos para evitar tragarlo, sentimos cristales encallar en el tejido olfativo. Todos los muebles se encuentran cubiertos con sábanas de color naranja: sofás de la estancia, sillas del comedor, mesas y colchones de las camas de las habitaciones. Los bultos parecen tulipanes holandeses en un césped de parqué. La colección de cajitas de diferentes formas y materiales es la única materia inanimada que no está cubierta por los mantones. Hay un arsenal de ellas bien acomodadas. Impolutas y ordenadas, descansan en tres mesas ovaladas de madera oscura que la memoria no alcanza a recordar. Nos asomamos por la única ventana para evaluar la mejor ruta de acceso al espacio contiguo. La buena noticia es que la ventana de al lado está pegada a la que estamos observando, ambas asidas por la estructura general del edificio. La mala, que el alféizar de las dos es diminuto, insuficiente para soportar el peso y el paso de nuestros cuerpos. Barajamos algunas posibilidades, las únicas dos que tenemos: intentarlo o abortar la misión. Le suplico Julia que me deje intentarlo. Cavilando estamos cuando escuchamos el grito amargo del picaporte de la puerta. Gira para abrirse. No tenemos tiempo más que para guarecernos entre los sofás de la estancia. Nuestro tío recoge estados de cuenta de los servicios de agua, teléfono y energía eléctrica que duermen en un plato de la cocina improvisado de cajón doméstico y sale a toda marcha. Escuchamos cómo los pasos se pierden por las escaleras del edificio; primero, fuertes y audibles; apagados y débiles, después. Es el momento de actuar. Abro la ventana de la estancia y sin dudarlo un segundo, me abalanzo hacia el exterior, de cara a mi hermana, que me detiene por los hombros. El diminuto alféizar soporta estoicamente mis sesenta y nueve kilogramos. Trato de nivelar cuerpo y manos para poder avanzar. Con las yemas de los dedos me sostengo del borde de las ventanas para caminar con las manos. Julia está en el umbral de un paro cardíaco. La volteo a ver y por poco se me sale una carcajada que logro contener para concentrarme en mis pasos impares. Llego hasta el tope vertical de cemento de la ventana y con la palma de la mano izquierda trato de deslizar el vidrio. En el primer intento no lo logro. Inflo pulmones para llenar de fuerza al cuerpo, apoyo la palma de la mano contra el vidrio. Deslizo. El cristal cede para correrse. Puedo sostenerme de un borde para impulsarme al interior. Logro apoyar un pie en la mesa para reducir la distancia del cuerpo con relación al piso de la estancia. Una vez dentro camino con el cuidado de un cazador al acecho. Voy de puntitas aguantando la respiración para no tirar alguno de los adornos que inundan el lugar. Es un archipiélago de obstáculos. Me dirijo a la habitación convertida en estudio, la misma en la que estuvimos hablando hace unos minutos. Al querer abrir uno de los archiveros empotrados, notó el temblor de las manos y el agua del sudor que moja frente, axilas y manos. Enjugo el agua de la frente con la manga de la camisa y cierro unos segundos los ojos para recuperar la respiración. Abro los archiveros para deslizar hacia afuera la pila de folders que brotan como serpentinas de colores impulsadas por la fuerza del aire. Reviso con minuciosidad cada carpeta y no veo por ningún lado los folios que nos hacen falta. Me recuesto unos minutos en el *reposet* de piel negra y por fin me viene a la mente el recuerdo del cajón oculto del escritorio que olvido, nublado por la precipitación del momento. Con la energía renovada meto las dos manos por debajo del escritorio, ausculto cada centímetro de la base. Compruebo lo que mi rodilla golpea: un cajón oculto. Me deslizo por debajo del mueble y trato de empujar hacia afuera la gaveta secreta. Por más que hago presión, permanece inmóvil.

–Algún botón, alguno de esos artefactos mecánicos que funcionan como candados. –Enlista Julia cuando la voy a ver para contarle lo que pasa en el interior–. Sigue al borde de la ventana, la respiración y la voz entrecortadas.

Regreso a la habitación estudio. Los nervios a flor de piel, supuran incoordinación. El sudor cae en forma de gotas por todos lados, llueve en las hojas militares. Levanto todas las tapas del escritorio, cajones, reviso cada detalle, tiento con los dedos todos los vericuetos posibles. Al borde de uno de los vértices descubro un botón que aprieto de inmediato. Se escucha un chasquido de madera y un golpe de fierros. Me inclino de nueva cuenta y descubro que la resistencia del cajón cede. Lo impulso hacia afuera y lo abro. La emoción detiene el sudor, tomo los papeles y de inmediato reconozco la letra menudísima. Estoy eufórico, descontrolado. La torpeza me regresa a la vida terrenal: con la espalda empujo una de las sillas de la habitación que a su vez colisiona con la estantería del librero. Una fotografía de nuestra tía abuela cae al suelo y se rompe el cristal que protege su figura contenida. Mi hermana me llama, estoy en pánico. No sé qué hacer, estoy rebasado. Salgo de la habitación y me topo de bruces con ella.

—¡Casi me matas del susto, Negrita! —Escupo las palabras, tomándola de la mano—. Tengo los folios, vámonos. —Le propongo mientras nos acercamos a la ventana por donde entramos—.

—No, espera —me detiene con firmeza—, hay que recoger, esto es un desastre.

Con temple heredado, recoge los pedazos de vidrio, ordena los archiveros, seca el sudor y reactiva el mecanismo de seguridad del cajón oculto. Nos abrazamos. Con la sensación de volar y las hojas con la letra del abuelo como botín emprendemos la huida. El alféizar de las ventanas llora pero soporta. Las cerramos con fuerza y tomamos unos minutos de aire al tiempo que jugueteamos con algunas de las cajitas de nuestra abuela.

—¿Te acuerdas de ésta? —Me pregunta con una polvera de plata en las manos que al abrirla proyecta nuestro reflejo—.

En ese estuche plateado con agujeros enmohecidos y obstruidos por el paso del tiempo, se guardaba un polvo llamado rapé. "Es para ayudar a reencontrar los estornudos perdidos", nos explicaba nuestra abuela mientras esnifaba. ¡Cómo nos divertíamos atrapando y dejando escapar estornudos!

Sin Alquitrán como guardián feroz de la planta baja, el descenso y salida del edificio es tarea fácil. Sin embargo, es necesario distraer al guardia de la entrada para que no se dé cuenta del desfase de tiempo con relación a la salida de nuestro tío. Preferimos que no tenga registro visual de nuestra huida.

–Pan comido. –Asegura Julia al momento de salir por la pluma del estacionamiento de la privada del edificio, protegidos como estamos por la carrocería de una camioneta tipo *pick up* que sale al mismo tiempo que nosotros–.

No puedo más que asentir con mérito compartido. Después de pendernos de un tercer piso sobre un alféizar imaginario, descubrir un mecanismo oculto de apertura y perseguir uno que otro estornudo de infancia, distraer al guardia de la entrada no representa reto alguno para nuestras aptitudes de escapistas.

Al salir de los departamentos, nos recibe una ciudad bulliciosa. Los murmullos de los viandantes nos golpean la cara como mosquitos hambrientos de sangre. Las papilas gustativas se encienden como antorchas con la variedad de olores que nos llegan de los rincones amurallados vestidos de brillantes baldosas. A lo lejos escuchamos música de barrio que llena los oídos de acordes como ardientes aullidos de lobos esteparios. La ruta de escape se convierte en un paisaje lleno de color y barullo. Los puestos de fruta recuerdan las estaciones del año: acariciamos manzanas y cerezas rojas como labios encendidos de carmín, nos pican las púas hirsutas y fuertes de tunas dispuestas y chayotes insípidos. Higos bien acomodados nos devuelven al mes de octubre con las higueras frondosas y simétricas que regalan esos frutos durante esa época del año. Los marchantes de lotería se nos acercan para ofrecernos billetes ganadores, reconocemos a uno de ellos. Es la sempiterna señora arrugada como las pasas que observamos en los expendios de semillas y frutos secos cuando acompañamos al mercado a mamá. Compramos doscientos pesos de billetes de lotería con el número siete "de la suerte". Siento un ligero brote de felicidad que se escapa por las pupilas y que comparto con mi hermana sin el engorroso intermedio de las palabras.

Estamos agotados, rendidos por una intensa jornada de recuerdos y de encuentros que nos proporcionan más piezas para armar el rompecabezas de la historia. Notamos que empiezan a abrirse algunas heridas que el tiempo ha cicatrizado. Nos preguntamos si vale la pena revolver a la familia y a nosotros mismos con la exhumación de recuerdos, pasajes y aguas que llevan mucho tiempo en remansos filiales. Todos ellos resguardados por la conveniente protección de la costumbre.

De regreso a casa, nos martillan en la cabeza episodios de infancia compartidos con nuestro tío. Volvemos a pensar en su forma de hablar y en su significado. Sobre todo, repasamos unos momentos la implicación sicológica que representa que sigamos conjugando de esa forma. Coincidimos en que se trata de un artificio involuntario para no olvidar algunas raíces que nos han formado y que buscan mantener a flote lo mejor de nuestra tradición sentimental: seguir siendo buenas personas. Aún conservamos el dibujo del paisaje de un fondo marino que nos hace para un proyecto de la clase de ciencias naturales. ¡Qué asombrosa facilidad tiene para dibujar! Los trazos aparecen sin dificultad, en automático. La escafandra del buzo es perfecta, idéntica a la de los programas de televisión en donde se sumergen para estudiar el fondo del océano. Los tanques de oxígeno parecen respirar y las mantarrayas y la orca asesina que ocupan el mayor espacio del lienzo desafían la mirada: sus mandíbulas están abiertas y la hechura prominente de los ojos, combinada con la disposición de los dientes afilados, aterroriza. Nos parece un personaje de alguna novela de Conrad. Presente, pero distante. Cercano, pero inaccesible. Nos sorprende su reacción ante nuestro interés por la trama familiar. ¿Por qué mentirnos con relación a los dos folios restantes? ¿Qué misterios guardan? ¿Qué dolores esconden? El baño de infancia acaba con las energías restantes. El recorrido por las calles del centro de la ciudad y los resoplos del primer capítulo de la carta del abuelo *(sin daros un beso y un abrazo, dentelladas a la pasta dentífrica, cómo abrí los ojos y cómo miré a todas partes)* nos envían a un espacio de tiempo en el que los recuerdos se combinan de manera maliciosa con la realidad y nos descubren vulnerables. Estamos tan inmersos y sintonizados con la historia que sólo la ilusión de llegar a sentarnos y leer lo que robamos nos mantiene a flote.

* * * *

—No está nada fácil de leer el libro del abuelo, la verdad. —Advierte Julia antes de lanzarse al sillón–guardián que más le gusta–. Estamos en el cuarto de televisión, nuestra guarida preferida. Por la mañana, muy temprano, podemos hablar con la tía y saber que el sobresalto de nuestro encuentro con ella no causa mayores problemas médicos. Mamá nos pide que la dejemos en paz algunos días, "antes de que le dé un patatús de verdad", con esas palabras nos lo solicita.

—Ya desde el título, *Guerra y Vicisitudes de los Españoles*, te empieza a dar una flojera imperial. Lo que sí reconozco —sigue hablando mientras me acerco al sillón donde está acostada para tomar el libro que tiene entre las manos— es que hay un sabor poético, un cierto manejo del lenguaje que por momentos te atrapa y logra meterte en la historia.

—Sí, es un poeta. —Refrendo el comentario y me tumbo en otro de los sillones–guardianes, el mío de tres plazas, cómodo como la costumbre–.

Cerramos la puerta para blindar el ambiente y concentrarnos en la historia. Experimento un *déjà vu* infantil: cada vez que llegábamos a casa de la escuela, nos subíamos a este mismo cuarto de televisión. Nos tumbábamos a pierna suelta en los sillones–guardianes. Teníamos quince o veinte minutos antes de que mamá nos llamara para bajar a comer.

La breve siesta que tomábamos sabía a eternidad. Era la mejor medicina para sanar al cuerpo. Han pasado muchos años desde aquellas siestas curativas. Y sin embrago, cada vez que las recuerdo me inunda una sensación de contemplación activa. Una deliciosa constatación de sentirme vivo.

Aquí dice –leo del libro de pasta color naranja brillante que nos llevamos de forma legítima del departamento de Jose– que la primera edición se publica con el título de *Historia de la Guerra de España*, en 1940. O sea que con poco más de cuarenta años, tiene cinco hijos, ha dirigido *El Socialista* por un buen rato, escrito cuatro o cinco novelas, un libro de no ficción de dos tomos con más de seiscientas páginas y, por si fuera poco, es preso político.

–Antes se vivía menos, había que trabajar más.

–Me haces reír, Negrita. –Alcanzo a decir y aún con risa en la voz, le aviento un cojín que la sorprende porque se incorpora del sillón-guardián–.

–Sí, estoy de acuerdo, pero está hecho de otra madera, ¿no? Cada vez que leo lo que escribe se me estremece el cuerpo y siento que su historia es una invitación constante para ser una mejor persona.

Julia me regresa el gesto acrobático: veo volar uno de los cojines más grandes. Aterriza en mi cabeza, estamos a mano.

–¿Por qué no se fue antes de España? –Pregunta al aire, juega con los pies con uno de los cojines pequeños que adornan los sillones–. Pudo haber salido muchas semanas antes junto con Azaña y otros funcionarios del gobierno republicano. Haberse salvado, haberles dado ese beso y abrazo y haber ahorrado un buen trauma familiar.

–No lo sé. –Le respondo, sigo leyendo el libro–. Escucha lo que escribe en el prólogo: *"Pero, ¿qué hacer si ese lujo es, para ciertas conciencias, necesidad biológica? A ellas, muchas o pocas, va este libro".* Creo que se refiere a la imparcialidad.

Y es verdad, ante todo objetividad en la escritura, un propósito claro por testimoniar sin el matiz ponzoñoso de la ideología.

–Sí, lo entiendo, –está incorporada en el sillón–guardián, aprieta uno de los cojines al pecho– es en contra de su naturaleza, pero de todas maneras todo estaba jodido ya: las líneas republicanas caían como moscas, los aliados hacían mutis y, por si algo faltara, el cargamento de armas prometido por la Unión Soviética no llega nunca. Aun así espera hasta el final para salir. ¿Por qué? ¿Qué cargo tiene?

–Durante el Gobierno de la II República tiene dos cargos importantes –Le respondo con datos que recopilo y trascribo en un cuaderno *Moleskine* color vino–. De mayo de 1937 a abril de 1938 es Ministro de la Gobernación del gobierno de Juan Negrín y de abril de 1938 hasta el final de la guerra ocupa el cargo de Secretario General de la Secretaría General de la Defensa Nacional.

–Qué dura debe ser una guerra. –Afirma de pronto mi hermana–. Tengo tan presente las cosas que nos contaban la tía o nuestra abuela con respecto a ella. Lo que más me impactaba era la forma cómo nos los narraban. Los gestos, la comunicación del cuerpo expresaba mucho más que las palabras.

Me incorporo del sillón–guardián en el que estoy tumbado. Recuerdos variados revolotean en la cabeza. Sin pensar mucho, dejo que la mente escoja el recuerdo más presente y le permito que lleve la conversación.

–No sé, pero ahora que lo mencionas me vienen de la memoria los domingos que pasamos en el Centro Republicano, ¿te acuerdas?

–Sí, cómo no. –Me responde con sinceridad, sé que sus recuerdos viajan como los míos hasta el lugar–. Bastante sórdido el edificio, por cierto. Sigue estando en el mismo lugar, increíble.

Casi todos los domingos de una etapa de mi vida que permanece inmóvil en la memoria, comíamos en el Centro

Republicano Español de la ciudad de México. Al bajar del coche siempre nos esperaba alguien a la puerta de entrada que nos conducía por un pasaje comercial abarrotado de negocios. Esa persona podía ser nuestro tío, nuestra abuela, un amigo de nuestros padres o alguno de los veteranos de guerra republicanos que expiaban recuerdos y culpas en el manto amargo de la vejez. Sobre todo en estos últimos personajes reconocíamos algo misterioso y triste a la vez. Su semblante era parco, sin luz. Todas sus conversaciones con nosotros aludían a la guerra y a la necesidad. Siempre nos hablaban de familiares y amigos perdidos, al tiempo de recordarnos que la vida había que vivirla con poco equipaje y estar listos para cualquier desgracia. Tenían rostros ajados, vencidos. Los integrantes de las siguientes generaciones eran más ligeros y espontáneos. Nuestro tío Jose, por ejemplo. Si él nos esperaba a la puerta del Centro, competíamos por llegar primero al tercer piso. Las escaleras eran estrechas y peligrosas, la carrera una competición mortal. Al llegar a la meta, sacaba de la bolsa del pantalón un pequeño fajo de billetes ordenados y nos daba uno de veinte pesos a cada quien. Recuerdo la figura de Morelos mirándonos atenta desde un fondo rojo de crepúsculo solar.

–Tengo muy presente la imagen de muchos de los viejitos republicanos que nos saludaban cuando éramos unos niños. Algunos incluso me daban miedo con sus discursos tristes y sus rostros apagados. Había uno que tenía la nariz rojísima y muy abotargada.

–Me acuerdo perfecto. –Apura mi hermana, empapada de nostalgia–. Me pasaba lo mismo. Eran como figuras espectrales, afectadas todas por la dolencia de la guerra. Alguna vez saludamos a José Gaos, ¿te acuerdas? Papá nos lo presentó y muy solemne dijo: "este es un poeta de verdad, no como Lorquita". Me acuerdo de sus manos, tan blancas y suaves. Parecía un fantasma.

–Sí, lo recuerdo muy bien porque me impresionó mucho su liviandad. Su presencia imperceptible pero existente. –Hablo sin poder explicar bien la sensación que guardo del poeta–. Me pasa que esos recuerdos se van aquilatando con el paso de los años. Ganan peso.

Se hace un silencio, lo aprovechamos para acomodar el cuerpo y estirar los brazos en el aire. Se me escapa un gemido de complacencia.

–Ya estamos envejeciendo, Negrita, ni modo. –Aprovecho la inercia del lamento gutural para hacer el comentario–.

–Yo creo que lo peor de todo es la pérdida. –Sentencia mi hermana y al hacerlo toma los dos folios de la carta que descansan sobre la mesa del cuarto–.

–La pérdida y el abandono. El silencio. Porque creo que todos hemos vivido una guerra. Vivir es una guerra. Vas dejando recuerdos, matando amigos, olvidándote de lo que eres en realidad. Perdiendo peso específico.

–Tranquilo –me frena–, que con un poeta en la familia basta. Y el abuelo te ganó el lugar por prelación genealógica.

Sonrío, le sigo la corriente.

–A veces la poesía también es dura. Te acuerdas de Lorquita, el pobre muere asesinado, como el verdadero, y a Lezamita se lo carga Ernesto con la implacabilidad de un carnicero.

–Pienso mucho en nosotros como familia. –Se recoge el pelo en una cola de caballo–. Toda esta historia me acerca de formas nuevas contigo, con mamá y papá. Todo se vincula y adquiere relieve. La debilidad de nuestra abuela, las congestiones y heridas de la tía. La bondad de hermanos e hijos. El vínculo infantil que nos une a nuestro tío. Las formas de comunicación. La manera de sentir.

* * * *

—Entonces —el sonido de la voz de Julia me despierta de una somnolencia que empezaba a adueñarse de mente y cuerpo, seguimos en los sillones-guardianes del cuarto de televisión—, después de que le toman la foto filiación, lo llevan de regreso a Madrid para enjuiciarlo, ¿no?

—Sí —le respondo con la carta en las manos, los muslos me sirven para sostener las hojas que leo—, le meten una friega de aquellas. Ya sabemos que de París lo conducen, por la carretera de Orleans, a España. Pasan por Poitiers, dejan Burdeos, paran en Biarritz, bordean Bilbao y llegan a Irún, donde le hacen la foto filiación. ¿La tienes? ¿La puedo ver?

La desprendo para verla. El *clip* que la ata a las hojas supura un hollín metálico que la ensucia. Una marca de tizne plateado la marca por la parte central, sin manchar la imagen.

— ¡Poitiers! Cómo se me había olvidado. Uno de esos pueblos de encanto.

—Ya, no empieces Ogolín, lee, sigue. —Me reprime y noto que lo pide en serio. Me alineo—.

—Pasa siete días en la cárcel de Irún. Mira, te leo: *"El director de la prisión me encerró, incomunicado, en un cuarto donde no había absolutamente nada: ni silla, ni mesa, ni cama, ni petate. Un cuarto vacío y sucio. Siete días a este régimen, durmiendo en el suelo y comiendo un plato de arroz limpio. Frío y pulgas"*.

—Muy elocuente: la está pasando de maravilla.

—A pesar de las condiciones, encuentra pequeñas muestras de humanidad: algunos presos le envían dinero y comida. Puede, con la ayuda de amigos de lucha presos en Irún, escribir a su mujer. *¡Cuánto tiempo que no me siento, cómodamente a escribirte!* —Recito de memoria las primeras líneas—.

–Ese hábito de memorizar frases me está inquietando. No te me vayas a deschavetar, por favor.

–Es uno muy bueno. –Le aseguro–. Pienso en los obstáculos que construyo para boicotearme. El abuelo me devuelve las ganas de luchar por mi sueño de escribir. En las condiciones más terribles que podamos imaginar, nunca deja de hacerlo. Es admirable.

–¿La redacta ahí, en Irún? –Me pregunta mientras se levanta del sillón–guardián para sentarse a mi lado–.

–No creo –le respondo–. No, mira, seguro no, porque aquí explica que su esposa no recibe la correspondencia que le escribe desde esta cárcel.

–¿Quién se la entrega? –Enseguida hace una pausa, pregunta al aire–. Entonces, lo llevan a Madrid, ¿no?

–Ajá –sigo leyendo, permanecemos juntos en el sillón–guardián de tres plazas–, de Irún lo llevan a Madrid para encerrarlo en los separos de la Dirección General de Seguridad.

Organismo autónomo español dependiente del Ministerio de Gobernación y responsable de la política de orden público en todo el territorio nacional de España. Finalizada la Guerra Civil Española, incrementó su papel de control del orden público durante la dictadura, convirtiéndose en uno de los resortes principales de la represión franquista, leo en mis notas las señas mínimas de la corporación y pienso en las novelas de Agatha Christie que devorábamos como obleas de dulce durante las vacaciones.

–Ahí se entera del encarcelamiento de sus amigos Teodomiro, Cipriano, Cruz Salido, Montilla y Miguel Salvador. ¡Tengo sus coordenadas! –Le grito a mi hermana para que me escuche, está en el baño, a unos tres metros de distancia–.

Le leo los datos telegráficos (son muy escasos para ser biográficos) de las fichas de encarcelamiento:

–Teodomiro Menéndez Fernández (acompaña la ficha una foto filiación)

Oviedo, 1879. Militante socialista, dirige la huelga ferroviaria de Asturias en junio de 1917. Durante la II República es diputado por Asturias y subsecretario de Obras Públicas. Participa en la revolución de Asturias de 1934. Detenido en Burdeos en 1940.

–Cipriano de Rivas–Cherif (acompaña la ficha una foto tamaño filiación)

Madrid, 1891. Casado con Dolores Azaña, hermana de Manuel Azaña. Escritor y director de teatro. Detenido en Arcachón en 1940.

–Francisco Cruz Salido (acompaña la ficha una foto tamaño filiación)

Jaén, 1898. Militante socialista y periodista. Jefe de redacción de El Defensor en 1916. Colaborador de El Imparcial, La Lucha, Claridades y Norte Andaluz. Redactor de El Socialista en 1932. Secretario de actas de la Comisión Ejecutiva del PSOE de 1936 a 1939. Detenido en París en 1940.

–Carlos Montilla (acompaña la ficha una foto tamaño filiación)

Madrid, 1898. Militante socialista. Participa en las huelgas de Madrid de 1932. Asistente de Zugazagoitia y Cruz Salido en El Socialista. Detenido en París en 1940.

–Miguel Salvador Roque (acompaña la ficha una foto tamaño filiación)

Barcelona, 1902. Militante socialista e integrante del Sindicato Nacional Ferroviario de la UGT. Delegado en el Congreso Nacional de Sindicalistas Socialistas de 1927. Detenido en Arcachón en 1940.

–Julián Zugazagoitia Mendieta (acompaña la ficha una foto tamaño filiación)

Bilbao, 1899. Militante socialista y periodista. Diputado a Cortes por Badajoz en 1931 y por Bilbao en 1936. Redactor de El Liberal. Director de El Socialista de 1932 a 1937. Ministro de la Gobernación en el primer Gobierno de Juan Negrín, de mayo de 1937 a abril de 1938. Secretario General del Ministerio de Defensa de 1938 a 1939. Detenido en París en 1940.

–En su libro habla mucho de Cipriano y de Cruz Salido. –Julia me comparte incorporándose a la lectura de las fichas de registro carcelario–. Creo que es la única vez, cuando habla de ellos, donde patina su objetividad.

–Sí, eran sus camaradas, hermanos de guerra.

–Pasan ¡ochenta días encerrados! Esto está lindo –le doy la hoja número cuatro del segundo folio–.

–A ver, déjame leer: *"¡Cuántos días esperé tu respuesta con la ansiedad de un regalo precioso!"*

–Eso que hace con las letras me conmueve. Imagino a su mujer, sin recibir noticias, y a él escribiendo como loco con la ilusión de que sus cartas serán entregadas a su familia.

–Sí, es de una ternura enorme, porque además justo coinciden las fechas, ¿no? Es muy probable que mientras redacta estas palabras, Julita y la prole se encuentran en el Serpa Pinto pasando penurias paralelas.

–Déjame tomar un respiro. –Le pido–, que la historia me está calando los huesos.

****

Nuestra vida escolar sigue con normalidad, aunque nuestro enfoque se centra en los nuevos acontecimientos. Lo único que nos interesa es leer para seguir reconstruyendo la historia y entender algunos huecos de nuestra saga y entramado familiar. Mamá es de nuevo un monumento a la expresión simbólica e implícita, nos cuesta trabajo conectar con ella. Está al tanto de nuestras pesquisas, pero se mantiene a una sana distancia. Estamos seguros que lo hace a propósito, para obligarnos a avanzar por nuestra cuenta sin más recursos que la curiosidad. Julia opina que es un bloqueo sentimental. Piensa que está incapacitada emocionalmente para recorrer la huella indeleble de los recuerdos. Las heridas están cerradas y prefiere observar las cicatrices que abrirlas para limpiarlas. Nos sentimos parte de una máquina industrial cuyos engranes empiezan a ordenar la producción de materiales: la energía mental a tope, la tracción motriz perfecta. Los sucesos que nos revela el segundo folio se organizan. Todo está conectado. Todo sigue cobrando sentido filial.

–Empieza el juicio. –Arranco la lectura compartida–. Tenemos dos horas ahorcadas entre clases.

–No, ahora déjame leer a mí.

Son casi las once de la mañana. A la una debemos atender la clase de Biología con una maestra de recién ingreso. A lo lejos veo cómo mis amigos juegan futbol en las canchas de cemento del colegio. Un impulso eléctrico invade el cuerpo. Aun así, el enganche con la historia supera al instinto por ir a patear un balón. La voz de mi hermana empieza a imponerse, me tranquiliza.

–Poco a poco las condiciones del cautiverio le empiezan a pasar factura. Come casi nada, solo acelgas hervidas y no tiene acceso al café y a los cigarrillos que lo mantienen entretenido. La próstata está que le estalla: se levanta al baño cada vez con más regularidad. Sigue escribiendo, obtiene algunas noticias y recibe la visita de una tal tía Francisca y una prima Carmen. ¿Las ubicas?

–Carmen Mendieta –le respondo revisando mis notas del cuaderno color vino–, hija de uno de sus tíos. Francisca es hermana de su madre, como la única monja de la familia,

Sor Agustina. ¿Qué noticias de su mujer? –Le pregunto con curiosidad–.

–No da detalles, solo señala eso, que obtiene noticias de la prole. Viene la primera batería de declaraciones. Entra y sale de oficinas y juzgados. Primero presta declaración y después es remitido ante el juez que conduce el resto del proceso.

–Un general, seguro. –Adivino mientras pateo un balón que llega hasta donde nos encontramos. Lo golpeo con tanta fuerza que el empeine del pie derecho arde–. Lo van a juzgar desde la perspectiva militar y lo van a hacer pedazos.

–El abuelo explica que lo trata bastante bien. –Julia habla sin despegar los ojos de la carta– Incluso, después de largas sesiones de conversación, nota que nace simpatía entre ellos. El general le cree porque sabe que el abuelo cuenta la verdad.

–Entonces esa tara de la ingenuidad ya sabemos de dónde viene, ¿no? –replico con un paso de molestia–.

–Te digo algo –detiene la lectura para voltearme a ver–, para mí todo este asunto de la guerra y del exilio tiene que ver mucho con lo que comentabas hace un rato: nos hace mejores personas. Desde muy pequeños nos impregnamos de historias que nos formaron y modificaron para siempre. Historias de gente buena, comprometida con la vida, con las emociones. Capaces de luchar por el bienestar de otros y por ideales vinculados con la verdad y la libertad.

La secundo sin la intermediación de las palabras. Y me emociono por dentro. Seguimos leyendo, juntos.

–Mientras esperan los cargos, se les informa que están en procesamiento con estatus de prisión comunicada. Es el dieciocho de octubre. Pasan unas horas inmejorables: pueden hablar entre ellos, reciben comida de la calle, algunas noticias de la familia. Hay esperanza, hablan de las posibilidades de liberación.

–¡Qué horror! ¡Qué angustia! –Hacemos una pausa sofocada y apartamos los ojos de las hojas–.

Julia está consternada. De los dos, es la que muestra más temple emocional. En los momentos críticos encuentra la palabra adecuada o el gesto importante para devolver las fuerzas que se extinguen. Es mi soporte sentimental. Yo camino tomado de su mano, tal como lo hacía muchos años atrás cuando entrábamos por la puerta de la escuela primaria y caminábamos juntos hasta llegar al salón de clases. Lo que acaba de leer la dobla como a una de esas reglas de plástico que usamos en la escuela. El diecinueve de octubre, pocas horas después de anunciarles el proceso y el estatus de encarcelamiento preventivo con derecho a comunicación, el juez notifica que el fiscal ha solicitado pena de muerte para todos.

–Ahora resulta que después de cien días de incomunicación, todo el proceso se lo avientan en uno. Se los van a cargar. Desde el veintisiete de julio el abuelo es un sentenciado a muerte. –Comparto mi frustración–.

–Sí, claro, escucha esto. –Noto que se recupera un poco, el color le vuelve a la cara–.

–El juez, con el que hila algún tipo de empatía (el famoso síndrome de Estocolmo, pensamos), logra aplazar el Consejo de Guerra dos días para que los acusados puedan estudiar los cargos, hablar con el abogado defensor y citar a testigos defensores.

– Y rezar. ¡A los seis, que seguramente son más ateos que una enfermedad venérea, no les queda más remedio que rezar! ¡Qué jodidez! –. Exclamo con fuerza y una de las prefectas del colegio me pide silencio llevándose el índice izquierdo a los labios–. Trato de calmarme para poder seguir leyendo.

–El abuelo cita como testigos de su inocencia a Wenceslao Fernández Flores, Rafael Sánchez Mazas y a Amelia Azarola Echeverría, viuda de Julio Ruíz de Alda.

El apellido Ruiz de Alda hace eco en los oídos. Reviso mis notas: aviador considerado un pionero de la navegación española, cofundador de Falange. Tras el comienzo de la guerra es detenido por las autoridades republicanas y puesto bajo custodia en la Cárcel Modelo de Madrid. El 22 de agosto de 1936 la prisión es invadida por milicianos anarquistas, que se hacen con el control de la misma y deciden fusilar a los presos más importantes, entre ellos a Ruíz de Alda. El abuelo trabaja en el Ministerio de la Gobernación cuando ocurren los acontecimientos. Habla con los deudos, en especial con la viuda, Amelia. Amista con ella, la ayuda a salir adelante, comparte su visión del conflicto y de la injustica supina de los milicianos anarquistas.

–Se puede saber de qué los acusan. –Pregunto después de cerrar mi cuaderno de notas–. ¿Cuenta algo al respecto?

–Como responsables e inductores de "las cosas ocurridas en España". Ni más ni menos.

–¡No me jodas! Es de risa.

Ese fin de semana el abuelo escribe un telegrama, pero los servicios carcelarios no lo entregan a su destino. Lo incautan. El domingo y el lunes por la tarde lo sorprende la compañía de visitas inesperadas. Los encuentros son entrañables –Julia me entrega el episodio que acaba de leer en silencio–.

"Pero, con gran asombro supimos al día siguiente que nuestros telegramas no habían sido cursados. Pero he aquí que el domingo a la tarde, a la hora de las visitas, me encontré con la tía Francisca y la prima Carmen que, por inspiración de su bondad, se habían plantado en Madrid con la tía Agustina. Puedes imaginarte la emoción y al mismo tiempo, el disgusto que se llevaron al saber por mí la verdadera situación del proceso. La pobre tía no podía creer lo que le decía y sólo tenía fuerzas para besarme y para llorar. A Carmen le pasaba otro tanto, aun cuando más enérgica

pensaba en lo que podía hacerse para evitar la condena. No se puede decir lo que una y otra han subido y bajado, entrado y salido, siempre en mi beneficio, en los diez o doce días que permanecieron en Madrid. El lunes por la tarde, horas antes del Consejo de Guerra, volvieron, acompañadas de tía Sor Agustina, a verme. La visita de la tía monja, que tiene acentuado el parecido con la madre, me produjo una gran emoción, que se resolvió en lágrimas".

–¿Una monja en la familia? –En mis notas tengo registrado el dato, pero apenas entiendo el guiño de la vida–. Con gran parecido a su madre. Qué historia, cada vez me conmueve más. Imagino al abuelo al momento de verla, soltar lágrimas apretadas, enjugarlas rápido, cobrar la entereza. Hacerse el fuerte.

–El siguiente lunes comparecen ante el Consejo de Guerra. Son las seis de la tarde y el ambiente es tenso y hostil: se puede cortar con la mano. El carácter del acto es sumarísimo porque al Consejo lo integran generales de rango acompañados por militares de todas las graduaciones. Exaltados, se sienten con la autoridad moral para juzgar la historia. Han ganado la guerra y buscan apuntalar el estatus moral de la contienda.

–Quieren intimidarlos. Maltratarlos hasta la humillación.

–Pues no lo consiguen. No al menos desde el pedestal de la dignidad: "ninguno de los seis que nos sentamos en el banquillo dio la menor muestra de nerviosismo ni alteración".

–Están hechos de otra madera –Reflexiona Julia con calma–. Pienso en nuestras generaciones e incluso en las que nos preceden y no veo ejemplo de lucha o dignidad. Ya no digamos una buena razón para dar la vida en el propósito de mejorar algo o cumplir un ideal. A veces las penurias nos vuelven más conscientes, nos otorgan esa humildad tan necesaria para poder sentir de verdad.

–El primer testigo en presentarse a comparecer es el escritor Wenceslao Fernández Flores. Hace una defensa memorable del abuelo: llena de elogios a su carácter de buen periodista y mejor funcionario. Destaca sus dotes para la conciliación y para la búsqueda del bien común. Es el único testigo que pide al Consejo de Guerra la anulación de todo el proceso por claras violaciones al procedimiento de detención de los acusados.

–No entiendo –pregunto con genuina ignorancia–.

–El abuelo escribe que es el punto clave de la defensa: tirar el proceso legal con base en las violaciones a la forma en la que fueron detenidos y llevados de regreso a España. Incluso él trata de abordar ese punto con más detalles durante el juicio, pero el presidente del Consejo lo apura en su argumentación y le obliga a guardar silencio.

–En realidad, son dos ocasiones en las que el juez le pide que calle la boca. –Le cuento con el cuaderno *Moleskine* en las manos–. La primera ocurre cuando habla maravillas de Pablo Iglesias y se declara admirador de su doctrina. La segunda, cuando pide al magistrado que se estipule en actas que él es el responsable de todo.

–Increíble. Quiere exculpar a todos para salvarlos. Es de un tamaño moral inmenso. Recuérdame quién es Pablo Iglesias, por favor.

–Uno de los referentes más importantes del socialismo español. –Sigo leyendo–. Mentor del padre de nuestro abuelo, guía de muchos republicanos y gran defensor de los derechos de los trabajadores.

–¿Los demás testigos? –Le pregunto–.

–No se presentan.

–¿Por qué? ¡Qué desconsideración!

–Sí, concuerdo contigo, pero es difícil juzgarlos. La situación del país era muy complicada. Rafael Sánchez Mazas no está en Madrid, huye también de la represión franquista y Amelia prefiere no acudir por tratarse de un proceso viciado, eso le escribe al abogado defensor cuando se excusa.

–Claro, todo es una farsa. –Coincido con la viuda del aviador–.

– Al parecer sí, porque al fiscal del caso no le toma más que unos minutos dictar sentencia, mira ven. –Me acurruco a su lado. Ella me abraza. Leemos juntos–.

"Terminó el Consejo y fuimos trasladados a la cárcel de Porlier –donde continuamos– donde a las pocas horas adquirimos la convicción trágica de que habíamos sido condenados a muerte. El director de la prisión, Sr. Tomé, llegó hasta ofrecernos una copa de coñac. El síntoma era inequívoco. Más tarde supimos que en la habitación de al lado estaban preparados dos sacerdotes, para el supuesto de que deseásemos recibir los auxilios espirituales. Toda la noche nos la pasamos prácticamente en capilla, esperando la comunicación de la sentencia, sobre cuya ejecución no había desaparecido toda duda. Al amanecer nos dimos cuenta de todo"

Me siento apenado con mis angustias existenciales y con la insignificancia que en ocasiones ha tomado mi vida. Olvidado de mis sueños, vivo una existencia aburrida y monótona. Julia debe sentir lo mismo porque está encerrada en sí misma, masticando sus propias angustias. También piensa en su vida, en sueños abandonados. Tiene la mirada distraída. Tenemos la certeza de que nuestras existencias son buenas pero no extraordinarias. La inminencia de la muerte nos devuelve a un espacio de tiempo en el que no queremos estar, no al menos por el momento. Tomamos los dos folios para revisarlos con detenimiento. Le damos vueltas a las hojas de papel. Las retorcemos con fuerza, queriendo exprimir el contenido para que letras y palabras vuelvan a integrase en oraciones que muestren caminos, rutas que nos ayuden a reconciliarnos con nosotros mismos.

–Necesito leer el tercer capítulo, saber qué hacen cuando tienen la certeza de que los van a matar.

La apoyo sin la intermediación de las palabras.

EL GENERAL DÍAZ PORLIER

En nuestra vida cotidiana se nos vuelve hábito aprender de memoria frases de la carta para contextualizar situaciones, enfatizar emociones, enmarcar momentos, valorar la existencia o apurar decisiones para prepararnos a la acción. *¡Cuánto tiempo que no me siento, cómodamente, a escribirte!* la usamos para enfrentar las tareas escolares con la mejor disposición. *Mientras Fermín hacía el café, se lo dije al oído* es nuestro grito de guerra para advertir cuando algún integrante de la familia está más implícito de lo normal y hay que tomar medidas para convertirnos en exégetas eclesiásticos: Julia hace un gesto con las manos como si estuviera tomando un café y yo respondo con el ademán complementario de hacer mímica para ilustrar la acción de acercarme para susurrar algo a un oído imaginario. A partir de ese momento, la atención se concentra en leer entre líneas e ir más allá de lo evidente para comprender el núcleo de nuestras expresiones. El *sin daros un beso y un abrazo* tiene dos connotaciones, una verbal y otra afectiva. La primera es un llamado a la acción, la segunda la utilizamos para volver un hábito explícito el agradecimiento. Así que es bastante común que abracemos a la gente a la menor provocación. En nuestro balance afectivo preferimos irnos de este mundo con superávit emocional. *Desde el tiempo que nos queremos* la aplicamos para tributar con ese elogio a las parejas que aún se besan los labios y que su amor trasciende las barreras de lo terrenal. Cada vez lo utilizamos menos, así que si alguna pareja lo merece de verdad, nos vemos de cerca y soltamos un grito de emoción que se resuelve con la frase entrañable. Las *dentelladas a la pasta dentrífica* son el mejor de todos los antídotos para evitar cualquier resquicio de inconformidad ante un plato de comida caliente. *¡Cómo abrí los ojos y cómo miré a todas partes!* Esta es especial, es la expresión limpia y diáfana del disfrute consciente de nuestra libertad. Nos cuesta trabajo utilizarla, pero creemos que todas las actividades de la vida se vinculan a este principio existencial: abrir los ojos y mirar a todas partes. Porque ninguno de los dos está preso y porque cuando se es libre, lo menos que se debe hacer es esperar.

Después de los últimos descubrimientos, decidimos recorrer la ruta que toma el abuelo desde la detención en París hasta la sentencia en Madrid. Vamos en la búsqueda de registros de primera mano que nos ayuden a dotar de mayor contenido la historia. Queremos seguir llenando los recipientes familiares con recuerdos y notas sentimentales. Nos toma varias tardes explicarle a mamá las razones de nuestro atrevimiento al inmiscuirnos en su recámara para robar el primer folio de la carta. Le contamos nuestros motivos e impulsos filiales. Pedimos perdón. Cuando vamos a su encuentro para compartir nuestros planes, el enojo ha cedido lo suficiente para entablar una nueva conversación.

Dejen descansar a esa pobre alma. –Nos ruega–. Estamos a la mesa, los dos ansiosos por robar su aprobación. Terminamos de comer un nuevo ejercicio culinario: arroz a banda con alioli. Es verdad que se comunica con la cocina y los guisos, pero hay que tener el paladar educado para descubrir trazos de su sentimentalidad del día.

–Faltó un poco de azafrán. –Afirma mi hermana mientras saborea en la boca los granos de arroz–.

Mamá se quita los lentes, voltea a verla con desgano y actúa como si la interpelación gastronómica no fuera con ella.

Acabamos de concluir el ciclo escolar y se nos viene encima el verano. Queremos aprovechar las vacaciones para hacer el viaje. Necesitamos su anuencia y algo de dinero para completar el presupuesto que nos hace falta. Le explicamos que además de dudas por resolver, nos impulsa un motivo de reconciliación con nuestra historia. Estamos resueltos a viajar a París para honrar la memoria familiar.

—Bájenle tantito al tono de la cruzada. —Nos pide cuando termina de escucharnos—. Me pregunta si quiero un mango.

—No es ninguna cruzada. —Le explico usando sus palabras para que la redundancia la haga pensar que exagera. Con un pestañeo de los ojos le acepto el mango a Jovita—. Queremos conocer de primera mano los lugares, los ambientes. Llevar a un nivel adicional la empatía que nos genera la historia y experimentar lo que vive el abuelo cuando es trasladado a Madrid para el proceso judicial.

—También queremos preguntarle a la tía Juanita y a su hermano por el paradero del último folio.

—Pero termina ahí, en donde se han quedado. Todo lo que me han contado.

Me gusta la voz pasiva en su forma de hablar. Le otorga un sentido de continuidad a las cosas. Estamos seguros que sabe de la existencia del tercer folio, pero por alguna razón prefiere evadir el tema. Por resorte de infancia sabemos que en casa muchas situaciones sentimentales quedan sin resolverse, sujetas a una evasión casi inconsciente. Le insistimos a nuestra madre: le pedimos que nos cuente lo que sabe del tercer folio de la carta, lo que sucedió después de la sentencia que pedía la pena de muerte para el abuelo. Notamos cómo intenta estructurar posibles respuestas. Observamos cómo algo la detiene y la obliga a guardar silencio. Un peso sentimental que detona el patrón y la vuelve implícita, ambivalente, evasiva. Nosotros la entendemos. Comprendemos que la filiación es así, con sus tiempos y sus formas. Los seres humanos somos una especie de patriotas sentimentales, escuderos y defensores de nuestra identidad emocional. Algunos coleccionamos y atesoramos sentimientos, algunos otros prefieren o no pueden más que esconderlos.

–No lo creemos. –Asegura Julia para romper el silencio que empezaba a inundarlo todo. Sopea galletas María en agua (aborrece la leche)–. Además, está la sentencia de nuestra tía abuela: "la tía Juanita sabe, ella sabe". Te acuerdas que te contamos cuando fuimos a verla.

Veo a mi madre a los ojos, le tomo la mano jaspeada con pecas intermitentes.

–Sabemos que estás molesta por lo que hicimos, pero queremos hacerlo.

No es que nos trate de persuadir para no hacer el viaje a París. Creemos que está aterrada de que nos vayamos a un lugar desconocido y tan lejano. Tiene miedo, no sabemos bien si por lo que podamos encontrar, o por el desprendimiento. Se da cuenta que estamos creciendo. En el fondo, sabemos que le da gusto nuestro interés por las historias de la familia. Al igual que a nosotros, la vida del abuelo nunca le ha sido indiferente.

–Es más complicado que eso. –Nos explica con una leve sonrisa. Hay un paso de tristeza por el rostro–. Las relaciones de sangre son complejas. Ustedes son muy jóvenes todavía.

–Ya no tanto, viste el drama que nos armaron nuestros respectivos: Xavier no deja de pedirme que abandone la idea del viaje o que le permita acompañarme y Jimena le ha dicho a Diego que si hace el viaje solo que se olvide de ella. Sienten que son nuestros dueños. –Cuando termina de contarle a mamá nuestros desencuentros amoroso, mi hermana me avienta las llaves del coche para hacerme partícipe de la sentencia y para anunciarme que yo manejaré a la agencia de viajes–.

–Ese es un problema, la propiedad. No se dejen adueñar por nadie.

–Me da horror elegir una pareja. –Julia se lamenta–.

–Lo valioso es la bondad. Elige a alguien bueno.

–Pero la bondad, mamá, ¿cómo la reconozco?

–Tú eres buena, eres la mujer más buena del mundo, mi vida. Empieza por ahí.

Salimos con destino a París a principios del verano, una semana después de presentar exámenes finales en la escuela. El apoyo financiero y sentimental de papá es clave para reunir fuerzas y seguir adelante. Aun y cuando se ha mostrado algo reservado con el asunto, sabemos que en el fondo se siente muy orgulloso de nosotros. Así que con la aprobación implícita de mamá y con el soporte de nuestro padre, recolectamos los últimos centavos que nos hacen falta para comprar los boletos de avión con amigos solidarios y nos embarcamos de nuevo a la aventura. Esta vez más incierta que la búsqueda del primer folio de la carta, más peligrosa que la conversación que tenemos con nuestra tía abuela en sus oficinas y mucho más lejos que la casa de nuestro tío.

Después de registrar pasaportes, obtener pases de abordar, recorrer la distancia a la sala de espera y cruzar hacia los hangares, nos sentamos en el interior del avión. Nos esperan diez horas de vuelo. Estoy sentado junto a la ventanilla, en el asiento 24D, Julia va a mi lado, en el asiento 24C. En el asiento pegado al pasillo viene con nosotros una señora de edad avanzada. Usa lentes gruesos de fondo de botella. Lleva el pelo largo atado en una cola de caballo, tiene canas rebeldes que se separan del amarre dando un toque desaliñado al semblante general. Nos recuerda mucho a nuestra abuela materna. Durante el viaje rememoramos relaciones previas con un sentido de urgencia. Necesitamos comparativos, hechos reales o subjetivos que avalen la decisión de viajar sin equipaje de sobra.

–Todo cambia, ¿no? –Me pregunta Julia pensando quizá en su propia experiencia. El avión navega en calma–. Después del primer amor todo se vuelve distinto.

–Pierde vigencia. –Veo la inmensidad del cielo bañado de vapor de nubes por la escotilla del avión, cada vez son más pequeñas–.

–¿Cómo?–Me pregunta con curiosidad, frunce el ceño con vehemencia–.

–Sí, todo caduca más rápido. –Le respondo desempolvando los registros emocionales que guardo de mis noviazgos recientes y pasados–.

–El amor eterno, ¿no? –Traduce lo que pienso–.

–Hay días que despierto y mi primer registro sensorial es el olor de un amor. Dura un instante fugaz en el que se vuelve a activar su vigencia.

Una bolsa de aire precipita el avión algunos metros. Se me sube el estómago al cuello, como cuando un juego mecánico de feria avienta el cuerpo al vacío. Mi hermana observa a las azafatas, su aguda aerofobia sabe que los rostros esconden la respuesta que busca: si fingen naturalidad mientras se pasean por el avión a toda velocidad, mala cosa. El doble de nuestra abuela me voltea a ver con un paso de angustia en el rostro. Le devuelvo la mirada con mi mejor sonrisa para tratar de tranquilizarla. No hay rastro de alguna azafata alocada. Las miradas se separan.

–*Desde el tiempo que nos queremos*, ¿no? –Me pregunta Julia con una sonrisa que me parece más un gesto de ternura que de diversión–

–Sí –le respondo–, algún día encontraremos a los buenos.

Después de tomar la decisión de no involucrarnos en asuntos de sábanas para ir en busca de la eternidad del amor verdadero, una voz a doble idioma anuncia la llegada a París. Por la ventana observo la geometría de la ciudad. Las cuatro edificaciones más simbólicas que la distinguen, la ordenan en bloques tan simétricos que desde la altura la convierten en una maqueta: La Torre Eiffel, el Arco del Triunfo, Notre Dame y los Invalides. París huele a magia y a perfección. La estética como forma de lo cotidiano: una ventana de vidrio biselado enmarcada por madera blanca, la liviandad de una tela que cubre sillones y paredes, herrajes con hechuras y remates que parecen borlas de tejido. Sin querer espiamos la vida de personas en un mosaico departamental que tenemos a la vista: una mujer prepara la comida, un hombre lee los periódicos, una familia se dispone a salir. La limpieza de las calles, los adoquines brillantes por donde vamos pisando y la fila de faroles dotan a la ciudad de una vestimenta inmaculada. El murmuro del Sena supura familiaridad. La sensación de conjunto es de retroactividad filial. Una especie de *déjà vu* emocional se instala en la memoria. He estado aquí, es una ciudad que me pertenece. Antes de ir al hotel, pedimos al conductor que se detenga en la Asociación de Periodistas Europeos. Sabemos que esta institución guarda un registro detallado de la vida y obra de los periodistas de la época de la guerra. Las horas de sueño en el avión y la modificación fisiológica por el cambio de horario nos tienen en un estado de conciencia alterada. Salimos de día, llegamos con el sol en el horizonte. Aun así, nos entusiasma iniciar la búsqueda.

–En qué fecha deja el abuelo de dirigir *El Socialista*. –Pregunta mi hermana mientras caminamos por la acera de cemento hidráulico que nos conduce a la entrada–.

–Unos tres años antes de su detención, en 1937. –Le respondo después de consultar mi cuaderno de notas, me tropiezo con un rellano de la acera en forma de pliegue–.

–Empecemos a buscar por esa fecha. –Decide y empuja la puerta giratoria de vidrio de la entrada–. La sensación de conjunto es monacal. La sociedad editorial huele a pureza. La pila de estanterías y registros bibliográficos roba la mirada.

No sabemos bien a bien lo que estamos buscando. Salimos de México con la convicción de que el viaje a París completaría la historia. Que nos ayudaría a consumar la estela familiar para agregar piezas al rompecabezas de la reconciliación. Tenemos pistas muy importantes de lo ocurrido desde la detención –aquí mismo, en piso parisino–, pero no sabemos muchas cosas. Sobre todo detalles, queremos pormenores de la vida de un hombre que marca para siempre la de las personas que lo rodean. Hombres y mujeres que tienen resonancia para nosotros: abuelos, tíos, primos. Estirpe. La intuición y curiosidad por los avatares de nuestro linaje familiar siguen siendo nuestras armas más poderosas.

Julia inspecciona con minuciosidad la pila de registros dispuestos en mesas de gran formato que sirven para ese propósito. Son cientos de fichas, recortes y fotografías de la época. Recorremos con los dedos los apellidos de los periodistas europeos que se encuentran fichados en los archivos. Nos detenemos en la letra Z y tomamos dos expedientes enmarcados con el apellido del abuelo. Leer su nombre y su apellido en los archivos nos da un golpe en el corazón. Nos atropella la vista. Es verdad, existe: periodista, escritor, personaje de su tiempo, personaje real. Porque de un tiempo a la fecha, el apellido nos parece hueco, desacoplado del ser humano que lo porta durante la vida biológica. Las reminiscencias que tenemos de su recuerdo confluyen en el instante en el que vemos su apellido en la recopilación historiográfica que tenemos a la vista. El personaje mitológico que descubrimos aquella tarde empieza a aparecer, tomar forma, constituirse. Constatamos cómo su figura se va delineando para llenarse de contenido. Reconocemos por primera vez que uno de los propósitos de la aventura tiene su verdadero origen en conocer al hombre detrás del personaje mítico de los ecos de nuestra infancia, rellenar el tótem de su recuerdo con la materia vivida de su existencia. El número que asocia el apellido con el registro de hemeroteca es el 4251. Quiere decir que hay que ir a la sección de micro fichas –microfilms les llaman aquí– para continuar la revisión documental. A la entrada nos registramos como estudiantes en tránsito entre Francia y España. La coartada estudiantil nos da derecho a la gratuidad en las consultas y nos vuelve portadores de un par de credenciales tamaño media carta que además de identificarnos a varios metros a la redonda, nos dan acceso a todos los sistemas y registros documentales del edificio. Es una llave maestra que abre todo espacio donde los recuerdos se clasifican. Descubrimos varios artículos de esa época. Uno en particular nos llama la atención: "Las razones del cautiverio". Se trata de una enumeración que escribe de las razones por la que se puede llegar a justificar un cautiverio o un encierro de índole político. El artículo data de 1936 y termina con una frase que nos detiene algunos momentos: "es preferible la muerte al cautiverio forjado por la injusticia y la arbitrariedad". Nos quedamos helados, porque es justo lo que le ocurre a partir del 27 de julio de 1940. Pasamos el resto de la mañana en la asociación, pero no encontramos mucho más: algunos recortes de la época en los que aparece en reuniones oficiales y actos de gobierno; más artículos de los tiempos como director de *El Socialista* y algunas fotografías que los muestran en distintas etapas de su vida. Una de ellas, en la que está entado en un sillón oscuro con una especie de flora exótica estampada en color blanco, la vemos antes. Es más, la vemos miles de veces en la casa de nuestra tía abuela. Colgada en el muro que nos recibe al abrir la puerta del departamento, es uno de los pocos recuerdos fotográficos que la memoria de infancia guarda. La imagen nos parece muy distinta a la que recordamos. Tiene vida, es una foto con respiración. Nos corresponde la mirada.

–Uno nunca sabe para quien escribe, ¡qué bárbaro! –Sentencia mi hermana porque está al tanto que uno de los motivos principales para detener al abuelo son los artículos que escribe de forma ininterrumpida desde su primera experiencia como redactor en jefe de *El Liberal de Bilbao*–.

–A partir de mayo del 37 deja de escribir y se concentra en sus deberes en el Ministerio de Guerra –deduzco desde la placa de documentos que observamos a la luz blanca de un porta–acetatos–, porque a partir de esa fecha ya no aparecen artículos ni en *El Socialista* ni en ningún otro diario de la época donde colabora.

–En las fotos parece mayor.

–Sí, mucho más grande de la edad que en realidad tiene. En esta –tomo una de las fotos que sostiene–, tiene treinta y pocos años y parece un hombre de cincuenta.

–¿Te pasó lo mismo con la foto del sillón? –Me pregunta apoyando los codos en la mesa, las manos en el mentón le detienen la cabeza–.

–Sí, sentí la mirada. Dirás que estoy loco, pero por un momento sentí que nos estaba sonriendo con la boca, como aprobando lo que hacemos.

–A mí me devolvió la energía para seguir con el viaje.

–Hay un paso de emoción en su rostro–. En las otras ni lo reconocí, parece solemne.

–La solemnidad es la inteligencia de los idiotas. –Le digo con palabras de mamá, sin intención alguna de caracterizar la memoria o imagen del abuelo–.

–Sabemos que él no es ningún idiota. –Contiene–. Los acontecimientos hacen que las personas se opaquen. Más que solemnidad yo detecto tristeza. Es un alma vieja.

–¿Crees que intuye lo que viene?

–Estoy segura que sí. –Me responde mientras apaga el porta–acetatos y cierra las carpetas–. Además, cuenta con información de primera mano. Sabe de las tensiones políticas, de las diferencias cada vez más hondas entre las distintas facciones del gobierno. Está enterado de todo. No sabe cuándo, pero te aseguro que intuye que nada de lo que pasa en su país va a terminar bien.

—Pues, qué razón tiene. Lo que seguro no sabe es que en menos de dos años estará preso aquí, en la cárcel esta de, ¿cómo se llama?

—La Santé, nuestra próxima parada.

Caminamos hasta la salida para entregar los gafetes tamaño pasaporte que nos dan a cambio de nuestras identificaciones en el registro de entrada. El lugar nos recuerda mucho a los departamentos de algunas zonas de la ciudad de México. Los cuartos son compartimentos estancos. Todos iguales, geométricos, como tubos de leche en donde las personas ordeñan ubres bibliográficas en busca de recuerdos que permitan completar historias.

—Veo que buscáis información de la guerra. De algún pariente olvidado, ¿a que sí? —Nos interpela una voz de mujer, su esencia despide un olor que encandila los sentidos—. Estamos en la recepción, recogiendo nuestras identificaciones.

—Eres un maniático. —Opina mi hermana dándome un empujón con el hombro mientras guarda en la cartera su credencial para votar—.

—Tranquila —le pido sin que escuche la nueva interlocutora—, sólo busco sobrevivir. Esto de los viajes y las situaciones de la vida terrenal se me complican, ya lo sabes.

—Buscamos la memoria de nuestro abuelo —le comparto a la voz que acaba de hablar—. Bueno, de nuestro bisabuelo en realidad.

—Sí, ya me parecía a mí. Pues este lugar es uno de los mejores del mundo para ese propósito. Así que buscáis en territorio adecuado. —Nos asegura la voz mientras yo registro de nueva cuenta el olor corporal de la mujer que habla—. Aquí se encuentran reliquias mucho más antiguas. Ana Fernández —me extiende la mano—, soy hija de Úrsula. Mi madre habló con la vuestra hará unas semanas. Pensé que con suerte los encontraría aquí.

Estoy nublado por su belleza. Tanto, que no recuerdo si mamá nos comentó algo con relación a ella. Conecto visualmente con mi gemela para preguntarle con la mirada si sabe algo más. Nada, está igual de sorprendida.

–Yo estoy en la búsqueda de algo un poco más complicado –nos explica–. Trato de reconciliarme con mis padres.

–Pues me declaro fan de tu búsqueda –me doy un golpe en la ingle con la esquina de la mesa de recepción–. Diego, mucho gusto.

Julia se lleva una mano a la frente para esconder la mirada. Es buena para detectar mi propensión al enamoramiento.

–Nada que ver ¿no? –Le susurro mientras caminamos hacia la salida–. Me refiero, desde luego, a la inevitable comparación que hago con la mente entre Ana y otras mujeres con las que he mantenido algún tipo de relación amorosa.

–Ahora que lo mencionas –me ignora olímpicamente para mentirle a Ana–, mi madre me comentó algo en nuestra última llamada, pero sinceramente nunca pensé que nos encontraríamos. Me alegra la coincidencia: nosotros también estamos aquí para reconciliar árboles genealógicos. Así que, encantada de conocerte. Yo soy Julia.

–Igualmente, Julia. –Le extiende la mano y muestra los dientes–. Sabía que sois hermanos, pero no lo mucho que os parecéis.

–Gemelos sietemesinos, cada uno en su propia bolsita. Yo nací de milagro porque mi gemela me estaba ahogando al momento del parto y –termino haciendo un ademán de mago– tenemos la gracia de comunicarnos sin el intermedio de las palabras.

–¡Ah! ¡Telepatía! Pues vamos a necesitar mucha para este asunto de la reconciliación.

Oírla hablar en plural me emociona porque aparece la posibilidad de sumarla a la comitiva, o al menos compartir la historia con alguien en busca de algo similar. Que ese alguien sea un forro femenino que conoce a la familia y que huele a destino ya no es cosa mía. Conversamos con ella unos quince minutos más en un estanquillo de café y pasteles cercano para conocer más detalles de los motivos de su viaje, al tiempo de explicarle los nuestros. Decidimos que lo mejor para la causa reconciliatoria es hacer juntos el recorrido por tierras francesas.

Mi hermana sabe que estoy flechado porque observo en sus ojos el reproche sincero del sentimentalismo. "No es el momento oportuno para los enamoramientos", leo en su mente. "¿Recuerdas que habíamos quedado en nada de tormentos amorosos ni relaciones posesivas?" Tiene toda la razón, pero el amor es así, ¿no? Ocurre. Toma por sorpresa. Y la verdad, es una delicia. Esta vez yo creo todo lo contrario: no hay mejor tiempo para enamorarse que el ahora, sin importar las condiciones ni las circunstancias. El amor es eso al final, ¿no? La posibilidad de probar felicidad aún y cuando todo se encapriche por evitarla, incluso por destruirla. No olvido el pacto de castidad que acordamos cumplir en el avión, intento justificarme.

–Sí, ya sé lo que piensas –aprovecho la ida al baño de nuestra nueva integrante a la comunidad para sincerarme–, y tienes razón. Te prometo controlarme y atenerme al plan sin que mi parte sentimental se interponga mucho. Oye, pero tienes que aceptar que es un cuero.

–¡Claro! Te estoy dando lata telepática. Hablé con mamá. Me recordó lo de Ana, porque la verdad lo borré de la memoria. Es hija de dos amigos lejanos que frecuentaban el Centro Republicano Español hace muchos años. Dejaron México y se fueron a vivir a España. Úrsula la contacto hace algunos días para saludarla y hablaron de nuestro viaje.

–Y, ¿cómo está?

–Jose quiere hablar con nosotros.

–¡Puta madre! ¡La carta!

–No lo notó enojado, sólo le dijo que era importante.

–Entonces, ¿sabe que estamos aquí?

–No me lo dijo mamá, pero supongo que sí.

–¿Qué hacemos?

–Nada, por lo pronto nada, seguir y esperar a que se den las cosas.

–*Sin daros un beso y un abrazo, ¿no?*

–Exactamente, manos a la obra.

Al día siguiente, nos encontramos con Ana en la Rue du Commerce, a unos veinte minutos a pie de la 14 Arrondissement, calle en la que se encuentra la prisión de la Santé. Caminamos por un París que brilla debido a la escarcha de agua que se acumula en las calles. Espejos que reflejan el cielo por donde caminamos. Esta vez el olor de la ciudad es muy distinto al del primer día que llegamos. Huelo a pan, a esas mañanas de infancia que despierto en casa y se está entibiando chocolate en la hornilla de la estufa. En la mesa hay hogazas de distinta hechura y sabor: cuernitos, orejas con puntas de chocolate, trenzas acarameladas. Conforme caminamos huelo la esencia de París y trato de interpretar la de la mujer que me acompaña. París se convierte en pan horneado y ella en misterio para el corazón.

–¡Qué rico huelo! –rompe la monotonía del andar–. Me llama la atención el tiempo verbal que utiliza. Yo habría dicho huele en lugar de huelo, pero me gusta cómo suena en su voz.

–A pan de infancia. –Le pongo nombre al olor mientras hago equilibrio en uno de los bordes del camino por el que andamos–.

–Joder, ¡tienes razón!

Volteo a ver a Julia. Hasta ese momento reconocemos su acento castizo. El cansancio no nos permite la víspera, cuando la conocemos, identificar su nacionalidad. Ni siquiera pensamos en ello. Asumimos igualdad de condiciones: un alma sin patria buscando piezas en la inmensidad del universo bibliográfico de la asociación.

–¿Madrileña? –Le preguntamos–.

–¡Qué va! Soy valenciana e hija, nieta y bisnieta de escritores, para mayores señas.

–Yo quiero ser escritor. –Escupo, provocado por los ojos de la valenciana, detecto un paso de rubor por los cachetes, que se incendian–.

–Y yo actriz, que lo llevo en la sangre, guapo.

No sé si lo dice en serio, pero el porte lo tiene.

–Más bien artista –confieso mis pensamientos–. Tienes porte de artista.

Nos reímos y yo experimento un alivio cercano a la purificación de un monje tibetano al momento de abrazar el nirvana. Mi sueño por escribir descansa en el baúl de las intenciones frustradas. Declarar de bote pronto una intención tan íntima por el gatillo de los encantos de una mujer, me tiene en espasmo traqueal. Al borde de la reconciliación personal.

–Quiere escribir pero le da miedo. –Interviene Julia en la conversación–. Yo le insisto en que lo intente, que no pierde nada.

–Por favor, Negrita, me apenas. –Mi voz es un hilo–.

–Algún día tendrás que platicar con el padre. –Me sugiere Ana, acercándose–. Ya verás, te va a gustar.

–Soy ateo recalcitrante.

Sonríe y al hacerlo de nueva cuenta muestra sus dientes blancos, un pliegue de la piel forma un pequeño orificio que aparece en una de sus mejillas. Me toma del brazo y echamos a correr dibujando pasos alargados en el aire.

La Santé es una típica cárcel europea. O al menos así nos lo parece. Conocemos varias de este estilo: tres o cuatro edificios largos forman una muralla integrada. Los techos a doble agua con ladrillos rojos bien alineados y una edificación central redonda de la cual parten cinco estructuras alargadas con gabinetes y camerinos para los presos. La estructura redonda es el atalaya desde donde los guardias observan a los custodios. Las ventanas pequeñas en forma de escotillas de buque de vapor están recubiertas por nichos cuyos remates arquitectónicos desembocan en alfeizares de unos treinta centímetros de ancho. Desde la entrada se aprecia la extensión de la prisión. Nos parece enorme: diez o quince mil metros cuadrados de patios y jardines con edificaciones. Está rodeada por urbanizaciones civiles. Los viandantes que topamos al paso están acostumbrados al trajín militar porque no se inmutan con el estruendo de los camiones de redilas al cargar y descargar, ni tampoco con los sonidos de las torretas al indicar cambio de turno.

—¡Puta madre! Llevamos una hora esperando a estos francesitos. —Me quejo en voz alta, me levanto para presionar a la *madame* que atiende la ventanilla—. A ver si ya nos atienden, ¡carajo!

—Son la hostia, así que tranquilos que no queda más que esperar. —Nos propone Ana apretujada desde el sillón donde espera—.

—¿Valencia, Valencia? —Le pregunta Julia—.

—De Llombay, un pueblo cercano muy pequeño, de no más de tres mil almas.

Casi me ahogo con las uvas que estoy comiendo. Escupo las que puedo y congenio con los ojos en forma de plato de mi hermana.

—Parte de nuestra familia es de Llombay. —Le comparte Julia a Ana —. Y acto seguido, me da una palmada en la espalda que termina por expulsar las uvas de la garganta—.

Al fin nos llaman de la entrada. Nuestro ingreso es aprobado por los controles carcelarios, pero se nos indica que sólo tenemos acceso al área documental, en la Torre E, la última del tercer corredor que a la vista parece un vagón de tren frío y añoso de la posguerra.

—¿No podremos ver las celdas? —Pregunto con inquietud—. Estamos escribiendo nuestros nombres en las hojas de registro. Supongo que su apellido se lo debe a la línea genealógica que parte del bisabuelo y sigue con abuelo y padre, única vía posible para que el Fernández haya prevalecido.

—Los tíos estos han dicho que no, pero ya improvisaremos algo. Tú tranquilo.

—Entonces, a ver, vamos a recapitular —nos pide Julia antes de entrar a la Torre E—: a nuestro abuelo lo detienen aquí en París un 27 de julio por la mañana. Del departamento, la policía alemana lo trae a esta cárcel junto con Sevilla, que hoy sabemos —aquí acentúa la voz como si impartiera un curso de historia universal— se trata de Vladimiro Sevilla, jefe de instrucción militar y su antiguo asistente.

Ana está apoyada en un muro de la torre. Tiene las manos en la boca, mece el cuerpo en un gesto acrobático que nos tiene con los nervios de punta.

—¿Puedo ver la carta? —Nos pregunta con la seguridad de alguien que acaba de resolver un enigma que lleva algún tiempo masticando en la mente—.

Se la entrego para que la lea. Le explico que son dos folios. Dos de tres, le confirmo. Mientras ella lee me acerco a Julia para saber si tiene alguna novedad.

¡Anda! Wenceslao Fernández es mi bisabuelo. —Descubre al terminar de leer—, ya decía yo que todo esto tenía un sentido. ¡Hay que joderse!

De por sí cercana, en alguna medida sentimos que se vuelve parte de nuestra sangre. Su ansia reconciliatoria, de la que tenemos vagos indicios, se mete en los corazones para volverse también nuestra.

—Es al primer testigo que se cita nuestro abuelo durante el Consejo de Guerra que lo sentencia a pena de muerte. —Le explicamos emocionados—

—Sí, lo he leído, qué putada. A eso habéis venido, a reconciliaros con la muerte de esa rama de su árbol genealógico.

—No sabemos si lo matan o le dan cadena perpetua. —Le contamos con timidez—. La carta no es concluyente. Bueno, los dos folios que tenemos de ella.

—Pero, ¡hombre! No tengáis ninguna duda, se lo cargan seguro.

Oírla hablar con esa naturalidad de la historia que nos une me conmueve. Es increíble cómo la vida da y quita. Los propósitos escondidos son un misterio, jugadas del destino que nos sorprenden sin darnos tiempo de reaccionar ante lo que está ocurriendo. Así en la amistad como en el amor, de pronto te encuentras en un fango exquisito. En el panal alimenticio de los sentimientos, con la abeja reina custodiando al más importante de todos ellos: la nostalgia. Ese fardo de mil y un caras que arremete, que nos roba el presente para convertirlo en niebla existencial.

—Hay amigos que vas perdiendo en el camino por distintas razones, ¿no? —Habla mi hermana contagiada por las sensaciones que rodean el escenario—. Una vez que el cáncer del malentendido se instala, es muy difícil detenerlo. La metástasis acaba con todo. Y hay otros —dirige la mirada a Ana— que no los pierdes ni con la muerte.

Hace rato que estamos en el departamento documental. Es un pequeño recibidor repleto de archiveros con una mesa central de vidrio con cuatro sillas a su alrededor. Seguimos en la Torre E, lejos de los camerinos que se utilizaban para encerrar a los condenados. Llevamos horas hundidos en fojas y fojas de los diarios de cautiverio de la época.

–Aquí dice –Julia sostiene con las manos una libreta–, que el abuelo estuvo muy adolorido los seis días y las cinco noches que pasa en esta prisión–.

–¿Doctor Valles? ¿Quién es? ¿Te suena?–Le pregunto al leer el nombre del galeno–.

–Es el médico de guardia del bloque A. Es decir –de nuevo adquiere el rol de maestra de historia universal–, el doctor que lo atiende durante ese tiempo.

–Al parecer, a los presos de Europa Occidental los encerraban en el bloque A y a los demás en algún otro bloque–.

–España ¿Europa Occidental? Hay que joderse –vocifera Ana mientras se levanta de la silla para acercarse a la mesa donde estamos–. Pero si nos estábamos matando. ¿Qué otras categorías de encierro tienen?

–Resto del mundo y Europa Occidental.

–Pues eso, mejor resto del mundo, preferible.

Luego nos adentramos de nuevo en la búsqueda de trazos biográficos en los diarios de cautiverio. Descubrimos que el Doctor Valles lo atiende por "un dolor abdominal agudo y una molestia testicular no grave."

–Es la próstata, ¿no?

–Sí, la próstata y –hago un gesto de dolor antes de continuar– un grano en el escroto que lo tienen a nada de la parálisis motriz. Le prescriben penicilina a lo bestia y compresas de agua caliente cada tres horas.

Un silencio incomodo acompaña el ambiente.

–El diario médico indica –sigo leyendo, estiro las manos hacia arriba, me acompaña un bostezo– que está en muy malas condiciones de salud: débil, extenuado, anémico, al borde del colapso físico.

–Igual que nosotros, escritor. –Comparte Ana–. Hagamos una pausa.

Después de tomar agua en un cono de papel blanco y estirar las piernas, seguimos hurgando en los documentos de la prisión sin mucha suerte: no encontramos más que reportes anodinos de la conducta general de los prisioneros de aquella época y más diarios médicos. En camino hacia la salida, justo antes de pasar por el atalaya central de vigilancia, a Ana se le ocurre echar a correr hacia las celdas. Encandilado por el atrevimiento, la sigo por el alerón contiguo hacia los camerinos de los custodios. El paso es estrecho, apenas cabemos los dos por los pasillos. Nos golpeamos los hombros en el afán por llegar. Los camarotes son fríos e impersonales. A pesar de los retoques y la remozada general, despiden encierro. Nos detenemos.

–Cuatro metros de largo por dos y medio de ancho y tres de altura. –Hablo al tiempo que recorro con zancadas para medir uno de los camerinos–. Cinco noches incomunicado. Sin agua, comida ni cama. Justo aquí, en estas mazmorras. ¡Uf!, cada vez que lo pienso se me eriza el cuerpo.

–Me habéis contagiado, ¿sabes? –Me confiesa en cuanto detengo los pasos–. Vine a Francia porque no sé qué demonios voy a estudiar. Vine a buscar alguna respuesta. Mi padre me impulsó a hacer este viaje para conocer de cerca historias familiares, vidas que alguna vez estuvieron cerca de la mía. "Anda y vete a hacer algo por nuestro linaje", me dijo al despedirme en la estación de trenes.

–La primera vez que leí la carta no comprendí su significado –Le respondo sin mirarla a los ojos–. Pero percibí el efecto que las letras causaron en mi madre.

–Sois muy cercanos, vosotros y ella. –Afirma al caminar hacia la puerta del camerino–. La forma en la que habláis, el tono, hay algo que se siente cuando os referís a ella.

–Me cuesta decirle que la quiero, ¿sabes? –Pienso en mi madre cuando me pierdo en la profundidad de los ojos de Ana–. Cada vez que lo intento termino por contenerme y distraer los sentimientos. Es un patrón, mi forma de quererla.

—¿Y la carta? —Me pregunta sin apartar la vista—. Te acerca a ella de esa forma, sin la necesidad de poner palabras al sentimiento.

—Implícita, sí.

—Me pasa algo muy parecido con mi padre. No le puedo expresar mis sentimientos. No he encontrado la forma de acercarme a él.

—Después entendí la fuerza de las palabras escritas. Y creo que es la razón por la que hicimos el viaje.

—¿Cuál es la razón, escritor? Coloca palabras al sentimiento, me pide.

No me da tiempo de responder porque Julia nos alcanza para darnos una noticia de fábula: el guardia que la acompaña a la salida le entrega un paquete con algunas cosas personales del abuelo.

—¡Es la correspondencia que nuca llegó a su mujer! —La abrazo cuando la tengo cerca—.

—¿Cómo? —Pregunta Ana sin que la tomemos en cuenta—.

—Pero, ¿quién guarda pedazos de vida por poco menos de un siglo? —Le pregunto a Julia mientras avanzamos por los pasillos de la prisión—.

—Sólo los franceses, sin duda.

Reconocemos la letra menuda y dificilísima. Una de las epístolas está fechada sólo dos días después de la detención. Es el 29 de julio de 1940. El tono, narrativa y frases no descubren el menor síntoma de cautiverio. Tal pareciera que es recibido como embajador de la Europa Occidental en el bloque A de La Santé.

—Sí, la está pasando de maravilla, tanto que se come la pasta de dientes a D E N T E L L A D A S —hacemos coro—.

—No quiere que Julita y sus hijos rompan en pánico. —Apretujamos las hojas de papel contra el pecho—.

Entonces, es la esposa. La carta va dirigida a ella. –Reconocemos la voz de Ana. Por unos instantes olvidamos su presencia–.

–¡Sí!, perdóname. –Estoy apenado–.

El guardia que nos acompaña consiente el atrevimiento de ir a visitar las celdas, porque no reprime la falta. Solícito, nos acompaña a la puerta de salida, firmamos unos papales para constatar que las pertenencias recibidas estarán bajo nuestro resguardo y se despide de nosotros de buena manera.

–¿Tenéis la dirección del departamento donde vivía la familia de vuestro abuelo?, conozco bien el barrio. –Nos pregunta al salir de la Santé–.

–No, pero aquí está el remitente. –Le acercamos el bordillo superior de una de las hojas–.

–Rue du Commerce –lee en voz alta– No está lejos, ¡andando!

–Las frases con las que habláis. –Nos comparte–. Ahora caigo en la cuenta. ¡Sois un caso agudo de simbiosis carnal!

* * * *

La prole lucha por sobrevivir en medio del océano Atlántico. Logra subir al Serpa Pinto después de muchas calamidades: los salvoconductos que les entrega la prima Matilde sirven de poco; el apellido familiar, además de impronunciable para la garganta del francés, es irreconocible para los registros del buque de vapor con nombre de región portuguesa. Deben separarse para incrementar la probabilidad de que los franceses permitan el acceso a la embarcación. Fermín y José Mari se dirigen a la entrada de acceso del equipaje, por donde ingresa personal de trabajo y de apoyo logístico al navío. Julita se queda en la posición original de embarque con las dos más pequeñas y el menor de todos hasta saber noticias del primogénito, quien logra colarse al ser confundido por personal de apoyo naviero. José Mari se detiene unos instantes para observar un nido de cangrejos que se encuentra en ebullición. Nunca había visto algo parecido: decenas de cangrejos pululan por el piso intentando buscar resguardo. Quiere salvarlos, intenta recogerlos uno a uno con las manos para arrojarlos al mar. "Vamos, hay que darnos prisa" –le reprende el hermano mayor–. Esa noche no puede dormir al recordar el chasquido de los caparazones de los crustáceos al estallar contra suelas de zapatos para convertirse en masas amorfas de filamentos que a la distancia parecen cereal con leche y mierda de pájaro. Están dentro del buque pero están desorientados. No saben qué camino tomar. Suben por unas escaleras marineras empotradas en una de las paredes metálicas. La subida es tortuosa porque los peldaños hacen patinar los pies y el aire que sopla no les permite mantener estabilidad. Al llegar a la cima pueden tomar perspectiva de las zonas de embarque. Deben cruzar dos alas más para llegar hasta donde se encuentra el resto de la familia. A pocos metros de ellos, pueden hacerse escuchar entre el barullo de voces que hace temblar el ambiente. Todos reconocen el sonido: es la señal que llevan esperando un buen rato para intentar de nuevo la entrada, esta vez con la convicción de lograrlo. Jesu, Olga y Julianín están atentos a cualquier movimiento de la madre. La siguen con la mirada al tiempo de sujetar con las manos la enagua de la falda. Desde arriba, parecen un cometa multicolor con dificultad para emprender el vuelo. La escena conmueve a uno de los maquinistas improvisado como guardia de registro porque va por ellos para llevarlos al punto de control de acceso. Enseñan de nueva cuenta los salvoconductos y deletrean de forma didáctica –pausando la voz y abriendo la boca lo más que pueden para enmarcar con los labios las letras del apellido–. El guardia finge palomear el apellido ininteligible para los oídos en una tabla de madera con hojas blancas y les permite la entrada al Serpa Pinto.

—Cuéntanos un cuento, Julián. —La madre es la única persona que le llama sin el diminutivo—. Están hacinados en uno de los camarotes.

—He cambiado de parecer, mama. —Le responde el niño sin prisa—. Ahora quiero ser matemático. Quiero saber —toma a una de sus hermanas para medirle la frente con las manos— cómo se calcula el área de este espacio, por ejemplo.

—Lo que faltaba, un matemático loco. —Afirma la otra enterrando la cabeza en la manta de lana con la que se cubre—.

Y Gertrudis, ¿dónde la has dejado? —Le preguntan—.

—Gertrudis ha muerto, hermanitas. La sacrifiqué de camino a este barco para que la pobre parara de sufrir.

—No volveremos a ver al padre, ¿verdad? —Pregunta Fermín—. Los demás hermanos guardan silencio.

—No lo sé, mi vida. —Responde la madre al hijo y siente una punzada en el vientre, como cuando las entrañas quieren salir del cuerpo. Una arcada la obliga a llevarse las dos manos al estómago, doblar la espalda—.

El muchacho observa la escena con aflicción. Desde que salen del departamento de París carga un peso grande en el alma.

—No recuerdo lo que me dijo al oído, mama. Por más que puse atención.

—¡Shushushu! —Lo acuna en los brazos—. Yo tampoco recuerdo nada de ese momento. No te aflijas. No es culpa tuya. ¡Ven acá!

Les espera un viaje de poco más de tres semanas en un barco hacinado que exuda desolación por las hendiduras de metal que parecen poros de piel maltratada. El vapor que el buque exhala por la chimenea reedita los llantos oscuros y violáceos que suceden en su interior con la fragmentación de innumerables historias y entramados familiares. Las mazmorras y los carburadores son alimentados por cantidades industriales de carbón y leños secos. El Serpa Pinto llora. Incómodos y apartados de su patria, madre e hijos intuyen que su existencia está marcada por la desdicha. Viven con el corazón parchado y con la memoria sucinta. No quieren ni pueden recordar. Julita hace intentos por levantar el ánimo, pero la prole está sumida en la sobrevivencia. No hay luz, solo penumbras, susurros y miedo.

Andando, escritor, que no hay tiempo que perder. –Me despierta Ana de mi somnolencia–. El ritmo de la carrera que pegamos para llegar a la Rue de Commerce me hipnotiza. Sueño despierto.

–Pensaba en la mujer del abuelo, en lo que debió haber sido para ella: la salida, el recorrido, la llegada a un país extraño como México.

–Estoy perdida. –Murmura Ana–. Nos detenemos y la observamos dar una vuelta sobre su propio eje. Debe ser este, estoy segura.

Entramos a un edificio de tres plantas que se alza en un barrio de clase media de París. Me doy cuenta de ello porque desaparecen los puestos de fruta y los tenderos de quesos y vino que tres cuadras atrás inundan las calles con olores a trópico y a maderas frescas de los corchos que duermen en el suelo, amontonados. Cada planta tiene tres departamentos, dos dan a la calle y el tercero se integra con la columna central de modo que es mucho más oscuro, por momentos impenetrable. Subimos dos pisos y nos metemos al 203, el del fondo. No estoy en condiciones de opinar si son bonitos o feos porque la arquitectura me pasa desapercibida, me detengo en los registros visuales del interior buscando alguna señal, alguna pista que descubra vivencias pasadas de inquilinos.

–Estuvieron aquí hace más de cincuenta años, por dios –Exclama Julia con la respiración entrecortada por el esfuerzo físico–. Las últimas palabras las pronuncia con un tono más suave, casi un susurro.

–Algo tiene que haber, alguna señal, lo que sea. –Me desespero ante la frugalidad del escenario–. Esa señora tan amable, la portera, ¿qué te dijo? ¿Por qué nos dejó entrar tan fácil?

Al momento de terminar la pregunta, volteo a ver a Ana para conocer su respuesta y quedo sorprendido por toparme de bruces con la silueta de la portera del edificio. En un castellano bastante fluido, nos pide que abandonemos el lugar. Su comunicación no verbal es muy clara: nos confunde con otras personas y por eso nos da acceso de forma tan expedita. Al reconocer su descuido, quiere remediarlo de inmediato. Le comentamos que nos interesa el lugar y que nos gustaría verlo con más detalle para ver si nos animamos a rentarlo. Por poco suelta una carcajada. Nos explica que son departamentos en desuso y que los últimos inquilinos que rentaron fueron unos vascos hace ya bastantes años.

–Dentro de unos meses todo eso no será más que un terreno en ruinas. –Nos advierte–. Están por demolerlo para hacer un centro comercial.

Ante tal situación, no tenemos más remedio que acompañar a la portera hacia la salida. Bajamos a toda prisa por la escalera de caracol con barandales de hierro macizo en forma de gárgolas. Algunos remates están despostillados y la mayoría de los escalones muy debilitados. Tenemos que reducir la velocidad para evitar algún tropezón. Puedo apreciar la arquitectura del edificio. Desde esta perspectiva luce majestuoso. El cubo de luz que observo tiene la elegancia de un buen traje: los cortes estilizados y la textura fina de la tela cara. No tenemos la menor duda de que hace medio siglo, el edificio fue un lugar acogedor y de muy buen gusto. La portera se despide de nosotros con un ademán seco e involuntario. En cosa de minutos, nos encontramos en la salida del edificio. Frustrados.

–Oigan, ¿en las bodegas individuales? –Propone mi hermana retomando el objetivo de la visita–. Todo europeo guarda reliquias y porquería y media en los sótanos, ¿no?

–No es mala idea, ¿artista?

–Me parece excelente–. Enseguida, Ana echa a correr hacia un lado del edificio. Nos guía hasta un portón de madera sucio y desvencijado. Todos entendemos la misión que debe seguir: toco la puerta de madera con la mano derecha y me echo para atrás dos pasos. Mezo el cuerpo un par de veces para tomar impulso y me abalanzo contra la madera sucia y polvorienta. Los maderos truenan. Aterrizo en un sótano enmohecido, infestado de telarañas, raído de cabo a rabo por el paso de los años. La humedad se respira. Aquello no es un sótano, es un calabozo.

–¿Cómo va la frase? *Con la ansiedad de un regalo precioso.* –Declama Ana mientras ventila con las manos el polvo–.

No lo hace mal, pero aún le falta sensibilidad cotidiana para aplicar las frases del abuelo a ciertos contextos de la vida. Aun así, tiene razón porque al abrir la puerta de la bodega del departamento 203 constatamos que lleva cerrada mucho años, ¿setenta? Sin ningún problema. El óxido absorbe las entrañas del candado que gobierna la puerta, así que no hace falta más que un leve tirón para trozarlo como hogaza de pan. Sobre todo, hay triques y pedazos de vidas arrumbados. Lámparas rotas, cajas de cartón con lama verde, pedazos de madera de lo que pudo haber sido una litera, colchones podridos, catres de aluminio, artículos de playa, maletas desvalijadas. Un muladar, pero damos con lo que vinimos a encontrar.

–¡No lo puedo creer! ¡Un cuento! Me parece que es el cuento de Julianín, el hijo más pequeño del abuelo. –Grita Julia–. Está en cuclillas, sacudiendo hojas amarillentas y carpetas negras cubiertas de polvo–.

–"Gertrudis y las matemáticas". –Leo el título con el cuento en las manos–.

–Debe ser una primera versión, ¿no? –Me pregunta mi hermana, incorporándose–.

–Sí seguro, por el título. –Estoy ojeando el cuento en estado de contemplación absoluta–. Quiere decir que después le cambió el título, porque por lo que leo la historia es la misma. Increíble.

–Me podéis explicar un poco el rollo. –Nos pide Ana desde una esquina de la bodega–. Apenas nos distinguimos unos y otros por la penumbra que inunda el lugar.

–Es uno de los grandes tesoros de mi hermano. De hecho, no exagero si digo que es uno de los motivos que lo impulsó a escribir y a plantearse la idea de volverse algún día escritor. ¿Me equivoco?

–Es un cuento extraordinario del hijo menor de la prole, Julianín, un tío abuelo muy querido para nosotros durante la infancia. –Le explico a Ana y siento cómo el corazón se acelera–. Cuando mis padres me lo regalan, hace algunos años, ya lleva el título original: "Mi tío, mi hermano y yo".

–Qué historia más bonita, escritor. ¿De qué trata? ¿Qué fue lo que te sedujo del cuento?

–Es una historia corta entre dos hermanos y su tío. Llena de sabiduría y de valoración por las pequeñas cosas de la vida: la inocencia, la complicidad, las dificultades, el amor. Lo que más me gustó fue esa facilidad para expresar sentimientos con la necesaria contención para no caer en la cursilería absoluta. Todavía recuerdo muy bien la primera vez que lo leí. Al terminar, estuve un buen rato pensando y sintiendo en mi cuarto. Quedé encandilado con el poder de las letras y las palabras. La figura de ese tío se convirtió en uno de mis grandes héroes de la infancia.

–¿El hijo menor habéis dicho? No queda duda de que heredó el gusto por las letras de su padre.

–Sí, el más pequeño de la prole. –Le respondo a Ana y la memoria me conduce a su recuerdo. Sobre todo, a la bondad de su espíritu. A la facilidad que siempre tuvo para hacerte sentir bien.

–¿Hay algo más en el baúl? –Cambia de ritmo y de conversación mi hermana–. Ahora soy yo el que busca en cuclillas, pegado a Ana. Estamos tan cerca que puedo sentir su respiración.

–Una muñeca de trapo, papeles ilegibles, algunas fotos que no puedo ver porque están empanizadas de moho. Nada que nos sirva.

–Pásame la muñeca –Me ordena Julia alcanzándome la mano para recogerla–.

–El cuento está bastante bien conservado. –Le digo a Ana–. Debe ser la naftalina. Me sentí insecto disecado ahí dentro.

–¡Qué naftalina ni qué ocho cuartos! Todos los escritores sois unos bichos raros. –Jadea, nos dirigimos hacia la salida de las bodegas del edificio. Con suerte, la portera del edificio no se ha enterado de la intromisión–.

Al salir rumbo al hotel, escuchamos el vuelo de cientos de pájaros acomodarse en los árboles. Agrupados en parvadas, dibujan figuras en tercera dimensión en el aire. Todos siguen el mismo patrón de vuelo: suben por encima del árbol para rodearlo, después caen en picada y no frenan con las alas hasta tener a unos cuantos centímetros la rama elegida para ingresar a la guarida. Hace frío y el crepitar de las luces que van encendiéndose hace que el paisaje que vemos ante los ojos se convierta en una fogata de luces multicolor. París se despide, dispuesto a dormir. Tomamos el primer taxi que acude al gesto de parada con la mano y por primera vez caigo en la cuenta de que nos vamos a separar de Ana. Tiene que continuar la travesía que inicia para encontrar y armar las piezas de su rompecabezas íntimo. Además, debe acudir a varias citas en universidades francesas, visitar a familiares y reconstruir algunos trazos de la vida de su padre. Detecto un sentimiento de injusticia crecer en la boca del estómago: no hacemos comentario alguno de su bisabuelo, ni una palabra de su búsqueda reconciliatoria. Julia experimenta lo mismo porque apura con la mirada el momento de la despedida y leo en sus ojos el mismo sentimiento que me aborda. Empiezo a comerme las uñas y a caminar de un lado a otro sin sentido.

–¿Habéis encontrado lo que buscabais? –Nos pregunta Ana en forma de despedida–. Vamos caminando por las calles adyacentes al edificio de la Rue de Commerce, aún lejos del hotel.

–No lo sé. –Le respondo mientras nos dirigimos hacia una pequeña central de taxis–. Empiezo a pensar que todo este viaje es una equivocación.

–De eso nada, ¡eh! Todo en la vida tiene un propósito, escritor.

–No es que me de miedo escribir. Es…. –trago saliva y dejo de verla a los ojos–.

–¿Sagrado? ¿Demasiado sagrado para intentarlo?

–Siento que fracaso. Todo lo que intento, todo lo que quiero ser. Todo se vuelve vapor de agua. Desaparece.

–El miedo es una forma de amar las cosas. Trata de desprenderte del peso, déjalo caer.

–Sobrevivencia, de eso se trata la escritura para mí.

Me besa en la boca. Al tocar sus labios se suceden, como en una secuencia cinematográfica, muchas de las imágenes que componen la aventura que estamos viviendo: el cuarto de televisión donde empieza todo, el rostro en gran formato de nuestra tía abuela, el vals que bailo con mamá en el portón de su casa y el momento de nuestro encuentro en la Asociación de Periodistas Europeos. Su boca. Abro los ojos y todavía la encuentro pegada a la mía. Es una sensación de naufragio, estoy dispuesto a naufragar en el mar de esos labios que me reavivan las entrañas como una tormenta a un barco en altamar.

—Me coges un pecho y te rompo las bolas, escritor.

—*Desde el tiempo que nos queremos.*

—No entiendo.

—Algún día me gustaría escribirte esas palabras.

* * * *

Nos despedimos con la seguridad de volver a ver a Ana más adelante, cuando cumpla sus motivos y nosotros los nuestros. Durante el trayecto al hotel recreo los momentos previos que nos llevan a besarnos. Estoy sumido en sus labios cuando Julia me toca el hombro para darme noticias.

—Pude hablar a casa en una cabina telefónica mientras ustedes se besaban —Me va contando mientras revisa con los dedos las pesetas que le quedan. No hay reclamo en su voz—.

—Me preocupa que la tía siga en cama con cuidados médicos por culpa de nuestra conversación. —Comparte acomodándose en el sillón del taxi, un Renault 5 viejo e incomodísimo—. Quizá nos pasamos un poco.

—No, no creo. —Le respondo con sinceridad—. Además, no está nada mal que las personas de vez en cuando enfrenten a sus fantasmas. Ya sabes lo que se dice: no hay ninguno que resista la luz del sol.

—Después de tantos años, más bien es un trabajo de exorcización. Siento que no tenemos derecho a remover tantos recuerdos.

—A mí me está ayudando a expiar mis propios fantasmas, a entender muchas cosas de la vida y de la familia.

—Tienes razón, pero el precio puede ser alto. —Me responde al abrir la puerta del taxi y sacar algunos billetes para pagar al conductor—.

—A mí me preocupa más la insistencia del tío Jose por vernos. ¿Querrá boicotear nuestro viaje?

—Mamá dice que la busca día sí, día no. Admito que está raro.

Nos instalamos en la recámara del hotel. Me acomodo en uno de los sillones dispuestos a la entrada y empiezo a leer. Julia se dirige a una mesita de noche para dibujar en forma de diagrama la ruta que nos llevará de donde nos encontramos a la cárcel de Porlier, en Madrid. El ambiente frugal y tranquilo del lugar permite un descanso necesario al cuerpo. Cada jornada es una cruzada filial que nos llena de emociones, nos agota. Debemos hacer cinco escalas para realizar con fidelidad el traslado del abuelo detenido de Francia a España. Su libro es un testimonio fiel de los acontecimientos que preceden a la guerra y del desarrollo de los primeros meses de la misma. Me gusta su forma de escribir. Se detiene en los detalles importantes, deja al lector emitir su propio juicio de lo que está narrando y es cuidadoso a la hora de explorar las razones subjetivas de lo que ocurrió en España entre 1936 y 1940. ¿Cómo evitar pensar en su mujer y en esa prole que es parte de mi familia? Los imagino a todos sentaditos en el catre del camarote del Serpa Pinto. No oigo sus voces pero veo que están discutiendo porque tienen los brazos levantados. De pronto se empujan y empiezan a pelear. Las niñas rompen en llanto y Fermín se tapa los oídos con ambas manos. Lo hace con mucha fuerza, como queriendo no volver a escuchar nunca más. Julita está dormida o muerta porque no muestra expresión alguna: yace inerte en el segundo catre del camarote. Julianín, quien se convertirá en uno de mis grandes héroes, le toma el brazo y trata de arrancarlo. Está enojado, su rostro encendido, supura rabia. "Ten tú cuento", reconozco mi voz. "Lo encontré en las bodegas del edifico de la Rue de Commerce". Ten, quédatelo, léeselo a tus hermanos". "Por favor, tómalo".

–¡Despierta! ¡Despierta! –Me balancean de un lado a otro de la cama–. Es hora de irnos a Poitiers. –Sentencia Julia llevándose la manta que me cubría el cuerpo–.

A pesar de la mala noche, el sueño me repone. Me siento renovado para continuar el recorrido que muchos años atrás realiza el abuelo en un coche pequeño, de turismo, así lo llama, acompañado de un soldado alemán que conduce, un oficial español que lo vigila y otro paisano que traduce los escasos intercambios de palabras. Me veo al espejo para arreglarme el pelo y la sonrisa. Hace tiempo que no lo hago: saludarme con la mirada. Me río porque reconozco el parecido con quien me acompaña desde que salimos de casa, noto cómo estamos hechos de un mismo molde genético: cara afilada, ojos vivaces, orejas simétricas, pómulos un poco hundidos y esas líneas que parten de las narices en forma de resbaladilla para enmarcar los labios y distinguirlos. Reparo en las dos cicatrices que marcan mi rostro: una en la frente y la otra en la barbilla, escondida por indicios de barba hirsuta que empieza a nacer. Me gusta llevarlas conmigo a todos lados. Las dos representan con dignidad sendos episodios de nuestra infancia. La primera es resultado de una batalla a muerte con alienígenas invasores. Nos encontramos atrincherados en la sala de estar de la casa de Cuernavaca de nuestros padres esperando el momento ideal para acabar de una vez y para siempre con los conquistadores siderales. Me levanto del escondite para concluir la faena cuando descubrimos una horda a nuestras espaldas. Doy la vuelta para protegernos. Tomo con las manos un artefacto de hierro que está a mi lado. Es demasiado pesado, caigo abatido, colisiona en mi frente. Perdemos la batalla. El armatoste de salvación resulta ser un coche mecánico que mis padres nos compran en nuestro octavo aniversario de vida. Es un vehículo mucho más alto que nosotros y el motorcito que utiliza para andar corta mi frente como si se tratara de una de las espadas afiladas de los monstruos del espacio. Ocho puntos de sutura, una cicatriz de por vida y el recuerdo vivo de la voz de nuestra abuela en la sala de cuidados del hospital dictándome al oído palabras de ánimo que no recuerdo. Frases parecidas, quizá, a las que su padre le dicta al oído a su hermano aquel 27 de julio de 1940. La segunda cicatriz que me acompaña tiene su origen en un campo de batalla acuático. En esta ocasión la escaramuza se centra en las orcas asesinas y los delfines maniacos que funcionan como resbaladillas del parque de diversiones en el que nos encontramos. La única forma de eliminarlos es escalando por la boca y martillando la campanita de la garganta hasta hacerla añicos. Subimos por las fauces de la orca más sanguinaria, Julia por delante, yo por detrás. La subida se empieza a complicar por la saliva (agua en realidad) que lubrican lengua y garganta del cetáceo. Ella sucumbe. Cae encima de mi cabeza y me embarra con fruición contra la fisiología de concreto sólido del enemigo. Esta vez son sólo seis puntos de sutura y el resto de las vacaciones de verano sin poder nadar.

—Es la tercera o cuarta vez que veo a ese hombre que está parado en la esquina. No voltees así —me detiene la cabeza—, disimula un poco.

Volteo de reojo y veo la silueta de un hombre cubierto con mucha ropa. No se le ve el rostro porque lleva una bufanda que lo cubre por completo. Alcanzo a distinguir los trazos generales, pero me resulta imposible definir edad, complexión o algún detalle étnico que descubra nacionalidad.

—Alguno de tus admiradores. —Disimulo para no alterarla, porque la sensación que deja el encuentro visual es de persecución—.

—A mí me pareció que estaba al pendiente de nosotros, acechándonos. ¿Viste cómo desapareció tan pronto se dio cuenta que lo veíamos?

–¡Por favor! Estamos en el fin del mundo. ¿Quién, en su sano juicio, estaría interesado por este par de gemelos andrajosos? –Lo digo en serio porque parecemos pordioseros mendigando por las calles de París–.

Se tranquiliza un poco sin coincidir del todo. Luego caminamos un par de horas por distintas zonas de la Ciudad Luz en busca de alguna sucursal de la Peugeot. Decidimos rentar un coche celular –me gusta mucho este otro adjetivo que utiliza el abuelo en su carta– para el recorrido que estamos por iniciar. Si nuestros cálculos y el mapa que trazamos no fallan, es un traslado de poco más de mil kilómetros con cinco escalas antes de llegar a Madrid: Poitiers, Tours, Burdeos, Biarritz e Irún. De un tirón, son poco más de doce horas por carreteras europeas de altas especificaciones y –pensamos– paisajes bucólicos. La idea es pasar tres o cuatro horas en cada una de las paradas, por lo que nuestra travesía por las venas terrestres de Francia nos tomará día y medio, máximo dos.

–¿Sabes cuántas veces he intentado perdonarlos? –Disparo tan pronto nos metemos al coche celular color azul metálico–. Lo hago para distraerla, pero también para retomar una conversación que tengo pendiente con ella.

–Otra vez con ese rollo. ¡No me jodas! ¡Por favor! Déjame disfrutar el paisaje. Supéralo de una vez.

–No, no, espérame. –La tomo de la cintura para hacerle cosquillas, todavía no enciendo el motor del coche–. Déjame hablar.

–Está bien, pero sólo de aquí a nuestra próxima parada. Así que –ve el reloj que lleva en la muñeca izquierda–, tienes como dos horas y media.

–Más que suficiente. –Le respondo y saco las llaves del bolsillo del pantalón–.

–A ver, qué opinas de que nunca fueron a verme jugar a los campos y estadios, o de no haber estado en los momentos importantes de esa etapa de mi vida. Porque –enciendo el motor y empiezo a conducir rumbo a la carretera de Orleans– era bueno. Uno de los mejores.

–No tengo ni idea. Pero de lo que sí estoy segura es que no lo hicieron a propósito ni con intención de lastimarte.

–Lo que quiero expresar –siento cómo el cuerpo se aprieta– es que si me hubieran apoyado, si hubieran estado ahí, más presentes. Otra historia habría sido.

–Ese es justo el tema. –Me explica, se lleva una mano a la cara para recogerse el pelo–. No sabían cómo apoyarte. ¿Has pensado en esos términos?

Guardo silencio unos momentos. Estamos por tomar la carretera.

–Déjame planteártelo de esta manera: ¿hubieras preferido que fueran de esos padres que están fastidiando a los niños todo el santo día? "¡Muévete! ¡Ándale! ¡Patea la pelota! ¡Con fuerza!". Porque los he visto –continúa mesándose el pelo y exhalando el humo del cigarrillo por la ventana– y son de pena ajena.

–Pensé que lo habías dejado. –Comparto mi sorpresa–. Sí, entiendo lo que planteas. En lugar de hablar de ausencias, estaríamos hablando de presencias castrantes y otros traumas existenciales.

–Lo que creo, es que es muy difícil saber las cosas que sacrifican los padres por los hijos. –Apaga el cigarrillo y me voltea a ver–. Cuando los conocemos, cuando en realidad los conocemos, ya son otras personas. Se volvieron distintas. Sacrificaron muchas cosas. Y ¿sabes qué?, lo hicieron por nosotros, por nuestra culpa.

Por primera vez en muchos años empiezo a cambiar la perspectiva de este asunto. Trato de entender las razones expuestas, al tiempo de expiar el dolor que aún guarda el alma. No es un rencor que sedimente y se arraigue en las entrañas, son olas de reproche. Brisa, dolencia por falta de oxigenación y conversación terapéutica. Guardamos silencio por algunos minutos, muchos para ser sincero. La carretera de Orleans es una vialidad con grandes espacios entre los carriles que la integran, señales por todos lados que conminan al conductor a cuidar el límite de velocidad; autos deportivos que las violan para dejar estelas de arrogancia y decenas de palomillas masacradas en las parrillas, motas de colores que recuerdan la fragilidad de la vida. Vamos en el carril de media velocidad observando el paisaje. Me siento inmerso en un cuadro de Van Gogh o de Botticelli. Los colores estallan y los elementos cobran vida. La variedad de tonos que pintan los campos por los que pasamos hacen contraste con las edificaciones asentadas a ambos lados de la carretera que se elevan sobre terrenos sembrados de viñedos. Por ambos lados de las ventanas nos saludan vides que presumen racimos de uvas verdes y moradas. Hay grandes y pequeños. Todas las vides que vemos descansan en pedazos de tierra agujereada, bien amontonada dentro del perímetro formado por rocas blancas de río. Desde donde las observamos, las rocas tienen pinta de soldaditos de plomo: bien formadas, custodian racimos y uvas. Algunos olores remiten a los mejores guisos de mamá. De tiempo en tiempo me sorprende un olor a leños carbonizados que asocio con sus paellas. Huelo rastros de estofado de pescado. No alcanzo a distinguir el tipo que se cocina, pero el olor a eneldo provoca salivación en la boca. Un día de infancia comemos jamón serrano y angulas. Sigue una sopa de cebolla con queso y una lonja de robalo a las hierbas. De guarnición podemos servirnos portobellos al ajillo y ensalada de jitomate con queso feta, corazones de lechuga con anchoas y aguacate. La magia no sólo descansa en los elementos, también en su conversión y en todo el trabajo previo: elección, compra, limpieza, sabores adheridos. El sello. Las angulas se convierten en un manjar en la boca por su cocción en aceite de oliva, ajo y chile de árbol. La sopa de cebolla un elixir por la elección y limpieza de sus capas. Los portobellos y la ensalada un placebo por la fuerza de sabores combinados. La destreza del trabajo previo y la magia para cocinar los ingredientes operan el milagro. El olor es el puente que me trasporta a ese día de convivencia culinaria y sobremesa familiar.

–¿Una de tus masturbaciones olfativas? –Me provoca mi hermana–.

Sonrío por dentro reconociendo el grado de aproximación sensorial que tenemos. Caigo en la cuenta de que estar juntos es como hacerlo a solas. Me pasa con muy pocas personas. Es una gravitación existencial que experimento solo con conciencias afines. Estoy leyendo una novela en la que los personajes principales son dos científicos que trabajan para demostrar que no sólo existe el alma, sino que algunas de ellas pueden comunicarse entre sí.

–Si, por ejemplo –pienso en voz alta– la conciencia humana y los sentimientos son impulsos que se generan en el cerebro de forma abstracta, ¿cómo es posible que podamos llegar a una conciencia tangible en la que pareciera que hay muchos códigos de entendimiento? Formas abstractas de realidades concretas, digamos.

–¿Qué pasa, señor escritor? –Me observa de lado, levanta una ceja–.

–Nada, que muchos olores me remiten a mamá. Tengo su imagen tan nítida y concreta en la cocina: bata larga abrochada con lazo a doble nudo, pantuflas, sorbos a la comida con una cuchara de madera. El ambiente nebuloso, inundado de vaporaciones.

–Yo creo que tienes un temita de idolatría que debes trabajar –expone–. La perspectiva de hijo es distinta con la madre. Es una cuestión de género muy subjetiva, para seguir con tu elucubración misteriosa de hace unos momentos.

La noto instalada en la conversación. Alguna fibra de resentimiento se activa, porque la veo inquieta, con ganas de purificar algún resentimiento incómodo. Yo insisto con mi tema para dejar que ella haga lo mismo con el suyo.

—No puedo explicarlo, pero hay algo que funciona fuera de los parámetros de la ciencia en este asunto de almas y conciencias, ¿no crees?

Ella sigue dándole salida al resentimiento. La carretera de Orleans es testigo de nuestra conversación. Me llega un impulso para tomar una pluma y anotar en mi cuaderno lo que viene, pero me contengo.

—Me da miedo cocinar hasta un huevo. —Sube el tono de la voz y baja con la mano el volumen de la música, vamos escuchando la canción *The Unforgettable Fire* de U2—. Y no es que no sepa, el problema es que siempre aparece esa vocecita interna: *"lo habría hecho mejor ella, ¿ya lo sazonaste? ¿Le echaste aceite de oliva? ¿Cómo lo vas a levantar sin que se te rompa? ¿Les gustará tu sazón?"*

Hago consciente su declaración, acomoda recuerdos y me da pie para seguir con el diálogo.

—Entonces, digamos que la cocina es para ti lo que el futbol para mí.

—¡No lo sé! —Esta vez grita. Está desencajada, furiosa—. ¡Estoy cansada de que la figura de mamá se entrometa en mis decisiones! Cada vez que tengo que elegir algo importante en mi vida, aparece, juzgándome, esperando que tome la decisión apropiada. A veces pienso que mis relaciones son como son por la que llevo con ella. No sé, una especie de contraste.

—Ese tipo de elecciones vienen más bien por el lado del padre. —Apunto sin intención de molestar—. Y sigo manejando.

—¡Cállate! No estoy de humor para tus estupideces de género.

—Pero si acabas de decirme que…

—¡Cállate!

Esquivo su mirada para evitar el conflicto. Al hacerlo, descubro en el espejo retrovisor un coche que llama mi atención por su familiaridad. Estoy seguro que lo veo antes: la forma de los faros, el tarjetón amarillo que cuelga del espejo, el color gris oscuro de la carrocería. Estoy seguro, lo veo antes. Apuro la marcha del Peugeot celular para ingresar a la ciudad de Poitiers. No comento nada de lo sucedido para no alarmar a mi hermana. Además, creo que con el disgusto que roe tiene suficiente material existencial para entretenerse. Llegamos a la metrópoli donde nace –no sé por qué razón lo recuerdo– Michel Foucault. Sabemos que el abuelo pasa unas horas aquí antes de continuar el trayecto a Madrid. Está desesperado por encontrar rostros conocidos entre las plazas que va dejando por la ventana. Aquí está el origen de la frase entrañable que le escribe a su esposa. *¡Cómo abrí los ojos y miré a todas partes!* Busca con la mirada a su hermana, y a la madre, sin éxito. Sabe que están en la localidad, en la casa de campo de sus padres. Pero no las ve. Pide al chofer del coche, con el que intima a pesar de la frontera infranqueable del idioma, que se detenga para usar los servicios. El conductor alemán se detiene a cargar combustible y le permite dar un pequeño paseo por la plaza contigua a la estación para estirar las piernas. Estando aquí experimentamos la literalidad de la frase escrita. Nos es complicado recrear el ambiente de aquella época y la situación *in extremis* por la que atraviesa, pero logramos darle contenido emotivo. Nos acordamos de la tía Juanita y por primera vez en muchos años la asociamos con la figura de su hermano.

–¿Has leído a Foucault? –Le pregunto a Julia para romper el hielo–.

Silencio.

–De cualquier forma da lo mismo, ¿no? –Me dirige por primera vez la palabra desde que llegamos–. Sabemos que a los franceses estas historias de la guerra de España y sus vicisitudes se las pasan por el arco del triunfo. Así que andando, apura, que me muero de sueño.

El hostal al que llegamos es toda una recreación foucaultiana. Parece una clínica psiquiátrica de los años veinte. Blanco por fuera y por dentro, todos los espacios recuerdan salitas asépticas de hospital. Bien acomodadas pero tan impersonales como la lectura que ofrece el historiador y psicólogo francés. Estoy agotado, el viaje de más de tres horas por la carretera de Orleans en el coche celular me apachurra la espalda y las piernas. Me estiro hasta oír el crujido de algunas vértebras y empiezo a vocalizar un francés por la garganta que tiene pinta de eructo.

—Aquí tenéis la llave, 622, la habitación del fondo. —Me responde una voz castiza de mujer—.

—Te pasa por lento, tiene una pinta de baturra que no puede con ella.

Después de mi ridículo dialéctico, tomamos el pasillo para enfilar hacia el cuartito de hospital que es la habitación. No tenemos baño ni televisión, solo dos pequeños catres de madera despostillada. Identifico el baño comunitario.

—Por lo visto —levanto la tapa del váter, imagino la escena, repaso la diminuta puerta— si hay que ir al baño, hay que hacerlo en público.

Se encuentran las miradas porque escuchamos pasos a la puerta. Supongo que es la señorita de la recepción que viene a darnos un aviso o información adicional del hostal, así que abro de inmediato. Me topo con la silueta de un hombre enmascarado y en cuclillas, tratando de escuchar lo que hablamos en el interior. La sorpresa se resuelve en torpeza porque resbalo con las maletas que dejamos en la entrada de la habitación. Lo veo volar por el pasillo para perderse por el laberinto psiquiátrico que es el hostal. Imposible intentar una persecución porque tengo una rodilla hecha pedazos y las maletas posan en mi cabeza. Estoy aturdido, tratando de ordenar las ideas para pensar en lo que acaba de suceder.

Me incorporo para contarle a Julia y al hacerlo descubrimos un sobre blanco en la alfombra con dos mensajes. "Buscad en la Fundación Pablo Iglesias", "Reciban Concilio", leemos en el papel que se encuentra en la envoltura de papel. Los dos mensajes están escritos a mano con letra palmer, menuda pero con muy buen gusto caligráfico. Diríase que impecable, porque las letras bailan en el papel con la soltura de unas zapatillas de ballet. Estamos paralizados. ¿Quién es el emisario? ¿Qué propósito tiene el encuentro? ¿Removemos tanto la tierra?

—Sigamos la estela del destino. —Propongo—. Si tiene intenciones de hacernos daño, hoy era el momento perfecto para actuar. Sus motivaciones están en otro sitio.

—En Irún, por lo pronto. Según esto, la fundación se encuentra ahí —agita con las manos un tríptico de la institución—.

—Y ¿eso? ¿De dónde lo sacaste?

—Nuestro hombre destino parece que no nos cree capaces de encontrar una dirección: estaba debajo del tapete de la puerta de la entrada.

—¡Este lugar es un manicomio! ¿A cuánto queda a Irún?

—A unos quinientos kilómetros, más o menos. —Calcula mi hermana con un mapa en las manos —.

—Tú al volante, serán unas veinticuatro horas.

—Muy simpático.

Es verdad que nuestro interlocutor misterioso no tiene intenciones de hacernos daño, pero por la noche nos asaltan la curiosidad y el miedo. La lógica del boicot no tiene ningún sentido porque los años caen como cascadas de lluvia torrencial. La cicatriz de la guerra sigue, pero los puntos de sutura la contienen. En la actualidad no es una herida infectada que haya que limpiar.

–¿Crees que estemos haciendo algún daño? Recorriendo todo esto, removiendo la tierra, como dices.

–No lo sé, la verdad no lo creo. Ha pasado tanto tiempo que sólo queda la intimidad, el tuétano sentimental. Lo que sí sé es que quiero continuar, llegar a la cárcel de Porlier y terminar de entender los motivos que nos impulsaron a llegar hasta aquí.

–¿Te acuerdas de la tía Juanita en Cuernavaca? –Recobro a mi hermana porque el tono de voz la recupera a ella misma–.

–Sí, tengo muy grabada su figura, casi maternal.

–Muchas veces se cayó por la escalera, cuando la vista le empezaba a fallar.

–Y no decía nada.

–Es un regalo, ¿no? Sentir.

–A veces pienso que sí, otras que nos vuelve muy vulnerables.

–Prefiero sentir, aunque duela.

–*Mientras Fermín hacía café se lo dije al oído.*

–Perdóname por el grito de hace rato.

No hace falta una disculpa explícita entre nosotros, pero la veo sumida en un trance emocional. Revuelve recuerdos en la búsqueda de alguna justificación sensata que le permita racionalizar la huida a los sentimientos y a la reacción primaria. ¿No es así como actuamos casi siempre? Controlando, mediando, dando un salto para atrás y pocos para adelante. Todo el mecanismo sinuoso, además, para terminar por pedir perdón por algo que pasa y desaparece sin dejar rastro.

–No me gusta que me pidas perdón. –Acompaño las palabras con un beso en la mejilla–.

Vamos por el desayuno en la sala de operaciones convertida en comedor. Lo que encontramos a la mesa no sólo es frugal, es asqueroso: un pan rancio con mantequilla de un color amarillento con sabor a lejía. Un vaso de leche semidescremada y dos manzanas que robo de la salita de estar que funciona como recepción a los huéspedes al llegar. No puedo tragar nada, la consistencia de la mantequilla me produce unas arcadas cercanas al vómito y la manzana que descubro con los dientes tiene un sabor tan opaco como una sala de espera impersonal e insípida. La comida es un acto sentimental. No puedo entender a las personas que apuran los alimentos mientras atienden el teléfono o leen el periódico. Peor todavía, a quienes levantan los hombros cuando les toman la orden en señal de neutralidad ante una elección culinaria. A esos hay que darles un plato de mierda para que entiendan que la comida es un ritual compensatorio, ¿no, mamá? Cuando las condiciones que rodean el acto de comer no son emocionales, prefiero no probar bocado y quedarme con hambre el resto de la jornada.

* * * *

Julia maneja bastante bien en carretera. Toma las curvas con cuidado, asume una posición certera de ataque cuando necesita rebasar porque se pega tanto al coche delantero para hacer la maniobra que el conductor decide orillarse un poco para dejarle el paso libre y, la verdad, tiene estilo. No sé, la forma como toma el volante, el intercambio de miradas que hace con los espejos para cerciorarse que puede avanzar o ir hacia otro lado, la manía de ecualizar el espejo retrovisor a cada instante. Los guiños cortos y rápidos que regala cuando revisa el punto ciego de la distancia de rescate entre ventana y calle. Acabamos de llegar a Tours, la segunda parada que hace el abuelo en el trayecto a la cárcel de Porlier. La ciudad es bellísima sin exagerar. El río que tenemos a la vista la baña para alegrar la visión. Es una sábana protectora de color azul pálido, casi transparente. Nos llaman la atención los jardines innumerables y ordenados. La abarrotan en un intento sincero por vestirla de traje de colores. De seda parecen los pastos recortados y el césped alrededor de las aceras. Risueños e infantiles, los prados señoriales tienen la virtud de sacarle una sonrisa al viandante más pretencioso de la cuadra. Nos detenemos en uno de los puntos más altos: una cumbre desde donde se puede apreciar la majestuosidad de la belleza natural. Las nubes nos regalan una vista algodonada y frágil. La sensación de conjunto es de suspensión. Flotamos cuando bajamos del coche celular para estirar piernas y disfrutar del entorno.

–¿Qué palabras le habrá escrito a su madre? ¿Te acuerdas? –Me pregunta Julia al sentarse en una de las sillas plegables de la diminuta pero coqueta cafetería que da servicio en la zona donde nos encontramos–. Justo aquí en Tours el abuelo decide escribirle unas líneas, pero al final opta por romper y tirar la carta temiendo que se la incautarían.

–No tengo la menor idea, pero debió haberlo tocado emocionalmente. Pensar en los padres es como pensar en uno mismo. Un espejo que no siempre refleja lo que te gustaría ver.

–Nunca es tarde para perdonarlos.

–Tienes razón. Además, durante el proceso te vuelves mejor persona. Liberas peso.

Pasamos un par de horas en silencio. Observamos. Respiramos el oxígeno que nos regala el mundo. Sentimos cómo el aire limpia y acomoda. Descansamos de las palabras para conectar el interior del cuerpo con el espacio que nos rodea. Disfrutamos el presente. Nos intoxicamos con la vida.

Salimos de la ciudad de los jardines por una vialidad que desemboca en un crucero. Doblamos a la derecha para retomar la carretera a Orleans. Nos dirigimos a Burdeos para conocer la prefectura en la que el abuelo pasa algunos días encerrado antes de viajar a Irún. En la esquina del cruce de calles, un letrero anuncia la ciudad *St. George* como siguiente destino de nuestra ruta.

–*Pasad Giorge*– Hablo en voz alta con acento británico–.

–Ahora sí te perdí.

–Es un anagrama, a veces jugábamos con la tía a crarlos, ¿te acuerdas?

–Me cuestan mucho trabajo. No tengo mente para eso.

–El que más me gusta es el que te acabo de contar, un anagrama de mi nombre que nos exigía para dejarnos entrar a su cuarto para ayudarle a armar rompecabezas de miles de piezas con imágenes de Nueva York, Londres y París.

–Ya me acordé. Además lo decía con acento inglés para endulzar la palabra y extendía la letra "o" para volver más histriónica la escena: *Pasad Giooooorge.*

–Nuestra llave de acceso.

* * * *

Son doce días en altamar. Mareos y náuseas atacan a la prole sin distinción ni misericordia. Julita está preocupada por Jesu, la mayor de sus hijas. A partir de la primera semana de embarque muestra síntomas de debilidad extrema: su tez se vuelve pálida y mucho más fría de lo normal. Tiene fiebre una o dos veces al día y los labios empiezan a mostrar un perímetro violáceo que denota falta de oxígeno en el organismo. Cada día que pasa le cuesta más trabajo respirar. Todos están preocupados por ella porque intuyen que la prueba de sobrevivencia aún no termina. La comida es mala y escasa. El agua potable, un lujo. La fiebre no para y se agudiza. Empieza la sangre por las fosas nasales. No hay forma de detener la hemorragia. En un momento de lucidez, la madre recuerda que su hija es diagnosticada con escarlatina unos meses antes del viaje a París. No muestra síntomas de la enfermedad, así que el médico suprime los antibióticos de forma prematura. Con el corazón como un caballo al galope, sale del camarote en busca de algún compañero médico que vaya en el barco. Pide a Fermín y a José Mari que sostengan a la hermana enferma y que presionen la pañoleta en forma de abanico que apresa la nariz. El líquido en forma de borbotón de agua no se detiene y empieza a obstruir los canales de respiración. Olga se despierta para encontrar a su hermana mayor en un estado deplorable. Se asusta y trata de ayudar a detener las compresas empapadas. Julianín va a su encuentro para tratar de tranquilizarla. Tiene que hacer uso de sus mejores dotes de cuentista. ¡Claro que Gertrudis existe! ¡Es mucho más que una muñeca de trapo! Exagera la voz para, en un pase histriónico de emergencia, distraer la atención y enrolar a todos en su breve obra maestra. Los mayores esperan sin saber bien a bien si lo que hacen tiene algún sentido de contención. La niña está al borde del desmayo, traga los fluidos que brotan de la nariz como un lomo de toro de lidia al momento de ser banderilleado. Por fin llega la ayuda médica. El Doctor Prieto toma nota de la precariedad de la situación porque aparta a todos y pide que se haga espacio para que corra el aire. No le gusta lo que ve. La enferma pierde mucha sangre y la fiebre no baja. Tiene que presionar con mucha fuerza para evitar que el líquido la ahogue y debe inyectar penicilina para amortiguar la presión que ejerce la alta temperatura sobre el cuerpo. Pide ayuda a los muchachos, mientras la madre acuna y distrae al resto de la prole. La penicilina empieza a entrar por el torrente para ganar terreno y desinflamar las células infectadas por las bacterias de la escarlatina. El siguiente paso es un malabar difícil de ejecutar porque es necesario cauterizar una de las fosas nasales. La presión sanguínea abre una herida que debe cerrarse para salvar la vida. A falta de un instrumento hospitalario formal, improvisa con una abre cartas de metal. La escena se tiñe de angustia. Al contacto con la brasa ardiendo, la criatura pega un grito que ensordece. Con un algodón impregnado de sustancias químicas el médico la adormece. Se encuentra en el umbral de la muerte. Al fin, logra concluir la faena y reduce el borbotón, pero el organismo está muy débil. Julita pasa toda la noche acunándola para mantenerla en calor. La jornada es cruel y eterna. Porque piensa en la muerte por ambos bandos. En la del marido y en la de la hija. Observa cómo las respiraciones levantan tórax y brazos. El balanceo del aire las arrulla hasta perderlas en un duermevela sin tiempo ni espacio. El episodio vivido será para todos un punto de inflexión emocional. Mucho más para el pequeño de la prole que, sin saberlo, recogerá de este suceso material suficiente para sembrar en la mente el cuento que en algunos años escribirá y que Julia y yo leeremos muchos años después, cuando mi madre me lo muestra por primera vez y yo lo comparto con mi hermana como si se tratara de un tesoro invaluable.

–¡Señora! ¡Señora! –La incorpora el doctor tomándola por el brazo–.

–¿Qué hora es? ¿Los niños? –Pregunta con un hálito de voz. Está acurrucada en un rincón del catre, destapada–.

–Temprano. Todos salieron a ver las gaviotas en cubierta. Es un día espléndido.

–¿Jesu?

–Va con ellos. El milagro de la infancia, señora.

Rompe en llanto. Desahoga el pecho y el motor de la vida se enciende de nuevo.

–Los cuidados normales más las vacunas de penicilina cada tercer día. Completas, aunque se queje y duela.

Julita encuentra motivos para seguir adelante. Poco a poco, las terminales que componen el sistema nervioso se activan. Tiene hambre. La aurora la sorprende y la brisa le sonríe. Los niños persiguen a las gaviotas que se arremolinan en la cubierta del Serpa Pinto a la caza de los granos de maíz y otras semillas que los marineros arrojan. La mañana es anaranjada como la cáscara de un durazno, con tonos ámbar y algunas reminiscencias de barro. Es la primera vez en todo el viaje que siente nostalgia. Los recuerdos se le clavan como dardos envenenados en el corazón. Nunca sabrán, ni ella ni el médico, que los une mucho más que ese episodio en donde la vida de un ser humano pende de un hilo. Los dos comparten la desdicha de tener en la misma cárcel a un familiar. Ella al marido, él al hermano. Los dos camaradas de lucha, ambos presos y sentenciados.

✳ ✳ ✳ ✳

Nos faltan más de cuatrocientos kilómetros para llegar a Burdeos. Empieza a oscurecer por la carretera de Orleans y el ambiente es de nuevo –no quiero caer en la trampa– nostálgico. Porque existen angustias parecidas a la nostalgia y nostalgias parecidas a la angustia. Julia sigue rumiando algo porque las sienes están apretadas y la vena que visita el área se encuentra en estado de clara inflamación. Muerde trozos de nostalgia y yo, a su lado, de angustia.

–¿Qué vamos a encontrar en la cárcel de Porlier? –Me pregunta desde el asiento del copiloto. Seguimos rodando por la carretera–.

–Algunas respuestas, algunos caminos. Encontraremos más pistas y recuerdos importantes. Estoy seguro

Lo digo en serio, más que nunca, porque los dos vamos descubriendo las razones que nos impulsan a terminar. Tan pronto intuimos que la carta depara más destinos que la literalidad de su tragedia íntima, nos embarcamos en la aventura sabiendo que tenemos que reconocer los caminos. Identificarlos. La vida de un ser humano que espera la ejecución de la sentencia entre vítores de amor y reconciliaciones de conciencia. ¿No es acaso la vida una reflexión necesaria?

Porque todos estamos sentenciados a muerte, le voy diciendo a mi hermana durante el camino. Es sólo cuestión de tiempo. No es el veredicto final lo importante, sino los alegatos que se utilizan para reclamar la existencia. En la cárcel de Porlier no sólo vamos a encontrar respuestas, queremos un espejo donde se reflejen nuestras vidas para defenderlas y apropiarnos de ellas.

–Latín, era clase de latín, según recuerdo. –Evoca Julia en cuanto termino la reflexión–.

–¿Perdón? No te sigo.

–El profesor utilizaba métodos de aprendizaje cercanos a la esclavitud. Entregaba una hoja de papel y un lápiz afilado sin goma. Pedía a sus alumnos que recogieran los demás útiles y los colocaran en los pupitres del salón de clases, lejos de su alcance. Después dictaba una palabra que debía ser traducida y un verbo que debía ser conjugado. No estaba permitido borrar, solo tachar para dejar la huella del pensamiento. Diez preguntas, un minuto para cada respuesta.

–¿De qué hablas?

–Algunas veces los llamaba ladrones por no lograr buenas notas en los exámenes. Les decía que eran pillos porque estafaban a sus padres y a la comunidad donde vivían. Otras veces los reprendía en las manos con golpes de fuete de madera. Y muy pocas, en contadísimas excepciones, premiaba a los alumnos que destacaban por lograr una nota sobresaliente en el examen de latín.

Sigo escuchando, atento.

–Una vez papá contestó bien las diez preguntas del examen de la clase y ganó un premio.

–Me puedo imaginar el premio. –Comento en voz baja mientras observo el horizonte que nos regala la carretera. La sensación es de movilidad estática. Suspensión activa–.

–Un suspiro, el premio era sólo eso: un suspiro al aire libre. El profesor –papá me dijo su nombre pero por más que lo intento no lo recuerdo– tomaba una pelota de cuero viejo y llevaba al ganador al campo de futbol de la escuela. El espacio era un pedazo de tierra inhóspito y seco en los arrabales aledaños de un colegio de la posguerra española. Al ganador se le permitía jugar con la pelota durante quince minutos. Podía patearla, chutar o driblar a enemigos imaginarios e inventar alguna jugada. Papá la pateaba hacia arriba y esperaba su regreso con la ilusión de volver a repetir el lance una y mil veces, hasta que el tiempo terminara. El maestro volvía, tomaba la pelota y ordenaba al niño regresar al salón de clases para terminar la jornada escolar.

–Tenía que compartir el recuerdo de donde permanecía escondido. Fue solo eso, un resorte involuntario de la memoria.

–¿Detonado por la monotonía del camino?

–Pues ahora que lo mencionas, estoy cansada de los paisajes franceses. No me vendría nada mal un cambio de país.

Empieza a anochecer y la carretera a requerir mayor concentración visual.

–¿Cómo se conocieron el abuelo y su mujer? –Me pregunta y se acomoda en el asiento del coche. Estira los brazos hacia arriba. Revisa el entorno girando la cabeza hacia ambos lados de la carretera–.

–En Portugalete, una playa bastante discreta de Bilbao.

–¿Tú crees que se vuelven a ver? Quiero decir, después de la detención.

–Lo dudo mucho. –Apenas me salen las palabras, estoy en una neblina sentimental que no me deja pensar–.

–Por cierto –me adelanta– me habló Ana, nos quiere alcanzar en Irún o en Madrid.

La neblina se convierte en júbilo. ¡Me encanta la idea! –Exclamo mientras aprieto a fondo el acelerador del coche–.

–Le dije que llegaremos a Irún mañana por la tarde y a Madrid a más tardar el lunes o martes.

–Muy bien, Negrita, me parece perfecto. ¡Sigamos adelante!

Con la inyección de voluntad administrada de forma magistral, logro completar el trayecto. Burdeos nos recibe a oscuras. Despierto a mi hermana para anunciarle que llegamos y para que me ayude a encontrar la calle del hostal en donde pasaremos la noche. La ciudad huele distinto a todos los lugares por los que pasamos. Su olor me recuerda a la sidra y a las barricas de madera que huelo por primera vez en Valencia, en una estancia estival con la familia de mi padre. Cierro los ojos para volar con la imaginación e impulsado por la esencia de vides y uvas, recreo en la mente una pequeña granja con animales, una pila de leños de madera y un huerto de jitomates. Me detengo unos segundos en el campo sembrado para tomar con la mano uno de ellos y colocarlo en una cesta de paja que descasa sobre la tierra. Cuando repliego la mano me rasguño con las ramas de la hortaliza, pero la sensación es de protección. Me siento a salvo entre los arbustos alineados en filas con los frutos rojos colgando. Son jitomates de una redondez impecable. Parecen esferas para adornar los pinos de la Navidad. El recuerdo de aquellos momentos de felicidad se apodera de mi voluntad al grado que necesito oír la voz de mi hermana en estado de histeria para detener el coche celular a la entrada del hostal *Liberté*. Es un lugar mucho más bonito que la guarida estrambótica de Foucault en Poitiers. Al menos en este probamos un sabor más europeo en la arquitectura y en la decoración que lo anima. Nos registramos a señas con la *madame* que hace guardia en la recepción. Le mostramos el código de reservación impreso en una hoja de colores azul y negro y nos entrega la llave del cuarto 221. Estoy cansado para leer así que propongo salir a buscar algún lugar para cenar. Nos sentamos en un bar a dos cuadras del hostal y pedimos dos copas de vino tinto de la casa y varias tapas de quesos y embutidos.

–Estoy agotado. –Estiro los brazos hacia arriba hasta entrelazar las dos manos en el aire y escuchar leves tronidos de los huesos de la espalda–.

–Me quedé un buen rato dormida en el coche, porque soñé cosas rarísimas.

–Te echaste una siesta como las que tomamos en casa justo antes de la comida.

–¡Las mejores siestas del mundo! –Se emociona porque le brillan los ojos–.

–Cómo van cambiando los sueños conforme ganas años –Le confieso con la copa de vino en las manos, juego a que el líquido rojo de vueltas hasta volverse remolino–. Antes esperaba la noche para enfrascarme en los sueños inofensivos de la infancia.

–Sí, es verdad. –Responde con expresiones y gestos que me encantan–. Hay noches que me aterra acostarme en la cama.

–Acabo de soñar despierto con las tías y las primas de Llombay por parte de papá. La vez que fuimos a esa granja enorme y nos quedamos a pasar la noche entre animales, huertos y hortelanos.

–¡Y jitomates redondos como esferas de Santo Clos! –Exclama, eufórica–.

Reímos juntos a carcajadas porque es la frase que utiliza el hortelano cuando se presenta y nos pide que le ayudemos a recolectar jitomates gigantes. Reparo en la figura de mi hermana. Es guapa, guapísima, pienso mientras termino el líquido de la copa de vino. El sentimiento fraternal me lleva a pensar en sus relaciones amorosas. En la manera en que se van desgastando. Me da la impresión, se lo he dicho muchas veces, que llega un punto en el que se olvida de sí misma y permite situaciones autodestructivas.

–¿Cómo va la cosa con Xavier? –Le pregunto sabiendo que rumia en la mente la historia–.

–No sé, son muchos años ¿sabes? Siento que nos vamos desfasando cada vez más. Lo que a él le interesa a mí no y al revés.

–A mí me cae muy bien. Lo he llegado a estimar. –Le digo la verdad–. Sin embargo, coincido contigo. No lo tomes a mal, pero al verlos juntos me parecen más una madre y un hijo que una pareja de enamorados. Siento que tú vas por un camino y él por otro.

–Puede ser. –Se compadece–. El problema es que me cuesta mucho trabajo tomar decisiones cuando estoy inmersa en una relación. No sé, empiezo a perder el rumbo, a dejar que la costumbre y la mediocridad se instalen. A conformarme. No sé –repite y se lleva la mano derecha a la frente–, yo creo que no soy buena para estas cosas del amor.

–Dale un tiempo al músculo –propongo–, prueba estar sola.

–Ya veremos. –Me responde–. Te prometo que al final del viaje habré de tomar una determinación con respecto a mi relación.

Asiento con la cabeza y la abrazo. Mientras lo hago, es inevitable pensar en mis relaciones de pareja. Me hago en silencio la misma promesa que mi hermana: terminando el vieja a tomar decisiones.

El espíritu de la conversación que sigue aligera el cuerpo y distiende la mente. Evocamos años escolares, amistades. Le damos hilo al diálogo que nos acompaña desde el útero maternal. El flujo de las palabras es tan natural que no tiene orden, solo sentido. Las horas se diluyen insuficientes, contagiadas por la comunión y soltura de nuestro entendimiento. Nos vamos a dormir al filo del nuevo día y despertamos poco antes de las ocho de la mañana. El plan es pasar la jornada en la Prefectura de la Bastide, un viejo edificio de gobierno que en tiempos de la guerra funcionaba como cárcel de la ciudad. El abuelo pasa un par de noches en el lugar antes de ser conducido a Madrid para el Consejo de Guerra que conduce el proceso del juicio. Lleva varios días a salto de mata. Su paso por Poitiers y por Tours es desalentador: no logra obtener noticias de la situación política en España ni tampoco alguna información de la familia. Llegamos a la Bastide con la convicción de encontrar nuevos registros que nos ayuden a recrear las condiciones del cautiverio. Nos presentamos de nuevo como estudiantes en tránsito a Madrid en busca de información para un proyecto de investigación escolar. La Bastide es una biblioteca municipal por lo que los registros de la época de la guerra están bastante bien conservados. El problema es que son doce tomos de mil quinientas fojas cada uno. Hacer una revisión completa es empresa imposible. Nos atenemos a la suerte: Julia toma un cuaderno, yo otro y empezamos a buscar. Sobre todo, se trata de observaciones triviales de los pormenores de la actividad carcelaria: compras de materiales para construcción, inventarios de bienes y servicios, cuentas detalladas de la provisión de vestimenta, botas y catres. También, lo que parece una relación de nombres de presos que llegan a este lugar en algún momento de la historia. No alcanzamos a identificar un patrón con relación a ellos. No sabemos si se trata de una lista general o si están ubicados en ciertas columnas del cuaderno con propósitos de selección y orden. Es un muladar.

—¡Puf!, esto está complicadísimo. —Desespero aventando un tomo a la mesa—. ¡Y yo pensaba que nuestro apellido era único!

—Sí, no hay forma de saber si avanzamos, retrocedemos o damos vueltas en círculo.

La búsqueda la centramos en el apellido. Creemos que una palabra de esta naturaleza se distingue del resto de los nombres de los presos franceses. Nos equivocamos. Apellidos como Irraragoitia, Zarrabeitia, Gorrochategui, Goitia, son más comunes de lo normal. Buscamos una aguja en un pajar, pero hacemos el esfuerzo de disección. Pasamos horas revisando nombres y apellidos de toda clase en las hojas que nos recuerdan lo agradable que es la burocracia de gobierno.

–Al menos no somos el único país que tiene burócratas. –Comparto con humor el estado de ánimo que prevalece–.

Estamos a punto de claudicar, cuando uno de los empleados de la Bastide se acerca a nosotros con un paquete en la mano. Lo deja en la mesa y nos entrega un sobre blanco. Intentamos hablar con él pero se escurre como una lombriz en la tierra por pasillos e interiores del edificio. Tomamos el papel para saber lo que contiene en el interior. Es una nota con la misma letra menuda y bailarina del hostal de Poitiers. Esta vez no es un recado, es un envoltorio con el siguiente título: *"Un Cuento Marinero"* y un segundo mensaje extraño: *"Donad Vuestra Alquimia"*. Lo abrimos. Varias hojas de un color amarillo cartón roban la vista.

–Tiene que seguir en la Prefectura. –Le aseguro a Julia y echo a correr en busca del mensajero–.

Bajo el primer bloque de escaleras a toda velocidad. La búsqueda se centra en la imagen que guardo del hombre que vimos en cuclillas al filo de la puerta del hostal de Poitiers. Veo dos individuos con gorro tipo pasamontañas que llaman mi atención. Elijo al que está al fondo, cerca de la salida. Estoy tan exaltado que no controlo los movimientos: salto en la humanidad del extraño para aprehenderlo, lo abrazo por la espalda y caemos juntos al suelo. A la distancia me parece una persona de talla y peso monumentales, pero en realidad se trata de un estudiante, casi un niño. Por suerte, el alboroto no detona ninguna alarma ni la atención de los guardias. Apenado, pido disculpas al muchacho, recompongo la figura y regreso a la sala de documentación.

–Es un cuento del abuelo. –Advierte mi hermana al volvernos a ver–. Lo escribe para sus hijos durante los días que pasa en la cárcel.

–¿Y el mensaje extraño? –Le pregunto–.

–Estoy segura que son anagramas. Pero no logro descifrarlos.

–¿Cómo sabes que lo hace en la cárcel? –Pregunto de nuevo tratando de recuperar la respiración–.

–Por la fecha, mira. –Me lo entrega–. Intenta encender un cigarrillo, pero duda y al final opta por no hacerlo. Se lo agradezco con la mirada.

Tomo el paquete de hojas y leo la fecha escrita en la parte superior derecha de la primera hoja: julio de 1940.

–Seguramente lo empieza a escribir desde que lo detienen y lo termina en la cárcel de Porlier, donde pasa muchos más días encerrado. –Sopeso el cuento con las manos–.

–Puede que sea lo que le susurra a su hijo mayor antes de irse con los alemanes.

–Solo de pensarlo se me hace un nudo en la garganta. De lo que sí estoy seguro es que este cuento inspiró o al menos fomentó el gusto por las letras y la escritura en su hijo Julianín, mi primer héroe literario.

–¡Claro! –Exclama Julia–. Primero fue el *Cuento Marinero* del abuelo y después el cuento que escribió Julianín. Recuérdame los títulos que le puso por favor.

–El de la primera versión fue "Gertrudis y las matemáticas". Después lo cambió por "Mi tío, mi hermano y yo".

–¿Quieres leer el del abuelo?

–¡Claro que sí! También quiero llegar a la cárcel de Porlier para seguir entendiendo y colocando piezas.

LA TÍA JUANITA

Es una tendencia natural de los escritores y de las personas que quieren llegar a serlo vivir las historias de la gente con mucha más literalidad que los mortales comunes como yo. Lo noto con claridad en mi hermano: cualquier indicio de novedad, cualquier nueva pista lo lleva a recrear y a construir escenarios paralelos, a pensar en nuevas formas de entender la vida y las fatales circunstancias que a veces la rodean. Todo es motivo para seguir hilando. Sobrestima cualquier detalle biográfico para darle contenido a las lagunas naturales que se han formado después de más de setenta años de estabilidad histórica, emocional diría él. Desde que salimos de casa, todas las noches me despierto para quitarle algún libro de las narices, acomodarle la cabeza en la almohada y taparlo con el edredón de la cama para que duerma, sin la espesura de la nostalgia y la sentimentalidad, unas cuantas horas. Se despierta muy temprano para repasar el recorrido que estamos haciendo y busca en libros, revistas y artículos de periódico de la época cualquier referencia que nos brinde un mejor contexto para entender la situación que prevalecía en los lugares e instituciones que visitamos. Lee mil veces y a todas horas los dos folios que tenemos para comparar lo escrito con la actualidad que nos rodea. Se sabe de memoria las frases poéticas –así las llama– escritas por nuestro abuelo a su mujer. ¡Yo también me las se todas! porque las utilizamos para enmarcar momentos cotidianos. Me gustaría ser mucho más receptiva, pero soy más práctica. No llevo años tratando de perdonar a mis padres por deformaciones que son parte de nuestra trama familiar y no tengo la capacidad para intercambiar conversaciones con fantasmas. Estoy segura que se pierde muchos de los paisajes que estamos viendo porque los ve con el tamiz de la desdicha. Lo noto por cómo observa el horizonte en la carretera y por cómo se refiere y califica la historia. Yo comparto el propósito del viaje y estoy encantada por estar aquí con él. Lo quiero con toda el alma y deseo con todas mis fuerzas que encuentre la reconciliación que viene a buscar. Que sacie la sed que tiene por descubrir todos los cabos sueltos para unirlos con el pegamento de la perspectiva y el amor.

****

Mientras hacemos el *check out* en el hostal *Liberté*, le llamo a mamá desde una pequeña cabina telefónica que cuenta con el servicio (carísimo, por cierto) de larga distancia para contarle que nuestro regreso está programado para el próximo domingo por la noche.

–¿Cómo está Diego?–Pregunta tan pronto reconoce mi voz–.

–Está bien. Ya sabes cómo es –utilizo una de nuestras taras familiares para no tener que entrar en detalles–. Está metido en la historia y no hay otra realidad más que esa en su mundo interno.

–¿Cuándo vuelven? –Me pregunta con un tono neutro en la voz. Olvida que se lo dije hace unos instantes–.

–El próximo domingo.

Sin extenderme demasiado le comparto las circunstancias generales del viaje, las cosas que descubrimos, nuestra cotidianidad. Me reservo el asunto del *Cuento Marinero* y las suposiciones cada vez con mayor sustento de que alguien nos sigue. Lo que menos quiero es preocuparla cuando nos separan más de diez mil kilómetros de distancia.

–Dile que me hable. –Se despide–.

–Claro que sí. Te –se me corta la voz– extrañamos.

–Un beso, mi vida.

Me toca manejar de nuevo por la carretera de Orleans, esta vez con dirección a Irún. Nos detendremos y pasaremos algunas horas en Biarritz, comeremos ahí y trataremos de llegar a Irún por la noche. La subdirectora de la Fundación Pablo Iglesias nos recibe el martes por la mañana en sus oficinas y no queremos llegar tarde por ningún motivo. Diego sigue un poco inquieto por el episodio con el estudiante de La Bastide. Está despierto, a mi lado.

–¡Te la pasas leyendo! No seas sangrón y hazme compañía. –Le reclamo con un tono que suena a chantaje–. Vamos en el Peugeot azul metalizado, nuestro hogar itinerante.

–¡Es el cuento del abuelo! –Me responde alterado–. Sin duda fue el texto que animó a Julianín a seguir el camino de la escritura, o al menos a intentarlo. ¿A qué no sabes cómo lo firma?

–Ni idea, ¿con un anagrama? Están de moda, por lo visto.

–Con un pseudónimo. Supongo que para evitar la censura y facilitar la entrega.

–Pues no lo logra. ¿Cómo habrán salido esas letras de la cárcel?

–Por un acto de bondad. No hay de otra.

Luego seguimos platicando un rato de un elemento de nuestras vidas que desaparece entre tantas vicisitudes (mi hermano estaría orgulloso de mí por la palabrita): el Colegio. Coincidimos en que este viaje es impensable sin la presencia inconsciente de tantos y tantos maestros que nos trajo la guerra. Siguen en el recuerdo como utensilios para reparar la existencia. Todo está tan emparentado que me descubro en un manto de nostalgia. A diferencia de los escritores, procuro cerrar la puerta a los recuerdos que paralizan y me hunden en una sensación de angustia. Es un mecanismo de defensa. En lugar de dejarlos brotar con naturalidad, los freno con la espuela de la razón, los atornillo en su lugar y continúo. Diego hace todo lo contrario: los alimenta para vivir en estado de gravedad consciente. Yo lo molesto diciéndole que un día va a despegar y se va a quedar a vivir en la estratósfera de los sentimientos: sin poder andar y con la razón nublada. A veces pienso que nos comunicamos con la mente o que al menos nuestros estados de ánimo se vinculan. Es frecuente que reconozca en él rasgos de mi personalidad cuando lo veo irritado, contento o indiferente. Es uno más de nuestros códigos de entendimiento.

–¿De qué va? –Le pregunto para entretenerme con la plática mientras manejo–.

–Es una saga de marinos. Habla de mares, armas y estrategias por los océanos del mundo. Aventura pura y dura.

–¿Y de dónde saca tanta imaginación?–Le pregunto con genuina curiosidad–.

–De su último puesto en el gobierno de la II República, supongo. Acuérdate que funge de abril de 1938 hasta el final de la guerra como Secretario General de la Secretaría General de la Defensa Nacional. Durante ese tiempo recoge testimonios que vuelve literatura infantil.

–Es premonitorio, ¿no? Escribirles a sus hijos un cuento de marinos y barcos.

–En eso mismo pienso, porque la aventura escrita parece que tuvo el propósito de prepararlos para la que tuvieron que vivir en carne propia en altamar.

–Con lo que sabemos –puntualizo con incredulidad–, es imposible ser objetivos, pero no creo que haya anticipado el viaje de la prole a México en el Serpa Pinto. Imposible.

Porque el cueto tuvo que haberles llegado de alguna forma, ¿no? Sobre todo al hijo al que se lo dedica.

–Claro, seguro, porque de algún lado lo debió de tomar quien nos los dejó en La Bastide.

Le pido a Diego que tome el volante porque las piernas se me están durmiendo y todavía faltan bastantes kilómetros por recorrer. De acuerdo con el mapa, cerca de doscientos para llegar a Irún. Además de cansados, estamos a la expectativa de lo que podamos encontrar en la Fundación Pablo Iglesias. Intuimos que el viaje empieza a llegar al final y no queremos que termine, aún tenemos preguntas por responder y cabos que atar. El resto del camino la pasamos en silencio. Cada quien sumido en sus pensamientos. Yo pienso en nuestra madre, sobre todo en su forma de relacionarse con nosotros. Suele ser neutral con la generalidad de los sentimientos que nos abordan. Toma distancia para hacernos responsables de nuestros patrones. Es un guardián entre el centeno: está presente sin estarlo. Funciona. Saber que puedo contar con ella de esta forma sirve para procesar lo que pasa en la mente o en el corazón antes de expulsarlo. Antes de expiarlo sin el delicioso proceso de la introspección. Funciona pero a veces falta algo. Una conversación más directa. Un consejo. La luz de la experiencia de los años. Un salvavidas, una voz que ilumine. Puntos de referencia. Porque estoy convencida de que todo el tinglado familiar al final se reduce a eso, a tener puntos de referencia que nos ayuden a decidir, pensar y sentir. Reconozco que en este proceso continuo tengo un punto de reproche con mi madre. Le reclamo su incapacidad para ser más explícita en momentos que la he necesitado. En situaciones donde los puntos de referencia familiares deben activarse para resolver entramados complicados. En mis relaciones en pareja, por ejemplo. Tanto silencio e intención implícita no me han ayudado. Con papá es distinto. Me escucha y, aunque tampoco dice mucho, las conversaciones que tenemos me ayudan. Pienso que es porque él no juzga tanto las situaciones que comentamos. Mi madre juzga en silencio y siempre he querido conocer las razones de esos juicios. Al permanecer ocultas e implícitas, esas suposiciones y conjeturas destruyen e impiden nuevas conversaciones. Se forman lagunas y grietas infranqueables. Espacios donde anidan resentimientos que ya no quiero alimentar.

El último tramo de la carretera de Orleans a Irún es más complicado de lo que adivina nuestra experiencia europea. España todavía no es completamente occidental. Es la primera vez que veo a mi hermano sufrir al volante. De tanto en tanto debemos reducir la velocidad para sortear enormes zanjas en la pavimentación. De concreto hidráulico pasamos a chapopote económico y el Peugeot celular lo resiente más que ninguno. El motor no deja de toser cada vez que debemos detenernos para volver a arrancar, una y cien veces. Comparado con Tours y Burdeos, Irún parece un artefacto de juguete, una maqueta acartonada. La espectacularidad de las ciudades francesas contrasta con la sencillez que observamos. Además del coche celular, los primeros en experimentar el cambio de ambiente son los oídos. El sonido en las voces de los viandantes nos renueva al grado de querer de nuevo conversar con otras personas. Los aspavientos guturales y la retórica gramatical desaparecen para dar paso a baladas y sermones inteligibles, porque a pesar de estar en territorio vasco, las personas se dirigen a nosotros en castellano, no en euskera.

–La sensación recuerda a México, ¿no? –Me pregunta Diego con las dos manos al volante. Se aprecia tensión muscular en el cuerpo–.

–¿Lo dices por el chapopote?

–Por los olores también, son más cercanos a los recuerdos de nuestra infancia.

Me estoy muriendo de hambre. Empiezo a pensar que no es tan buena idea saltarnos Biarritz con la finalidad de llegar más temprano a Irún, pero mi hermano insiste en evitar el puerto porque nos aleja mucho de la carretera de Orleans y porque la parada del abuelo en ese punto es muy corta. Según leemos en el segundo folio de la carta, la comitiva que lo lleva se detiene en el malecón del puerto de Biarritz para estirar las piernas y para tomar un refrigerio. Se encuentra de manera fortuita con un buen colega de Madrid. Ambos colaboran en el Ministerio de la Gobernación. Durante esos años de trabajo arduo y compartido amistan y se vuelven muy cercanos. Tanto, que el amigo no puede creer lo que observa. Le entrega dinero y le pregunta cómo lo puede ayudar. El intercambio es interrumpido por los oficiales que lo escoltan. Le quitan billetes y monedas y con un movimiento hostil apartan al hombre que intenta abrazarlo para despedirse. La parada del abuelo en el puerto termina cuando los oficiales lo introducen de forma brusca en el coche celular para continuar el camino a la cárcel de Porlier, en Madrid. De cualquier manera, el estómago resiente la decisión. Después de un espacio de tiempo que no puedo medir, pero que intuyo largo por el desgaste del cuerpo, nos detenemos en la casa de huéspedes donde pasaremos la noche. Por fin puedo salir del coche y estirar las manos. Es un viaje pesado el que hacemos. El vientre y las piernas están cansados hasta de esperar. La casa no parece muy acogedora ni limpia. En realidad es una pocilga salpicada de modernidad. Volteo a ver a Diego para recriminarle con la mirada, pero no lo encuentro.

—Es lo mejor que pude encontrar en el pueblo. —Me explica mostrándome dos emparedados de jamón y queso—.

No lo puedo creer. Más de tres horas de camino, una casa de huéspedes inhóspita y ahora un sándwich de internado para —si acaso— distraer el hambre que me cargo. Estoy a punto de estallar. De volverme loca con tanto propósito estéril. Me gustaría estar en casa, tranquila, viviendo una existencia pacífica, mediocre si se quiere. Pero no, hay que ir en busca de las reivindicaciones esotéricas del gemelito.

–Y no había de arenque podrido. –Alcanzo a expresar, bastante descompuesta–.

–Al menos no tenemos que comer pasta de dientes.

Suspiro y trato de tranquilizarme. El golpe es recibido y empieza a surtir efecto. Estoy histérica pero puedo controlarme. Entiendo que los dos estamos en un momento crítico del viaje porque la paciencia empieza a menguar, el dinero a escasear y los propósitos a languidecer. Utilizo los colores y los detalles sentimentales de la historia para recomponer el ánimo. Traigo a la mente a la mujer del abuelo y a nuestra tía abuela y trato de extraer razones y motivos que me impulsan a seguir. Reconozco en silencio que toda esta historia empieza a ayudarme a entender algunas de mis mayores frustraciones, al tiempo de permitirme tejer hilos de reconciliación conmigo misma a parir de la sinceridad y honestidad internas. Observo mi relación con Xavier hecha un desastre. Pálida y monótona, se desliza por el camino de la desventura. Me gusta y lo quiero, pero ya no experimento la sensación de vértigo cuando lo veo o cuando pasamos la tarde juntos. Su vida empieza a quedarle grande y la mía, al contrario, corta. Me aprieta. Reconozco que se estrecha cada día más. Cuando dos existencias se encuentran por mucho tiempo, el único aceite que lubrica la relación es la novedad. Aunque sea una novedad vieja. Nos volvimos viejos sin novedades. Y eso nos está matando. Con respecto a mi madre, he descubierto que el viaje y la interlocución con mi hermano me han ayudado a descifrar el conflicto y los reclamos que tengo con ella. A sacarlos a la luz y otorgarles el peso que tienen. Cada día que pasa me siento más preparada para hablar con ella, exponerle de forma sencilla mis reclamos y tratar de entenderla desde el pedestal de la humildad y la reconciliación. Reconozco que soy una persona a la que le cuesta mucho trabajo pedir perdón, pero que está dispuesta a otorgarlo sin grandes explicaciones, solo las necesarias. Pienso que estoy preparada para perdonar a mi madre.

—No me gusta pedir perdón. —Logro expulsar las palabras—.

—Pero…, nadie te lo está pidiendo.

Estamos de pie junto a la puerta del Peugeot metalizado de color azul.

—*Sin daros un beso y un abrazo.* —Me susurra Diego al oído—. Y nos apretamos con fuerza para fundir los cuerpos.

La Fundación Pablo Iglesias lleva más de cuarenta años reuniendo datos de las víctimas de la guerra. Es una agrupación con sesgo partidista, pero nadie le regatea el denuedo con el que reúne documentación de españoles que fueron víctimas del conflicto civil. Las exceptivas son altas. Esperamos obtener datos e información que rellenen los huecos. El principal, saber el desenlace de la sentencia que pesa sobre el abuelo en la cárcel de Porlier a partir del dieciocho de octubre de 1940. Llegamos muy temprano. La casa de huéspedes se encuentra a pocas cuadras del lugar, así que decidimos caminar por las calles de Irún hasta topar con el único edificio que tiene pinta de escuela. Diego se adelante para hacer el registro y yo espero en la recepción de las oficinas centrales.

—Tenemos quince minutos, la Doctora Guerra está retrasada. —Me comenta al darme la credencial de acceso—.

Apuro el paso para ir al baño antes de la entrevista. Me llama la atención el orden y la limpieza del lugar. Los cantos de las carpetas forman hileras muy bien alineadas que al contacto con la vista recuerdan ladrillos de construcción. Lápidas para los recuerdos, pienso. Los gabinetes de trabajo de los empleados —veo cinco, dos hombres y tres mujeres— son estaciones en forma de cruz. Cada una de ellas contiene dispositivos analógicos de consulta y una pantalla central donde se puede ver el telediario. Son cabañas de coexistencia laboral, pequeñas comunas de laboratorio. La primera, con la que topo para doblar a la derecha en busca de los sanitarios, la habitan cuatro jóvenes, ninguno mayor de veinte años, calculo. En la del fondo, una mujer escribe en la computadora. Me parece familiar, pienso en centésimas de segundo mientras abro la puerta. Me asusta mi reflejo. Tengo dos ojeras como bolsas de supermercado, dos pliegos de piel que enmarcan los ojos. No me gusta mi semblante, así que me echo agua en la cara, revoloteo el pelo, me arreglo la ropa y me prometo conquistar el día con el único asidero que me resta: actitud.

—¿No dormiste bien? —Me pregunta mi hermano mientras caminamos hacia la oficina de nuestra anfitriona—.

—Perfectamente, ¿por?

—Por nada, te ves guapísima.

Aunque mienta, me hace sentir bien. Le regreso la mentira.

—Tú estás hecho una piltrafa, péinate un poco.

La Doctora cae bien a la vista. Lentes redondos con fondo de botella, recuerdan a los de la foto del abuelo en el sillón moteado. Cara afilada, flequillo domado al ras de las cejas pobladas. Viste un traje sastre azul cielo. No habla cuando nos presentamos, desliza el cuerpo en la silla del escritorio donde nos recibe y entrelaza las manos. Más que andar, parece que vuela.

—El periodista. —Afirma después de escuchar nuestro discurso—. Y empieza a cuestionarnos.

—¿Por qué no dejáis las cenizas en su lugar? —Nos pregunta, sin rencor en la mirada—. El vaso de agua que está sobre la mesa es golpeado por uno de sus codos y cae en la agenda nutrida por sus actividades del día. El agua borra la tinta de la pluma fuente con la que son escritas las palabras en las hojas de la libreta. Se forman manchas parecidas a las utilizadas por sicólogos para pruebas de personalidad. La de allá parece una carta de amor secreta, pienso.

–Pero solo… –balbucea mi hermano sin poder articular palabra–.

Ella lo interrumpe casi sin proponérselo porque su tono de voz sigue siendo dócil pero directo.

–Han venido muchas personas como ustedes a este lugar. Los he visto salir con rostros tristes y acompasados. Es importante saber los motivos de la búsqueda, su resonancia interior.

Sus palabras cobran sentido de inmediato. Como si de pronto una luz iluminara el camino. Noto cómo se acelera el corazón.

–Hemos venido a fracasar. –Sentencia Diego mirándola a los ojos–. Sobre nuestro abuelo pesaba una sentencia de muerte. Hemos venido hasta aquí para saber si se cumplió.

Nunca lo había visto así. Está sentado al lado mío en una especie de trance sentimental. Su mirada es diáfana: puedo ver el rostro de nuestra interlocutora en uno de su iris. Un girasol con cara de astro que vive en una casa de cristal es testigo de la escena.

–Tengo que haceros preguntas difíciles, pero importantes. –Nos explica la Doctora–. La Fundación protege los recuerdos de las víctimas de la guerra. ¿Os creéis capaces de recoger los frutos de una exhumación como esta? ¿Qué vais a hacer con las piezas rotas? Con los hilos podridos. Porque remover la tierra para escarbar proporciona oxígeno, pero también libera gases tóxicos.

–Reconciliación. –Me escucho a mí misma diciendo la palabra como en una especie de amplificador de voces–. Buscamos reconciliación.

Suena el timbre del teléfono color gris que descansa en la mesa, atento. La Doctora –levantando el índice de la mano izquierda– nos pide unos momentos de silencio. Cuando termina de hablar nos da permiso para echar un vistazo a la institución que dirige, pero se disculpa porque le será imposible acompañarnos porque debe atender un asunto personal de urgencia.

Los tres nos miramos. Estamos de pie, nosotros dos con la respiración acelerada y el corazón a todo galope. Ella adquiere forma de ángel con la luz de los rayos de sol que la bañan. Parece una madre enseñando a volar cometas a sus hijos. De pronto, la oficina nos asfixia, los muebles, el orden. El aire se vuelve espeso. Tomo a Diego por los hombros para empujarlo hacia la salida. Nos despedimos de la Doctora con un ademán rápido de las manos. Afuera, el grupo de jóvenes nos observa. En cuanto salimos regresan a los asientos y disimulan normalidad. Recorremos los pasillos del edificio para respirar aire fresco y vamos a la planta baja por las escaleras de emergencia, a un lado del elevador.

Para ser honesta –voy diciéndole a Diego con la voz entrecortada por el esfuerzo físico de bajar escalones– tiene razón. Estamos levantado un polvo existencial que no sabemos si va a sedimentar de nuevo o si va a contaminar los pulmones de la familia.

–Estáis buscando en el lugar equivocado. ¿Tenéis aún la credencial? –Pregunta una voz de mujer–.

Es la chica que escribe en la computadora cuando voy al baño. Las teclas bailan con ritmo, truenan al impacto con los dedos como castañuelas en concierto. La reconozco de inmediato.

–Pero, ¿qué haces aquí? –Le pregunta Diego a Ana–. Hay un incendio de alegría en su rostro.

–Os dije que os alcanzaría en Madrid, pero supuse que ibais a necesitar de mi ayuda antes. Venid.

Subimos por las escaleras hasta el cuarto piso de la edificación. La presencia de Ana revive a mi hermano al punto de la exaltación. No dejan de hablar, de ponerse al corriente de los pasos que siguen en el devenir de la ausencia. El aula a la que llegamos es un museo de recuerdos y frituras del tiempo. Los ventanales abiertos permiten la entrada a una brisa risueña, capaz de juguetear con los rostros y hacer bailar de un lado a otro los cabellos. Sorprende el curado de la exhibición, el cuidado del escenario. La Doctora es una adicta al orden, pienso, para enseguida cerrar la puerta y encender las luces de la habitación. La iluminación descubre un bosque de libros, cuadernos, diarios. Raíces muy antiguas. Guías de pasto extinto. Huellas.

–El Santuario. –Nos indica Ana con una sonrisa en la boca–.

–Y tú, ¿Cómo sabes de este lugar?

–He hecho la tarea, escritor. Es más fácil que eso, mi madre solía venir a este lugar para hacer investigación para sus clases en el internado. De pequeña me traía mucho por aquí.

Luego nos cuenta su peregrinar en busca de pistas de la vida de su bisabuelo, además de los pormenores de citas en universidades y escuelas de educación superior. Wenceslao Fernández es uno de los primeros en advertir al nuestro de la situación, nos cuenta. España está dividida y la República se tambalea, le confirma. Los socialistas rotos y los frentes de batalla perdidos. Es una situación indeseable, hará sufrir a la patria, le comparte su dolor con esas palabras. Sálvate, huye, ve con la familia. Wenceslao también es periodista y escritor, pero unos diez años mayor. Sabe por sus relaciones con ambos lados de la disputa que la moneda del destino se decanta por los golpistas. La cacería de brujas será cruenta e implacable.

–¿Cómo está tu padre? –Le preguntamos al mismo tiempo–. Estamos los tres de pie, observando el mundo de recuerdos que nos regala el Santuario.

–Cercano, he podido aproximarme a él. No sé cómo ha sido, pero mi interés por su familia, ha hecho que las cosas vayan a mejor.

–Cercano, ¿cómo?

–Hay menos niebla entre nosotros. Más puntos de referencia. ¿Sabéis dónde lo noto? Cuando hablamos por teléfono. Antes solo me decía: "te paso a tu madre" y me la ponía. Ahora conversamos, ¡al teléfono!

–Me da muchísimo gusto, Ana. –La tomo por el brazo, le doy un par de palmaditas en la espalda–.

–He entendido que está vivo, sabéis. Y eso me da consuelo. Me ha permitido, por lo pronto, conversar con él.

La conversación desata recuerdos en la mente. Pienso en mamá. En lo mucho que hablamos por teléfono. Tampoco la imagino muerta, en eso estamos de acuerdo. Las estanterías están repletas de documentación y cartas de las víctimas de la guerra. Todos los expedientes están ordenados por años. Cada anaquel cubre una década. Buscamos la de 1940. Al fondo, en el estante donde hacen vértice las columnas encontramos la que buscamos: 1930–1940. Apilados, decenas de documentos abarrotan las gavetas. Hay cajas con libros, estuches con fotografías, diarios de guerra, carpetas blancas con archivos. Paja y tuétano documental. Removiendo papeles, encuentro una carpeta con la leyenda *Periodistas* pegada en el canto. Es una cubierta doble, como la usada en los hospitales y clínicas para el registro de pacientes. Buscamos el apellido: cabina 1303. Los compartimientos son pupitres que soportan los estantes por la base. Forman cajones plegadizos que se abren con un asa de aluminio en forma de ojal. Es necesario agacharse para poder abrirlas. En cuclillas, abrimos la cabina que buscamos. La exhumación se consuma porque en el interior encontramos el material biográfico que vinimos a buscar.

—Está todo —susurra Diego—, álbumes de fotos, recortes de periódico de la época, fojas con muchos de los artículos de *El Socialista*, una edición de *Guerra y Vicisitudes de los Españoles* y una caja con sobres y mensajes epistolares.

—¡Bingo! —Grita Ana y al hacerlo descubrimos el movimiento de una silueta acercarse al Santuario—.

—¡Coño!, me he pasao un poco.

No sabemos si es un guardia o un empleado, pero está en el interior de la sala. Escucha el grito y viene a verificar si todo anda bien. Nos paralizamos cada cual en su posición. Los movimientos empiezan a ser como trazos en el agua. En lugar de caminar, nadamos. La corriente nos lleva a la puerta trasera. Intento girar el picaporte de chapa de cobre pero está con el botón, la mano siente la imposibilidad de inmediato. Seguimos andando con pasos de mimos entre estantes y pasillos. Nuestro acompañante apura el paso para darnos alcance, así que rompemos filas para salir corriendo en busca de las escaleras. El estrepito de la puerta al cerrarse y los pasos por los escalones vuelven imposible un acto de desaparición.

—¿Cuál es la prisa? —Nos topamos de bruces con la Doctora Guerra—. Se encuentra enfrente de nosotros, con una sonrisa tímida en la boca. Guiña un ojo sin propósito aparente. Un *tic* involuntario, pienso.

A nuestro alrededor todo el personal y los visitantes de turno nos miran. Ana carga fojas y cuadernos con los artículos periodísticos, mi hermano lleva en las manos álbumes familiares y yo tengo la caja con las cartas. Estamos un poco incómodos, nos sentimos culpables por no pedir permiso para tomar la documentación que llevamos cargando.

—¡Andoni! —La Doctora llama a uno de sus colaboradores—. Prepara para los muchachos una hoja de préstamo de material por treinta días.

Nos volteamos a ver los tres, agradecidos. Después de unos minutos el joven vasco nos entrega la solicitud de préstamo de materiales. Nos pide enumerarlos en la hoja, hacer una breve descripción de cada uno de ellos y firmar de recibido.

–Tenéis un mes para revisarlo todo. –Advierte, acompañándonos a la salida–. Espero que encontréis lo que habéis venido a buscar.

–Preferimos el dolor de saber a la *asentimentalidad* de la indiferencia. –Responde mi hermano a manera de despedida–.

–¿*Asentimentalidad*? –Lo increpa Ana tomándole el brazo–. Vamos bajando por las escaleras hacia la salida.

–Lo ameritaba el momento, artista. No me digas que no cabía una nota poética.

La Fundación se abre en todo su esplendor ante nosotros. Nos gratifica, así lo siento. Nos devuelve la seguridad en la búsqueda. Encontramos en esa mujer con pinta de profesora el permiso que necesitamos para seguir adelante. El golpe de voluntad para terminar. El acto reflejo como respuesta a la forma de plantearnos esta aventura genealógica. La gente nos sigue viendo pero la intención de las miradas es distinta. La indiferencia se convierte en curiosidad. Incluso algunas personas se acercan para saludarnos. Nos sentimos reconocidos. Los seres humanos requerimos motivos poderosos para seguir viviendo, pienso. El problema de la modernidad está en los espacios cada vez más grandes y hondos de virtualidad. Cada vez sentimos menos. Cada vez nos intoxicamos menos con la vida. Nos encerramos en nosotros mismos. La *asentimentalidad* es cierta. La experimento mucho. Lucho contra ella, pero cada vez gana más terreno. Me arrincona hasta volverme indiferente ante todo. Me gusta ver cómo se van enamorando Diego y Ana. Tratan de disimular conmigo, pero no hace falta ser una vidente con dotes sobrenaturales para detectar los síntomas del amor que se gesta a su alrededor. Ana está inmersa en nuestra historia como si se tratara de su propia familia y mi hermano no para de buscar mi aprobación con preguntas inofensivas con más fondo del que aparentan: "es linda, ¿no?", "tiene buen corazón, ¿no crees?", "nada que ver con las pasadas". Busca mi aprobación. Así funcionamos, ni hablar. Con puntos de referencia.

–Gracias por estar aquí. –Le expreso a Ana con ganas de ser escuchada por la Doctora Guerra–.

–Nada, no me digas eso. Soy yo la agradecida por haberos encontrado en este viaje común. Yo también he encontrado algunas respuestas.

Desahogada mi ansia de gratitud, les propongo ir a comer algo a la cafetería de enfrente para revisar, clasificar y leer el material que tomamos prestado. Atravesamos la calle. Ellos retozan como niños por los paseos peatonales de Irún. Yo voy un tanto separada. Descubro a dos viejitos que nos miran con atención. Están sentados en una banca de madera. Parecen dos tortolitas acurrucadas. Endebles. Experimento una sensación de vértigo. Los pies me tiemblan, estoy a punto de caerme de bruces.

–Vuestro tío Jose nos ha dicho que aquí los encontraríamos. –Comparte el hombre–. El encuentro resetea mi memoria de corto y largo plazo. Estoy inmóvil, sin poder decir palabra.

– ¿Tía Juanita? –Me rescata la voz de Diego–. Y usted debe ser Estanis.

Reacciono y la abrazo. Me doy cuenta que no puede hablar porque intenta abrir la boca para articular alguna palabra, sin lograrlo. Los años ya no se lo permiten. A pesar de ellos, parece una princesa. Vieja, pero una aristócrata de leyenda. Su tez es blanca como las nubes que nos regalan algo de sombra en un Irún brillante y caluroso. Al abrazarla siento el peso de la infancia en hombros y espalda. Me siento aterida a ese cuerpo frío y frágil como el algodón. Ella permanece quieta, como un pajarito acurrucado en un nido. Acuno el cuerpo para sentirla. Hace muchos años que no la vemos porque a raíz de su última caída, la familia estima más conveniente que vaya a vivir a Francia. Estanis, su hermano, es un hombre guapo. Rasgos de la estirpe, pienso. No lleva lentes, solo un bastón de madera con puño de plata que notamos al momento que se endereza para darnos un beso.

—¿El hermano de mamá está aquí? —Pregunto—.

—Se ha ido para Madrid esta mañana. Me ha pedido que les diga que los quiere ver allá.

—Nos condujo hasta aquí —frasea Diego con la mirada perdida—.

—Hará unas semanas se comunicó conmigo para decirme que estaba de viaje con vosotros. —Nos cuenta Estanis, sigue de pie, atento a los movimientos de su hermana—. Ayer pasó a Poitiers por nosotros. Dijo que estaríais aquí.

Estamos congelados. Todo este tiempo. Todo el viaje nos ha acompañado, conjeturo con ansiedad. En el hostal de Poitiers, en la carretera de Orleans, en Burdeos y aquí, en Irún. Todo vuelve a la mente: el coche, los faros cuadrados, los anagramas, los recados y la sensación de estar vigilados. Esta vez propicia el encuentro con los dos seres frágiles, encantadores y entrañables con los que estamos hablando. ¿Por qué? ¿Para qué? De pronto, observamos cómo la tía Juanita estira el brazo para entregarnos un sobre. El movimiento es lento. La sensación de conjunto de una ternura infinita. Estanis la incorpora un poco. Habla por ella.

—Es la última parte de la carta. —Nos explica con la voz desinflada por el esfuerzo que hace para sostener a su hermana, al tiempo de entregarnos el sobre con las hojas de papel—.

Entrar en comunión con la mirada de alguien es una experiencia mágica. Se consuma el presente de una manera extraordinaria. Es detener el tiempo unos instantes eternos. Impregnarse de la esencia de otra persona a través del simple acto de mirar. De mirar el fondo. De pegar infinitos. Si la vida es un punto entre dos infinitos (————————————.——————————), la comunión de miradas me hace pensar que puede modificarse para convertirse en eternidad (———————————————-...........................). Esa cualidad tiene la tía Juanita: la capacidad de modificar. El mundo, el destino, los letargos sentimentales. Un día de infancia estamos sentados a la mesa. Mamá y ella y se ven las caras de frente. Diego y yo las rodeamos, uno de cada lado. Toma un poco de leche en un plato sopero de talavera poblana. Es azul con motitas de color blanco. La memoria, caprichosa, es certera en este asunto: azul con motitas blancas. El plato tiene dos despostillamientos en el perímetro. Sopea un pedacito de panqué con una tranquilidad que encandila. ¡Cuéntanos la historia otra vez, por favor! Le pedimos que nos cuente lo que pasó el día que pierde un riñón para salvar la vida de su hermano. Acepta, siempre acepta. Lava la vajilla en la tarja de los trastes sucios. Cuando lo hace, nos levantamos para detenerla porque si no se sigue a lavarlo todo. Tía, la historia, le recordamos. Empieza de atrás para adelante. Se encuentra en la clínica. Está acostada, con los ojos entreabiertos, amodorrada por la anestesia que empieza a surtir efecto en el sistema nervioso. Un médico apuesto –aquí me voltea a ver para hacerme un guiño con los ojos– le pregunta si está consciente del tipo de intervención quirúrgica a la que es sometida. No duda un segundo. Tiene doce años, pero la resolución de una mujer de cuarenta. Firma la responsiva y el protocolo médico. Puede morir. Lo sabe. La furgoneta de redilas que los atropella también la lastima. Tiene las piernas moradas, el tobillo izquierdo entablillado. Le estalla la cabeza por dentro. Cuando despierta le duele mucho el costado izquierdo. Siente puntos de sutura al tacto y el calor de la sangre le calienta la espalda. Los dos corren sobre la grava vaporosa del camino que los lleva a la escuela. Van retozando con las mochilas al hombro y las loncheras colgando de la mano. No pueden esquivar la carrocería de la furgoneta. Trasporta material de construcción para el nuevo edificio del colegio. Una de las varillas de acero se clava en la parte baja del estómago del muchacho, por el costado derecho. Atraviesa uno de los riñones y el segundo, por acto reflejo, colapsa. Se derrumba, inconsciente. La tía Juanita piensa que está muerto porque no siente la respiración cuando se agacha para recostar la cabeza sobre el corazón. Ella puede ponerse de pie, Estanis no. Salva la vida gracias a la fortuna, por partida doble: una vecina de la cuadra es testigo del accidente. Recoge a los dos críos. Piden ayuda a los viandantes que se acercan y logran subir al niño en la parte trasera del todoterreno de la vecina. El recorrido a la clínica es un calvario porque la grava del camino, combinada con la conducción errática de la señora, vuelven cada piedra, cada viraje en un crujir de huesos. Los paramédicos de guardia hacen el resto del trabajo y el médico apuesto intercambia los riñones de los hermanos; y porque la sangre de ambos es compatible, el factor rh positivo de los dos evita la generación de anticuerpos adicionales para atacar el órgano recibido. La comunión biológica ocurre. Después de contarnos la historia, se levanta para tomar la siesta matutina, así la llama. No se duerme, se recuesta en una hamaca de hilos gruesos de color blanco. Nos da la espalda. Está sumida en el trance de la contemplación. Cuando voy a verla para escabullirme de la mesa descubro los mismos ojos transparentes que observo en estos momentos.

—Tienes un riñón de ella en tu cuerpo, ¿verdad? —Le pregunto a Estanis tan pronto me recupero del trance y de las evocaciones familiares—. Sigo mirando a la tía Juanita.

Él dibuja círculos en la tierra de una maceta que decora la banca de madera en la que estamos todos. Con el dedo índice hace unos círculos redondos como pelotas. Diego hace esfuerzos gesticulares para presentar a Ana con la tía. La escena recuerda sesiones de mímica que jugábamos con ella en algún momento de nuestras vidas. Adivinábamos los movimientos de las manos y del cuerpo. Así es como se comunica ahora. De pronto, nuestras miradas se desconectan y recobro el sentido de la realidad. Me impacta, me hace sentir incómoda. Me vuelve el peso de existir.

–¿La gravedad? –Diego me toma de la mano, me aprieta al pecho mientras acaricia mi cabellera con delicadeza–.

–Sí, me altera. –Alcanzo a emitir las palabras con lágrimas en los ojos–.

Estanis ríe por primera vez desde que nos encontramos. Se da unas palmaditas en la parte posterior de la espalda para responder la pregunta de hace rato. Al hacerlo, sonríe aún más. Hace un lado el bastón. Procura toda su fuerza para levantar a su hermana: brazos, piernas, espalda, corporalidad completa. La tarde empieza a insinuarse por la ventana del horizonte. Los rescoldos de sol bañan la vista y lamen con suavidad los cuerpos. La cafetería a la que vamos llueve personas. De las puertas brotan estudiantes con vasos de té o café, mientras algunas parejas permanecen sentadas en las mesas redondas que forran los alrededores del lugar. La efervescencia de seres humanos no es suficiente para alegrar los caminos que vemos con la mirada, cada quien a un lado distinto. Intuimos que nunca más volveremos a verla.

–Nos tenemos que marchar. –Murmura Estanis con recato en la voz–.

–¿Cómo habéis venido? –Pregunta Ana ayudando a sujetarlos–.

–Hemos rentado un coche para el regreso –voltea la mirada–. Está ahí detrás, esperándonos. Es un largo viaje a Poitiers.

–La carta, ¿por qué está partida? –Lo encaro. Lo tomo del brazo, se lo sostengo con fuerza–.

–Porque partió vidas –nos asegura con dolor en la boca–. Quizá solo sea una pasada del destino.

–YA TENEMOS TODOS LOS FOLIOS. –Nos despedimos de la tía Juanita reforzando la voz y besándole la frente –.

Al fin están de pie, otra vez juntos como las dos tórtolas que descubrimos al salir de la fundación. Caminamos con ellos hasta el coche que los llevará de vuelta a Francia. Los pasajes de grava por los que andamos recuerdan la brecha escolar donde son alcanzados por la furgoneta. Estanis los pisa con rabia, la memoria lo acostumbra a desconfiar de ellos. Un revoloteo febril de alas nos acompaña. Son decenas de jilgueros de color rojizo con peto amarillo que se despiden del día y vuelan a los nidos. Parece que los construyen de nuevo. El sonido de la nidificación gana al murmuro de voces. Las últimas palabras de Estanis son un cumplido. Lo sabemos por el agua que empaña la visión de los ojos.

–Espero que encontréis lo que habéis venido a buscar, niños.

Cuando salimos de la alberca para secarnos, rociamos a la tía Juanita de agua. No es que la empapemos, pero las gotas de agua fresca caen sobre el cuerpo semidescubierto. Vemos cómo se amplifica parte de la cara cuando las gotas tocan su piel: los ojos más grandes, la nariz encorvada. El efecto prismático dibuja arcoíris por todos lados, serigrafías de colores como las que se tatúan los hinchas de un equipo de futbol o los feligreses en camino a la congregación santoral. Finge estar enojada con nosotros. Nos reprende con metáforas que imaginamos en la mente: culos como tomates, aceites sonrientes, nubes de altamar, caras con arrugas como telarañas. Nuestra abuela lee en una de las sillas de aluminio cuadradas con filos naranjas y blancos, son cinturones tensados a la estructura que la suspenden, porque los pies nadan en el aire. Mamá cocina porque el ambiente está impregnado de diferentes olores. Escuchamos voces y alegorías familiares. Discriminamos, nos subimos sobre ella para tratar de atarle las manos. Los dedos se hunden en las costillas para desarmarnos, volvemos a la carga, nos arremolinamos, nos invaden sensaciones de invalidez, los oídos tapados, las manos, sorbemos, estamos escalando, nadamos por sus venas, nos acurrucamos, vestimos, nos inflamos, descubrimos, afilamos, tenemos una espalda, dos candados, nos volvemos miniatura, nos enredamos, tragamos, vamos por el mar, nos alejamos, revoloteamos como nidos, nos escuchamos, nacen flores, viven huertos, somos versos, volamos, nos pegamos, hay abrazos, sopesamos. Un día nacen conejos. Corremos a su encuentro para ir a la casa de Beatriz y Ernesto. No hay camas, son petates de paja los que cubren el piso. Olores rancios, pestilencia embrionaria. Las crías descansan en uno de los petates, pegadas a dos niños muy pequeños, entremezcladas. Nos detenemos. Las crías de conejo parecen algodones de azúcar con dos rubíes rosas en la cara. Estamos escondidos en el fondo que viste nuestra tía, bebiendo por primera vez la ponzoña de la pobreza. No queremos salir de la guarida, estamos ateridos a la tela blanca, prendados de las costuras. Ella camina con nosotros. Se inclina para estar a la altura de los bebés que descansan en el suelo. Toma a uno de ellos para acunarlo en los brazos. Beatriz observa la escena sin inmutarse, concediendo permiso como una loba que distingue a golpe de instinto. ¿Cómo les llamamos? Nos pregunta. ¡Son ocho conejos! No sabemos tantos nombres, ni tenemos palabras en la boca. Lorca, pongámosles a todos Lorca, decide: Lorca1, Lorca2, Lorca3, Lorca4, Lorca5, Lorca6, Lorca7, Lorca8 –va levantando la barbilla para señalar a cada uno mientras acuna al bebé en los brazos– y hagamos que escriban poemas. ¿Qué es Lorca? –Le pregunta Diego–. Es una forma de sentir, ya verás. Después de unos minutos nos desprendemos de su cobijo. Estamos libres. Nos incorporamos al escenario para tocar a los conejos y sentir la respiración de los bebés. Son dos de piel tierna y barriga pronunciada. Me vuelve el espanto porque no quiero verlos amarrados. Una vez vemos cómo Ernesto amarra a su hijo mayor para que no lo interrumpa con la faena del trabajo. Abrazo a la tía. Me responde con el calor de la mano en la frente. Me repliego de nuevo en su regazo. Mi hermano está más integrado, la curiosidad puede más que el espanto porque juega con los bebés como si se tratara de cachorros de otro animal. Son criaturas extrañas porque no lloran, comen una composta cruda que les da su madre con las manos. Chupan los dedos con fuerza, mientras ella embarra el engrudo alimenticio en sus pequeñas bocas. De regreso por el senderito que nos lleva a la casa principal, vemos dos libélulas pegaditas, tanto que no pueden volar porque se estorban una con la otra. La tía nos cuenta que una vez estuvo enamorada. Yo me sonrojo porque me da pena el amor. Cada vez que veo a dos adultos besarse en los labios me tapo los ojos para desaparecer. Con las libélulas me pasa lo contrario, quiero ver lo que hacen para aprender con el ejemplo de especies distintas y ya no apenarme más. ¿Así se besan las libélulas? La tía no puede contener la risa. Me responde que sí, que se besan por amor. Se están apareando, afirma mi hermano, mamá me dijo que así se dice cuando están tan juntas. Yo prefiero creerle a nuestra tía. Es hora del desayuno así que nos dirigimos al comedor. Durante el camino vemos mariposas blancas con motas negras. ¡Son enormes! Su vuelo es lento, alegra la mirada. También las hay negras con una cinta amarilla que las cruza por completo. Recogemos una que pierde el vuelo porque tiene un pedazo de ala roto, casi desprendido. Al tocar sus alas los dedos se impregnan de polvo. Es el polvo del amor, úsalo para que ya no te den pena los besos, me sugiere la tía Juanita. La mariposa emprende el vuelo y vemos cómo corta el aire con el zigzag de la trayectoria en el cielo. Huele a chocolate caliente. Las piezas de pan dulce esperan a la mesa, inquietas. Tomo una concha del tamaño de la luna y Diego un chocolatín que escurre chocolate caliente por los lados. La tía roba un pedazo de panqué de nuez. ¿Por qué nunca te enojas? Le preguntamos. Cuando el aceite sonría, es momento de ponerse a cocinar, nos responde. Y nosotros la obedecemos.

GERTRUDIS Y LAS MATEMÁTICAS

A Julianín le gusta escabullirse en el estudio para observarlo leer y escribir. Como es el más pequeño de la prole, pasa la tarde de todos los lunes con su padre en el despacho del Ministerio de la Gobernación. El lugar es inmejorable para esos dos propósitos, piensa con su mente nueva, porque la luz que baña el escritorio de caoba limpia el ambiente. Las hojas de papel parecen aumentar de blancura, porque brillan descansando en la madera. El padre usa pluma fuente con punta de plata, la unta en tinta negra que recoge de un frasco de vidrio. Las palabras brotan de la mano para convertirse en ideas. El niño heredará la estrechez de la letra y la claridad en palabras y pensamiento. Cuando terminan de comer, espera unos cuantos minutos para seguirlo. Le gusta sorprenderlo en plena labor, cuando cuerpo (mano) y mente (pensamiento) están unidos en la creación. Le gusta registrar los movimientos del padre cuando escribe, aprehenderlos en la memoria: el ruido de la punta de la pluma al resbalar en la hoja blanca de papel, el tin–ti–nar del vidrio del frasco al momento en el que se absorbe el líquido, el olor a mineral de la tinta. Al notar su presencia, el padre lo toma por los hombros, mete las manos por las axilas del niño para hacer soporte y lo lleva a la silla donde está sentado para acomodarlo sobre las piernas.

–Es un cuento para ti. –Le susurra al oído, haciendo que el hombro, detonado por el murmuro de la voz, haga un movimiento involuntario hacia la oreja–. Va a ser tu regalo de navidades.

En el barco, los recuerdos se mezclan como rumores entre los trazos de la cotidianidad. Es la cara de la supervivencia. Porque para sobrevivir tienen que inyectar a la vida grandes cuotas de idealismo. Julianín lo logra evocando. Lo hace permitiendo que las remembranzas familiares jugueteen en la mente para mantenerla entretenida, al margen de la realidad. Se da cuenta que pierde sensibilidad. El paso de los días lo está volviendo inmune a muchos sentimientos. La épica de resistir, se convence mientras apura el último trago de leche entera que le regala el contramaestre del buque, con quien amista desde el inicio de la travesía. Lo que importa es que su hermana se encuentra bien. La cauterización de una de las fosas nasales la tiene incómoda e irritada, pero está viva. La fiebre cede y el cuerpo empieza a recomponerse. El médico explica que de haber subido la temperatura un grado más, el corazón no resiste. Con la hija a salvo, los pensamientos de Julita están por completo con el marido. En altamar no es posible recibir noticias. Las que escucha en voz de los paisanos del barco son confusas e inciertas. Prefiere hacer caso omiso. No hay forma de saber con certeza más que lo íntimo. La prole se acostumbra a las faenas del día y gracias a ellas mata las angustias del pasado, al tiempo de evitar cualquier pensamiento sobre el porvenir. Empieza a coger oficios gracias a la camaradería que se forma entre los pasajeros del Serpa Pinto. La señora del camarote contiguo enseña a las niñas a tejer macramé. El poco hilo de algodón que tienen lo atan a un palo de madera para sujetarlo. "Existen más de cincuenta tipos de nudo", les expone tomándolas de las manos para que sujeten el hilo asido al tablón. Luego empieza la faena de los enlaces. Una tras otra, las bolas de tejido doblado van armando una bolsa, un telar, figuras de algunos animales. No se hacen más que nudos, una y otra vez. Cada que terminan algo hay que volver a desanudar para seguir practicando porque no se tiene suficiente material de costura para continuar las figuras que se piensan. Julianín pinta con la fantasía y se vuelve el comerciante oficial de la familia. A falta de dinero, el trueque es la moneda de cambio por excelencia y a él se le da a la perfección el oficio. Intercambia favores matemáticos (ayuda al contramaestre con las cuentas de los inventarios) por comida; y trabajo intelectual (enseña principios básicos de álgebra a un nutrido grupo de niños) por mantas y otras telas que los ayudan mucho en las noches frías de altamar. Llega a intercambiar lecturas en voz alta (declamaciones, en realidad), por algunos libros para sus hermanas. Son tebeos de aventuras y misterios por resolver. La más pequeña de ellas los devora con fruición, son historias que le permiten olvidar el picaporte de la puerta, los chasquidos, la culpa. Intercambiar la vida presente para volverse personaje de ficción. Paga al hermano consentido con una turgente sonrisa en la boca. Fermín cuida a su madre. Pasa muchas horas del día con ella. Las tardes en cubierta con el sol en lontananza son las que más duelen. La observa en estado puro. En consciencia. Su mirada lo vuelve adulto para siempre, incapaz de sentir algo más hondo. Es su tope sentimental. Es la contemplación que recoge los pedazos pero que no tiene capacidad ni fuerza para armarlos. Es una mirada sin sentimiento. Infértil. Incapaz. Cuando la imaginación le ayuda, el hijo cuenta a su madre sus desvaríos amorosos. Sus tramas. Le comparte las imágenes y las sensaciones de aquel verano en la playa cuando se enamora por primera vez. ¿Es Berria? Ya no se acuerda pero le explica cómo siente, qué dice el corazón. Ella se ahoga en ternura por las confesiones, sabe que su hijo intenta consolarla aunque sea con el reflujo del amor. Lo abraza y lo besa. Desde que sale del departamento de París su sentimentalidad es un acto reflejo, movimientos involuntarios que ocurren como cuando se desprende la cabeza de una gallina y el cuerpo sigue moviéndose para tratar de encontrar destino. A José Mari es al que se le ve más distante de todos. Vive en sus pensamientos. La intimidad lo invade hasta el punto de volverlo infranqueable. Va de proa a popa paseando en busca de cangrejos y otros frutos del mar, como los llama. Les construye madrigueras y reprende con severidad a los muchachos que intentan tomarlos por el dorso para que las pinzas no los lastimen. Prefiere comunicarse con los animales del mar que con los humanos del Serpa Pinto. Es la resistencia, las cuotas de imaginación necesarias para sobrevivir. Los días en altamar.

–¿Dónde llegan? –Me pregunta Diego con una foto en la mano–. Aún quedan reminiscencias del encuentro con Estanis y la tía Juanita.

Estamos Ana, él y yo en la habitación del hotel. Las últimas palabras de Estanis, cuando se despide de nosotros, nos persuaden a hacer un breve recuento. Sabemos que con el tercer folio de la carta tenemos prácticamente todo lo que hemos venido a buscar. El ansia por leer el desenlace de la historia en voz de nuestro abuelo cede para convertirse en una especie de tranquilidad emocional. De una forma tácita, convenimos resguardar el tesoro epistolar y leerlo cuando la historia que estamos recorriendo nos dé la señal indicada. Seguimos en Irún porque la carretera de Orleans está averiada. Una ráfaga de lluvia estival deja sentir todo su rencor sobre el concreto hidráulico, anegando caminos. ¡Tan buen día que hizo!, pienso. Comemos algo en la cafetería cercana y volvemos sobre nuestros pasos para llegar al hospedaje y revisar los materiales que la Doctora Guerra nos presta para la causa reconciliatoria, así nos dice cuando nos despedimos de ella. Los álbumes familiares y la cajita con las cartas que aún no abrimos están desperdigados por todos lados. Hacemos recuento gráfico de la memoria. Ordenamos recuerdos. Tengo mucho sueño, me acurruco en el sofá de la habitación.

–A Veracruz. No te acuerdas lo que nos contaba Bassols, nuestro maestro de geografía. ¡El puerto se abrió para dar cobijo a generaciones de sabios!

–Alma vieja la de vuestro abuelo. –Toma Ana la palabra. Estamos los tres, echados, viendo imágenes–. En todas las fotografías parece mayor. Más que por su físico, por sus rasgos sicológicos. Siempre se le ve apesadumbrado. El mío idéntico, parece que sostienen al mundo.

Algunos retratos brillan por el polvo metalizado que los recubre. Al tacto, el metal raspa la piel. Muchos de ellos están desvanecidos, borrados por la acción corrosiva del cobre y de la plata. A pesar de ello, podemos ver muchas imágenes en diferentes lugares y en distintas épocas de la vida en familia. Hay una en particular que me gusta. Aparecen las dos hijas del abuelo en la playa de Portugalete, de acuerdo con la inscripción que se lee al reverso. El año es 1935, por lo que tienen siete años la menor y nueve la mayor. Me remite a tantas cosas. Es el cruce de los tiempos. Son dos niñas que pueden ser cualquier otras, pero que tienen significado para mí. Esa es la diferencia, sus sonrisas me increpan, los cuerpos mojados me saludan. La variedad de significados de las miradas me detienen la vista para pensar.

–Ya lo sé, lo recuerdo todo. –Se incorpora de un salto–. Llegan a Veracruz y pasan unos meses ahí. Me viene a la mente el apellido Moré. Son las personas que los reciben junto con el tío Marcelino para ayudarles a llegar a la capital del país y establecerse.

Veo a Ana y reconozco que estamos en deuda con ella. Sé que su interés más valioso es mi hermano, pero hay algo más que la une a nosotros. Me gusta que entre ellos se fortalezca el sentimiento. Ser testigo del amor es siempre una posición privilegiada. Observas y sientes a distancia cómo su reflujo modifica el ambiente. También identificas la cursilería que se adueña de las personas con el pretexto del enamoramiento.

–¿Por qué se vuelven tan amigos tu bisabuelo y el nuestro? –Le pregunto a Ana con sinceridad–. Porque de acuerdo con lo que he leído, sus posiciones políticas son antagónicas. ¿Qué los acerca?

–El vuestro le salva la vida al mío. Fue durante los primeros ejercicios de la guerra, cuando todo es incierto. Le permite abandonar la zona republicana donde lo capturan. Gracias a ello puede sobrevivir, tener destino.

Luego nos regala algunos detalles de la historia. Unas semanas después de iniciados los enfrentamientos, su bisabuelo es detenido por el Cuerpo de Asalto Republicano en La Coruña para volverse prisionero de guerra. Su nombre no es indiferente en aquellos días: escritor condecorado por su labor literaria e intelectual, periodista precoz. Los comandantes que lo apresan reportan a su superior lo sucedido y el coronel de turno decide comunicar el asunto a la Secretaria General de Defensa Nacional, donde el caso llega a oídos de nuestro abuelo, quien decide actuar rápido porque los fusilamientos ocurren casi sin pensarse, catalizados por la efervescencia bélica del ambiente. Mi padre aún guarda la hoja membretada de autorización con la firma del salvoconducto, nos comenta Ana. Es un papel con el sello de la Secretaría General y la firma espigada y fina del hombre: un pasaporte para salvar la vida. Menos de un año después será el mío quien le hable por teléfono al vuestro para prevenirlo, pedirle que coja a sus seres queridos y se marche de España, advertirle que van tras él y que es muy probable que lo pillen en cualquier momento.

–Todo este tiempo –Diego toma a Ana de las manos, la abraza–, estuviste investigando. Estoy sorprendido.

–Te dije que haría la tarea y la he hecho. Me ha servido para entender un poco más los misterios de las identidades y las tramas familiares.

–Aceptarlas, ¿no? –Sugiere mi hermano–. Comprender que en cada familia conviven distintos niveles de expresión. Que nos vamos definiendo con base a una especie de patriotismo sentimental con moldes cuya codificación es importante descifrar para poder vivir mejor, en armonía con nuestro pasado.

Después de pronunciar estas últimas palabras, se sume en sus pensamientos. Tiene en las manos una foto con la imagen de Julianín. Nos cuenta en voz alta:

Cuando toco a la puerta y lo veo salir del departamento de la calle Durango, en la colonia roma de la ciudad de México, tengo un sobresalto. Hace años que no lo veo, me sorprende su figura encorvada y frágil, la factura cobrada por los años. "Me ha dicho tu madre que escribes", asegura tan pronto me cuelo al interior. ¿Cómo es posible que ande diciendo a todo mundo que escribo? Reprocho en silencio y no contesto. Él no insiste, procura hacerme sentir cómodo con la evasiva. Estamos algunas horas, no recuerdo cuántas, hablando de números y operaciones. Me enseña a integrar para responder exámenes de la licenciatura. Por tronco común, todos los alumnos del instituto tecnológico en el que estudio, debemos cursar matemáticas I, II y III. Mi coco son las integrales. "Es la acción contraria de derivar", me explica para enseguida mostrarme cómo calcular el área y volver útil para la vida diaria una herramienta aritmética. Dibuja los símbolos con una soltura exquisita. Más que matemático, parece músico escribiendo en una partitura. Estudiamos y ejercitamos la mente hasta que entiendo la lógica y dejo la conciencia tranquila con la coartada del trabajo arduo. Me comparte que después de los números, la literatura es su segunda pasión. Escribir cuentos. Mamá me recoge tarde, al filo de la media noche. Sube las escaleras de madera para encontrarnos en la sala. Cuando el tío la abraza para saludarla noto que dedos y dientes incisivos están impregnados de un color amarillo ocre que salta a la vista. La melena rala blanca lo vuelve todavía más cercano a un director de orquesta. Lo imagino en traje frac haciendo movimientos estruendosos con las manos. "Sé sencillo y cuenta la verdad usando la imaginación", me propone al tiempo de tomarme por las orejas con las manos para darme un beso en la mejilla. Es el primer y mejor consejo literario que recibo. Lo sigo atesorando como a un diamante precioso. Lo vuelvo a ver en su funeral, metido en una caja de madera. Su hijo está filmado un video a manera de homenaje póstumo. Cuando es mi turno de hablar, cuento a la cámara esta misma historia.

Se hace un silencio cómplice. Sentimos las respiraciones. El presente se enriquece. Advertimos una especie de nitidez existencial.

—Algún día podrás hablar así con papá. —Le aseguro a mi hermano contagiada por la ternura del relato—.

—Estoy seguro. Es una cuestión de, ¿artista? ¿Proclividad sentimental?

Ana lo abraza para sostenerle la barbilla con el hombro y cubrirle los ojos con las manos.

* * * *

El diario del abuelo es un cuaderno empastado con hojas de color crema a rayas. No es un típica libreta de escuela, pero casi. La única diferencia es la cubierta de piel color café con leche que lo envuelve. En la portada tiene inscritas sus dos iniciales en letras grandes, hundidas. Paso el dedo índice por la jota. Al tacto, la hendidura adquiere suavidad. Más que registros familiares, es un compendio de notas de su trabajo como periodista y escritor. Existen adultos viejos y adultos jóvenes, pienso, porque todo lo que tiene que ver con él me da la sensación de vejez, austeridad, frugalidad. Es un juego de la sensación, una parábola del pensamiento, pero creo que es verdad. Hasta la letra, menuda y estrecha, exhibe la personalidad. Su recuerdo es para mí el de un personaje decimonónico. Pasamos toda la noche viendo, revisando y leyendo su vida a través de imágenes, novelas y cartas. La habitación del hotel se transforma en sala de investigación. Hay postales, documentos, libros y fotografías por todos lados. Es un hospital de la memoria, les comparto a Ana y a Diego para darle cuerpo a la imaginación. La oxigenación nos da buen ánimo, llena el ambiente de recreo. Repasamos las fotos para amueblar la mente con momentos de felicidad. Porque se les ve felices. Casi siempre solemne, en algunas de ellas aparece sonriendo, tomado de la mano por alguno de sus hijos. En las del trabajo del Ministerio de la Gobernación o de la Secretaría General de la Defensa regresa la parquedad en la mirada, la marca del destino. Hay dos retratos en los que se le ve orgulloso: uno con toda la prole y el otro en el despacho de *El Socialista*. Con la familia están en Bilbao, en algún pueblo cercano porque al fondo se aprecia un letrero en vasco. Es un retrato en primer plano que los capta de frente, viendo al que observa. Los padres están en las orillas, enmarcando a todos los niños. A su lado aparece Fermín, pelo hirsuto casi a rape y lentes redondos de escolar. Las dos niñas están en la parte central, cada una abrazada por un hermano y el más pequeño también se ubica en medio, pero delante de todos. Están serios, pero es una seriedad fingida, no la que sale de las entrañas. El conjunto trasmite sensación de armonía. La segunda es distinta pero ilustrativa. Está contento. La imagen es tomada justo en el momento en que levanta la mirada para pausar la escritura y observar al fotógrafo. Henri Cartier-Bresson la hubiera aprobado, porque el clímax de la acción es capturado con buen tino. Pluma fuente en mano, papel de seda esperando, tiene el porte de un escritor consagrado. En todas lleva puesto traje de tres piezas y corbata bien anudada. En esta no es la excepción, viste con impecabilidad clásica. Un adulto viejo, pienso de nuevo.

–Qué hay con las cartas. –Pregunta Ana–.

–Es verdad, ¿dónde está la caja?

Estoy ojeando su obra literaria. Según registros del diario, escribe varias. Además de *Guerra y Vicisitudes de los Españoles*, editado por primera vez con el título *Historia de la Guerra de España*, aparecen notas de tres novelas: *El Botín, El Asalto, La Vida Anónima* y de un cuento de cariz social que intitula *Los Trabajos Clandestinos*. A qué hora le da tiempo, me pregunto.

–¿Las cartas?–Insisten Ana y Diego cuando salgo del baño de la habitación–. Revisan documentos y repasan fotografías en la cocineta.

–Peren, peren, peren. En algún lado –tengo la nariz metida en mi bolsa de viaje– guardé un recorte de periódico con más detalles. Hago un movimiento con la mano derecha y extraigo el papel. Aquí pone que son ¡cinco libros! Y tres de ellos los prologa el hermano pequeño de mamá. ¿Sabían?

–De los libros sí, pero que los prologara nuestro tío, ni idea. –Confirma mi hermano llevándose la mano derecha a la barbilla–.

Veo cómo va por el cuaderno rojo que tiene en la cama.

–Hay que ir a verlo. –Propongo con un paso de ansiedad–.

–Hay que esperar que amanezca y nos vamos a Madrid. Estanis dijo que ahí nos estaría esperando.

–Seguro sabrá encontrarnos, ya lo ha hecho en otras ocasiones, así que no os preocupéis. –Nos tranquiliza Ana mientras mordisquea una manzana y ordena trastos–. El *Big Brother* dará con nosotros.

Cuando estamos planeando la jornada del día siguiente, encontramos la caja tirada al pie de la cama. Debo haberla empujado al momento de entrar, pienso, pero en realidad no tengo ni idea de cómo llegó hasta ese rincón de la habitación.

La correspondencia que descubrimos no tiene desperdicio. Es de un valor sentimental alto, íntimo, pienso conmovida. Leemos ateridos a las palabras, impregnados de significancia. La acción de las letras en los sentidos, el recuerdo de la pluma bailando en el papel. La nostalgia de la saliva al enjugar el sobre para cerrarlo, el misterio por descubrir la estampilla apropiada. La mano deslizando los papeles en el buzón, la muerte de la inmediatez, el jugo de la imaginación por el viaje, lo tardío, lo aventurado, la magia de la absorción. La mayoría de los escritos y mensajes son para algún integrante de la familia. Sólo hay dos firmadas por la mano de su esposa. Son, en esencia, palabras de amor.

La bondad de tu espíritu es lo que me hace amarte. Tengo la certeza de que la vida nos deja estar juntos para aprender a querer las cosas pequeñas, los detalles mínimos de existir. Me gusta tu idealismo y tu entrega. Contagias mis días de felicidad. Soy mujer feliz a tu lado. Tuya.

No encontramos la respuesta directa, pero en cualquiera dirigida a ella se lee una posible.

Desde el tiempo que te quiero no he hecho más que reconciliarme con la vida. El calor de tu cariño y la constancia de tu amor son consuelo y guía. Soy afortunado de tenerte. Vivo enamorado de ti. Siempre tuyo.

Son almas buenas porque estamos salpicados de amor. Se casan jóvenes, porque leemos que hablan de preparativos, invitaciones, lugares, circunstancias matrimoniales. Al momento de la boda él tiene veinticinco años, ella uno menos. La ceremonia es frugal y clara, así la define en otra misiva enviada a sus amigos.

Pesa la angustia de perderte algún día. Tengo amor en la venas. Besarte en los labios se vuelve una aventura que quiero repetir siempre. Eres un camino que me gusta andar para perderme. Una colección de miradas que hace volver para encontrarte más cerca. Nunca me dejes. Tuya.

Encontramos y leemos mucha correspondencia con amigos, colegas periodistas y alguna otra que intercambia con compañeros de trabajo de las primeras andanzas en el mundo del periodismo. Las que más nos gustan son las que hablan de la familia y de su esposa. Nos interesa el hombre detrás del mito. Nos atrapa la hebra sentimental.

El nombre de Fermín es cierto, plantado, me gusta. Le darás un beso de mi parte. Le dirás al oído que tiene un padre que le ama y le ha esperado con anhelo y devoción. Le explicarás que está a su lado, acompañándolo. Siempre tuyo.

Amarradas con listón de cuerda fina color anaranjado, encontramos un paquete distinto. No tienen estampillas de cobro de servicio ni remitente al frente. Los sobres son mucho más grandes y alargados. Son decenas de cartas, muchas de ellas con más de diez hojas de narración epistolar. Las firma con el nombre de su primogénito y su segundo apellido. Caemos en la cuenta: son las que le escribe a Julita durante el peregrinar por las cárceles de Europa. Nos preguntamos si ella las lee alguna vez, si las recibe en algún momento de su vida. Son itinerario del viaje y recuento pormenorizado de los días de encierro, desde Poitiers hasta Madrid. De la cárcel de la Santé a la cárcel de Porlier. La pasión de un hombre condenado vertida en hojas de papel. Un ser humano letraherido, que expía el dolor con letras envueltas de cariño.

–*Cuánto tiempo que no me siento, cómodamente, a escribirte.* –Susurro–.

–¡Qué bárbaro! –Exclama Diego–. Algo más de confort y habría escrito una enciclopedia, algo así como la tercera parte de *La educación sentimental* de Flaubert.

Es cierto, la cantidad de palabras escritas a su mujer deslumbra. Son de un cariño y de una altura gruesa. Inspiran.

Enternecen. El ímpetu de los calificativos. Las descripciones detalladas, la claridad de la prosa. La seguridad de su destino. En todas, con excepción del telegrama donde comunica que comparecerá ante un Consejo de Guerra en el que se le pide la pena de muerte, la lectura entre líneas es optimista, cabe el futuro. En la Santé redacta ¡cuatro cartas! Pasa cinco noches incomunicado, en condiciones deplorables, sólo un día no redacta. ¿Cómo consigue papel y pluma?, pienso. ¿De dónde obtiene energía para escribir?

Aparece en las noches, con el reflujo de los momentos vividos. Me despierto y busco tu cuerpo para enredarme. No es miedo ni ansiedad. Es la certeza que reposa en el pecho. La seguridad del amor. Tuya.

El ánimo entre líneas es inquebrantable. Llega a la cárcel de la ciudad de París después de dejar a la familia en el departamento de la Rue du Commerce. Explica con lujo de detalle la situación jurídica, las posibilidades de libertad. La debilidad de las acusaciones, el desaseo en el procedimiento de detención. Pronto estaré con ustedes, promete, con una seguridad que se pega en los dientes. Pregunta con insistencia por hijos, madre, hermanos. Dile a los niños que pronto les daré el *Cuento Marinero*, le pide. Abraza a las niñas, le ruega. Al más pequeño, que le fascina el cuento que escribió. A todos los amigos, recuerdos. Su voz hace eco con la lectura de las palabras escritas. Siento que está conmigo en la habitación.

Los principios son hermosos. Descubrir las sensaciones. Sentir el despertar de los músculos. Al recordar nuestros primeros paseos por la playa, la mente se llena de imágenes: tus ojos dispuestos, la velocidad del tiempo, el roce involuntario de los cuerpos. La existencia como un trono donde el presente se instala, sin un antes, sin un después. A los pocos días, la retroactividad del querer. La añoranza de los instantes primigenios. Siempre tuyo.

En Poitiers y Tours le escribe nada menos que otras cuatro. Tiene que hacerlo en el baño, pienso admirada. Porque las estancias en estos puntos son veloces. Apenas de algunas horas. Lo imagino escribiendo en el coche celular, sobre las piernas, con los ojos clavados en el papel, en las letras que brotan de poros y dientes para instalarse en la memoria. Escritor, periodista, poeta. Cuenta a su esposa percepciones. Mucho más íntimo, le habla del encuentro con la naturaleza, del deseo que tiene de volver a verlos, de la seguridad de su pronta liberación. Quiere recordar con ella el día que se conocieron, en la playa de Portugalete, cuando son poco más que adolescentes. La memoria es caprichosa, le asegura. Recuerda su boca, los labios delgados y ordenados que la forman. Me enamoro de ella, le afirma. La escritura muestra vaivenes, acusa desequilibrios, como si el cuerpo fuera adquiriendo noticia del aislamiento: a veces se ensancha para volverse amplia y clara, a veces se estrecha para volverse ilegible y oscura. Es la condición del cautiverio, pienso. Amplitud, estrechez, claridad, oscuridad. Amor, odio. Esperanza. Ni una nota, ni un registro de la precariedad de la condición física. Admirable.

La única adicción que tengo eres tú. Ayer soñé que estaríamos juntos toda la vida. Que recordaríamos por qué nos enamoramos. No sé si estaba despierta o dormida. Regaba el pensamiento con las cosas que más me gustan de ti. Tuya.

Desde Irún son seis. Tiene ganas de ver a la madre. Pregunta mucho por ella, le preocupa su estado emocional, la angustia por el paradero del hijo. Sigue firmando con el pseudónimo escogido, se le escucha animado cuando relata el encuentro con amigos republicanos: el ex alcalde de Bilbao, Ernesto Ercoreca; don Arístides, corresponsal de *El Socialista*; don Manuel Gerez, ex concejal de Irún. Puede entablar conversaciones con ellos por breves espacios de tiempo, a la hora del paseo carcelario. Habla de su aspecto en tono de burla, lleva barba de tres semanas, ropa sucia, cabello ralo y crecido. Parezco un escritor en desuso, confiesa. Con los compañeros habla de la patria, de la situación que la embarga. ¡Buena idea de España! Se refiere a la guerra, los enfrentamientos, la sinrazón. Borda fino en torno a las discrepancias de los socialistas, de la oportunidad perdida. Azaña. Indalecio Prieto. Juan Negrín. Vuelve al recuerdo familiar. Me distraigo unos momentos para respirar hondo y acomodar el cuerpo. Retomo la lectura para constatar que el abuelo es un gran narrador. Me tiene al borde de la silla. Entretenida, sobrecogida, inspirada, desbordada de emociones. En todas las cartas se despide con un *siempre tuyo* que de tanto leerlo pienso que me lo dedica a mí. Tiene razón mi hermano, muchas veces las palabras no son de quien las escribe, sino de quien las lee.

Con tu recuerdo sólo me dan ganas de escribirte versos. De enamorarte con las palabras. Entretenerte, buscarte entre las letras, reconocer los sentidos que me gobiernan. En las rimas te lo confieso, articulo mi sentir. Me declaro en sintonía. Te aprendo a amar. Siempre tuyo.

En Porlier es desde donde más le escribe, doce cartas y un telegrama. Es verdad que pasa casi tres meses en la prisión, pero son doce epístolas que parecen libros, ensayos completos de la memoria. Otra vez el recuento pormenorizado de la vida en cautiverio. Menudo esfuerzo, pienso. Cuánta tinta, horas de pensamiento, labor emocional. Los días pasan lento, ensombrecidos por la materia de la incertidumbre. Se encuentra en la celda dieciséis junto a Teodomiro Menéndez, Cipriano Rivas–Cherif, Cruz Salido, Carlos Montilla y Miguel Salvador. Todos compañeros de guerra. El preso de mayor responsabilidad política es él, cercanísimo al último presidente de la República, y por tanto, el de más renombre. Las jornadas son austeras y trágicas, porque no sabe nada de su familia. Va enumerando el repertorio de los tiempos, el peregrinaje interior. Todo lo que ve, siente y vive. La celda donde habita es diminuta, no alcanza ni los cuatro metros cuadrados. Detengo la lectura. Es imposible. Verifico el dato en el cuaderno de notas de Diego: las medidas son correctas. Mido con pasos y me sobrecojo. No me da la cabeza para imaginar cómo duerme en semejante espacio. Valoro el sillón barato en el que me encuentro instalada. Lo apapacho, recorro la piel de vinil color magenta de la almohada resentida por los años que tengo en los brazos. Esta vez la narración denota síntomas de nostalgia y desesperación. Pide encarecidamente que le envíen fotos de la prole, necesita ver su reflejo. Toda la estirpe. Tomar fuerza de los rincones que todavía se iluminan. Está cansado de ser sol, necesita absorber rayos de otros cuerpos celestes. Vive al día, come poco y mal. Lo reconfortan las salidas al patio central, una cada doce horas, y las conversaciones con los camaradas, en especial con Cipriano, cuñado de Manuel Azaña. Con él y con Cruz Salido barajan las opciones legales, tratan de diseñar la defensa jurídica. ¡Ni siquiera saben de qué se les acusa! Por más grande que sea la frustración, es necesario esperar el cauce de los acontecimientos. Abre la puerta a la intimidad porque solicita que le envíen medicinas para la contrariedad urinaria y testicular. La próstata le juega una mala pasada, tiene noches de dolor, insomnio, idas y venidas al baño. La visita de la hermana de la madre, lo conmueve al punto del llanto. Le explica cómo le ayudan la prima Carmen y la tía Catalina. La solidaridad de los Cruz Salido, los brotes de amistad entre los presos. La camaradería republicana lo anima, pero en la escritura se perciben los golpes del encarcelamiento. Me vuelvo experta en la lectura, por eso noto que las últimas son diferentes. Finales de octubre, pasa por el juez de la causa general, rinde declaración, cita a testigos para que declaren a su favor. El único eslabón del proceso judicial que resta es el Consejo de Guerra, emplazado para el lunes siguiente. En la última carta que leo, narra algo parecido a un sueño: amanece, siente cómo abre el día y la mañana se cuela como un gato de luz en la cama. No puede abrazar a su mujer durante la noche porque la más pequeña de las hijas se pasa con ellos en la madrugada buscado cobijo del miedo. La observa encima de su madre, cruzándola con los brazos y rodeándola con las piernas en una maniobra que recuerda los malabares de los trapecistas en los escenarios circenses a los que suelen acudir en Noja, con el pretexto de las fiestas santorales. Toma a la hija para acomodarla en la almohada y liberar a su esposa de la prisión. Ella lo agradece con la soltura del cuerpo que se abre como una flor: ¡puede descansar unos minutos más sin la presión de la cadena de huesos que la sujeta de garganta y tórax! El tacto de los pies descalzos sobre la alfombra de hilos suaves le gusta. Decide evitar las pantuflas para sentir unos minutos más la suavidad en la planta de los pies. Disfruta mucho despertarse muy temprano y ser cómplice del descanso ingenuo de los suyos. Los mayores comparten habitación. Duermen plácidamente, con las piernas sueltas, la cabeza apoyada sobre la almohada. Fermín boca arriba, José Mari en posición invertida, hunde tanto la nariz en el edredón que le acaricia la frente con la mano para dejar que corra el aire y alimente la guarida. Su otra hija, Jesu, está despierta en la habitación contigua. No parece sorprendida por estar sola, sabe que la hermana huye todas las noches a la cama de los padres tan pronto recibe el acicate de las figuras que compone la imaginación con la oscuridad. Es un viejo hábito que la condiciona a quedarse dormida hasta que quien duerme a su lado vela su camino onírico hasta la subsconsciencia. Se mete en la cama para compartir con ella unos minutos el silencio activo de la mañana. Pronto empiezan a trinar los jilgueros, cacarear los gallos y balar las ovejas. Pronto tosen los coches y el barrunto del día se completa. Julianín duerme en el ático, un espacio inventado, un remedo a la necesidad. Tiene una gran ventaja: el ventanal en forma triangular que lo forra casi por completo. Una pecera en donde los sueños se vuelven burbujas de realidad. Está destapado, acurrucado en un rincón de la cama. La imagen le regala ternura, le cuenta a Julita, porque reconoce la complicidad que los une. Es una sensación pasajera que se disuelve con las notas de la realidad que lo apuran a alistarse. Quiere por igual a la prole, pero siente afinidades distintas por cada uno de sus hijos. Al pequeño lo une el gusto desmedido por la imaginación y la buena hechura sentimental. Baja los peldaños marineros empotrados a la pared procurando hacer el menor ruido posible. Camina hasta su habitación. Lo aborda una sensación de perspectiva, el relieve que adquieren las cosas cuando se es testigo neutral. El sueño termina con su propia figura sentada a la mesita de la cocina donde toma café negro y fuma tabaco oscuro sin filtro. Observa la fotografía en la playa de Portugalete aquel verano del ¿treinta y ocho?, mientras el humo le irrita la garganta. No quiere despegar la mirada de la imagen, no todavía. Esta vez firma la carta con su nombre, acompañado por el perenne *siempre tuyo* y deja dos versos (supongo los que más le gustan) del poema *La Aurora* de Lorca.

Por los barrios hay gentes que vacilan insomnes
como recién salidas de un naufragio de sangre

Son más de las cinco de la mañana. Debería estar exhausta, pero estoy entera. Son las feromonas, pienso, porque me siento ligera, clarificada, apta. Diego y Ana están dormidos en el sofá de dos plazas que hace juego con el mío. Por primera vez en el viaje les gano la partida. Los dos duermen con la tranquilidad de saber que alguien permanece despierto. Los meneo un poco para incorporarlos, pero el sueño les devora la conciencia. Ana despierta con el movimiento de los cuerpos. Tratamos de levantar a mi hermano, insistimos hasta abrirle los ojos y ver motricidad en la mirada. Por fin reconoce que está soñando.

—¿Cómo lo matan? —Encuentra la pregunta que tenemos en la mente desde hace algunos días—.

—Aún no leo el tercer folio de la carta. —Le explico para tranquilizarlo pero no me escucha, vuelve a desplomarse en el sofá de fieltro barato—.

Ana toma las riendas de la situación, veo cómo lo despierta con ternura. Nos despedimos, siento que me estoy acercando a ella. Es probable que hoy hagan por primera vez el amor en la cama del hotel donde estamos hospedados. Quizá lo olviden, pero no es una noche cualquiera. El eco de la historia de amor del abuelo está presente en el ambiente. No sé si la resonancia sea buen o mal agüero, solo pienso que el amor es un buen pretexto para equivocarnos, un aventón que hay que tomar si creemos que subimos al vehículo indicado. Un buen motivo para seguir soñando. Antes de irme a la cama, tomo el sobre más pequeño de formato distinto al del resto. Sé que es el telegrama que nunca llega a manos de su madre y Julita en donde les comunica que se pide pena de muerte a todos los procesados:

El Consejo de Guerra ha sido sumarísimo. Pide la pena de muerte. Aún tenemos defensa posible. No ha desaparecido toda duda sobre su ejecución. Serenidad.

Con las cartas suele ocurrirme algo muy similar que con las fotografías: esa manía por identificar la ternura. Es un acto reflejo, no lo puedo evitar. En las letras la descubro en algunas frases, en las imágenes en algunas actitudes que muestran las personas retratadas. El abuelo pide serenidad y yo me hundo en la ternura más profunda. Cierro los ojos para dejar de sentir tan solo por algunos momentos.

****

La llegada al puerto de Veracruz es caótica. Los paisanos desesperan por bajar a tierra, tocarla, sentirla después de poco más de tres semanas de travesía. La incertidumbre se vuelve costumbre, hábito existencial. Desde algunas noches anteriores, cuando el revuelo por la cercanía vuelve bullicio el murmuro general del Serpa Pinto, hijos y madre viven con la esperanza de que el telegrama enviado desde Francia llegue a manos del tío Marcelino. Durante el viaje hacen intentos para volver a escribirle. En el buque de vapor se instala una especie de mensajería tribal: botellas con escritos se echan al mar para buscar destino con la fuerza de las corrientes marinas del Océano Atlántico. Viajan más rápido porque son más ligeras, les asegura el contramaestre. Busca pagar la inestimable ayuda que le brinda la familia por conducto de Julianín con los cálculos de los inventarios y de racionamiento alimenticio. En las botellas, la prole empieza por redactar mensajes telegráficos al padre, tíos, primas, amigos. En las primeras sesiones de telegrafía acuática escriben recados asistencialistas y monótonos: necesitamos ayuda para instalarnos en México, recogednos en el puerto de llegada, ayuda, ayuda, ayuda. Pronto, al darse cuenta de la imposibilidad de la empresa, los envíos se vuelven descargas de la memoria, flashazos de electricidad. Poco a poco, se convierten en historias de amor, latigazos de espontaneidad literaria: poemas, conversaciones, maledicencias, difamaciones, calumnias, todo tipo de posibilidad epistolar se lanza al mar. Disfrutan tanto la escritura embotellada que pronto convidan a más personas. Las hermanas se enganchan de inmediato con el juego. Jose Mari, el más reservado de la prole, encuentra en los correos imposibles la patente de corso que busca. Se vuelve prolijo en la redacción de notas que coloca en garrafas de vidrio para lanzarlas con fuerza al mar. ¡Esta es para ti,

Mercedes! ¡Esta otra para Montse! Hay veces que botellas y mensajes son arrojados por todos al mismo tiempo. Contagiados por la catarsis epistolar, los avientan todos juntos, gritando cada cual un motivo reconciliatorio, un ajuste de cuentas. Cada lanzamiento libera pedazos de odio que se acumula como hollín en el alma desde que los alemanes les parten la infancia en dos mitades. Los escritos son, saben sin entenderlo del todo, conversaciones que nunca más tendrán con el padre, la novia, el amigo del barrio. Es la mejor limpieza que les regala el Serpa Pinto y el contramaestre aliado. Lo menos importante es si llegan o no a los destinatarios. Lo que corresponde es olvidar. Empezar a perdonar para poder vivir. A la vida, a los padres. Perdonarlo todo.

Se montan mesas de ayuda a la salida donde los recién llegados pueden verificar si algún familiar se encuentra en tierras mexicanas. La familia aún no puede bajar. Siguen detenidos en las escaleras de la proa, intentando llegar. Sorprende la vegetación del lugar. Los carrizales frondosos de verde clorofila colman la vista. Por momentos cubren grandes extensiones de mar. El calor húmedo de la costa moja la ropa y vuelve pesado el ambiente para respirar. El aire huele a nuevo. Los colores de los elementos y las materia que observan son más brillantes: madera, agua, flores, hasta los rostros de las personas son más definidos. El mes de octubre está por terminar pero no se atisba ningún viso de invierno. Todo lo contrario, esta tierra parece recién nacida: fértil, húmeda, pura. Lista para engendrar más belleza original. El nombre de Marcelino no aparece en las listas de contactos. Julita palidece porque no tienen otro nombre al cual atenerse. La salida de París es abrupta y rápida, apenas hay tiempo para planear. En altamar la sobrevivencia es la única preocupación: tan sólo unos días antes de llegar a México, puede estar segura de llegar con bien. En el fondo del corazón sabe que tiene suerte. La muerte ronda por todos lados. Están cerca de perecer en el intento. De nuevo a sobrevivir, a reinventar-se. Observa a la prole con más carácter, curtida. Jesu y Olga llevan al hombro el equipaje, una pequeña maleta con asa y ruedas que no se pueden utilizar debido a la grava volumi-nosa y volátil que inunda el camino por donde andan para enlodarlo y volverlo casi intransitable. Fermín, José Mari y Julianín vienen charlando con personas que hacen el mismo camino, observan el entorno con una atención completa. So-lo tiene ojos para el lugar que los recibe.

–¿Señora Julia? –Rompe una voz la somnolencia en la que están situados desde el desembarco–.

Hacen contacto con los ojos. Ella suspira hondo.

–Soy Juan Moré, señora, vengo por ustedes para llevar-los a mi casa. Ahí podrán pasar algún tiempo, el necesario para organizar todo y preparar el viaje a la ciudad de México.

Es un hombre menudo, delgado, de poca estatura. Tie-ne un bigote de pelos hirsutos que pinta el rostro afilado, blanco. Parece un fantasma, piensa Julita para sus adentros. Presenta a los hijos y agradece con palabras que no caben en la boca el encuentro. El viaje en automóvil del puerto de desembarque a la casa de la familia de acogida es un vía cru-cis. Hacinada, sedienta y polvorienta, la prole desespera. La mente empieza a hacer malas jugadas, el organismo cansado a proyectarlas. En el buque de vapor la imaginación permite construir delaciones, apoyos visuales conocidos para retar-dar la angustia y la desesperanza. ¿Qué van a hacer en Méxi-co? ¿Esperar al padre y emprender una nueva vida? ¿Cómo? ¿Dónde empezar? ¿De dónde tomar fuerza? El antídoto de la hospitalidad los renueva. La bondad se hará cargo, les escri-be el abuelo en una de las cartas que nunca reciben. El viaje en automóvil termina. Les espera comida caliente a la mesa y la seguridad del encuentro con el tío Marcelino a la mañana. Comen, conversan, descasan. Pasan unos días tranquilos en la comodidad de un hogar que les regala amistad y confianza desde el primer momento. Las noticias de la guerra no llegan a México, mucho menos a Veracruz. Mañana él los pondrá al tanto, les explican con intención de apaciguar la ansiedad de las miradas. La noche es larga. Acostumbrados al vaivén del barco, la estabilidad de una cama añade un elemento extraño al sueño. Es la inercia del tiempo pasado en altamar. El cuerpo tiene memoria, necesita el movimiento pausado y constante para activar los mecanismos de sobrevivencia. El sueño los alcanza entrada la madrugada, cuando los sentidos se aflojan y la posibilidad de un nuevo día se dibuja posible. Los besos con los que el tío los inunda desatan un cañaveral de emociones. Los Moré procuran la escena para que la conversación y los informes puedan ocurrir. El patriarca pide que cuente las nuevas informaciones que se tienen de España. El hombre intenta adueñarse del esqueleto y templar la voz. Relata lo que sabe. La embajada de la República en México es parca, pero informa que los detenidos se encuentran en Madrid, en la cárcel de Porlier, donde un Consejo de Guerra analiza el caso para dictar sentencia. Se les acusa de rebelión y al padre de deslealtad por ser director de un diario que se distingue por el fomento de una campaña antiespañola. Adhesión a la rebelión y deslealtad. Julita registra los cargos en la mente y siente que las piernas se desvanecen. Pregunta por la correspondencia del marido. El corazón le asegura que le escribe, que le ha escrito sin parar. El tío la toma de las manos para entregarle un sobre. Es la única que he recibido, le confirma. Ella prefiere leerla a solas, busca cobijo en la habitación de la casa donde pasa la noche. Es un mensaje de corte político más que familiar. El abuelo le explica que el gobierno francés viola cualquier cantidad de tratados internacionales durante el proceso de detención. En navidades estaré con vosotros y con los amigos, le asegura. Termina de leer y comparte las nuevas, al tiempo de refrendar el deseo compartido: en diciembre estaremos juntos.

La noticia ilusiona, les regala un tiempo de felicidad. Es un latigazo de adrenalina ilusoria, pero ayuda. Sin ilusión, la espera no es más que un suplicio, piensa la madre mientras toma de la mano a las hijas. La estancia es placentera, pero corta. Hay que ir a la ciudad de México para tocar base en la embajada de la República, solicitar consejo y tramitar la documentación necesaria para poder residir en el país. Es mujer de acción. Sabe que la contienda por la sobrevivencia aún no termina. Prepara a los suyos. Aun y cuando siente vacío por dentro, aun y cuando el dolor de la incertidumbre lo lleva en la venas, aun y cuando ve en los hijos el rostro de la fractura. Aun así está lista para seguir resistiendo.

NICOLÁS HELMAN MENEGUZZI

Existe una concesión íntima que le otorgamos a alguien para siempre. Con ella, la persona elegida tiene acceso a las habitaciones más recónditas de nuestra existencia. Es una licencia sentimental que nunca expira ni cobra derechos. Son llaves y teflón. Llaves para abrir puertas y candados. Teflón para anti adherir. Ese permiso se lo otorgo a Julia el día que nacemos cuando, apretados, luchamos por sobrevivir. La cesárea que le practican a mamá nos descubre abrazados. Al momento de salir por la ventana que dibujan con el bisturí en el vientre, no deja de aprehender mi cuello con uno de sus brazos. Me está asfixiando. El médico ginecólogo logra desprender el nudo humano para darme un respiro necesario. Abandono el útero materno para pasar algunos días (o semanas, no me acuerdo) en una incubadora que recrea artificialmente las condiciones ambientales y fisiológicas del lugar donde me encontraba. Julia es un bebé señorial. Yo, poco más que un feto. Muchos años después, me confesarán que al verme todos se llevan un susto tremendo. Piensan en malformaciones, en síndromes manifiestos. Lo cierto es que no estoy preparado para nacer. ¿Quién lo está? La sensación es recurrente en mi vida: la necesidad de cordón umbilical. Un día de infancia mi hermana me toma de la mano cuando vamos a la escuela, andamos por un pasillo amplio de adoquines porosos de color rosa en forma de paralelogramos. Nos detienen unos barrotes de metal pintados de color rojo brillante. Es la puerta de la primaria. La entrada al primer año. Estoy aterrorizado. Ella me consuela, me acompaña hasta el salón de clases y pide a la nueva maestra que me cuide. Muchos años después (pocos antes de hacer este viaje) estamos tumbados en una banca amplia de madera que sirve como jardinera. Ya no hay macetas con flores. Es su primera gran decepción amorosa. Me duele hasta el pelo, me confiesa y observo cómo el rictus de la mandíbula esboza un puchero. No te preocupes –la consuelo, del mal amor se sobrevive–. Pasa.

–Debería empezar a cobrarte peaje. –Le propongo mientras acaricio con la mano la cicatriz de la frente y repaso el ojal que tengo en la barbilla–. Estamos levantándonos de la cama. No encuentro a Ana por ninguna parte.

–Y yo honorarios. Se quedaron dormidos ayer, cuando leíamos las cartas. Apenas inicié la lectura y empezaron a roncar.

Recuerdo su voz como un lento paso de palabras. Un *run run* gramatical capaz de arrullar al más apto domador de sueños.

–Escuché cada palabra en el duermevela. –Miento–.

–Amanecí sentimental. –Comparte Ana al incorporarse a la conversación–.

Los tres estamos igual. Llenos de emociones, amplios de corazón. La desvelada nos retrasa. Es casi medio día y aún no salimos a Madrid para visitar la prisión de Porlier y encontrarnos con el tío Jose. Ana habla por teléfono en una pequeña cabina del hotel, nosotros la estamos esperando en el coche celular que nos llevará.

–Hay héroes que son de verdad, ¿no? –Alcanza a murmurar Julia antes de subirse al coche–.

Tiene razón, la memoria del abuelo está en el ambiente. Siento a mi hermana mucho más sintonizada con la historia. Sus refrendos me llenan de ánimo. Estoy recuperado emocionalmente. Noto cómo se acomodan algunas piezas en el interior. No habría podido seguir sin ella. Creo que está contagiada por completo porque la percibo metida en la trama. Los dos la estamos viviendo en primera persona.

–Te conté que casi me mata al nacer.

Ana guarda silencio y sonríe. A estas alturas se sabe casi de memoria la aventura de nuestro nacimiento compartido. Se mete al coche. Estamos los tres en el interior del vehículo. Para ir a Madrid tomamos la misma ruta y seguimos el mismo cruce de caminos. Un buen viaje por tierras vascas y castellanas, esperamos. Son las palabras que escribe el abuelo cuando es trasladado a Madrid para seguir el proceso legal en un coche similar al que viajamos. Hacemos un cálculo mental colectivo: nos tomará cinco horas llegar al destino. Si nos va bien en la carretera, estaremos en suelo madrileño antes de la puesta del sol. Me toca manejar.

–¿Cómo nos encontraremos con Jose? –Pregunta Julia acomodando el cuerpo en el asiento del coche–.

–No tengo ni idea. Sugiero que vayamos directamente a la cárcel de Porlier a revisar archivos y tratar de encontrar más datos. De alguna forma dará con nosotros, eso seguro.

Para ser honesto, tenemos más información de la que esperábamos encontrar. Correspondencia, fotos, todo el ajuar biográfico que descubrimos durante el viaje supera cualquier expectativa. Algo parecido a una nostalgia anticipada se cocina en las tres almas que viajan. Queremos pero no queremos del todo llegar a Madrid.

–¿Cómo va la cosa con tu padre, escritor?

–He pensado mucho en él. –Me descubro utilizando la voz pasiva que Ana emplea cuando habla–. Pienso en cómo sería la conversación que mantengo con su figura –aquí dudo sinceramente porque no sé si decirlo o no– si estuviera muerto.

–¡Ah! La muerte. El listón del pordiosero, decía el poeta ¿no? Modifica todo. Si viven, hay que tomar responsabilidad del hecho y actuar. Es como yo lo he resuelto. Perdonarlo todo de un tirón.

Mi hermana escucha. Está sentada en la parte posterior del coche, a contra esquina mía. La veo por el espejo retrovisor. Sé que piensa en mamá porque yo también lo hago. De unos días a la fecha pienso en mis padres como si se tratara de una misma persona, de un ámbito emocional compartido. Es curioso, pero al hacerlo se suavizan rencillas como la desilusión o el constante juicio que emitimos con respecto a sus acciones u omisiones. Pensarlos así, en un mismo plano, permite que las adherencias negativas que se han acumulado con el paso de los años se reblandezcan y empiecen a sanar. Colocar la muerte encima de alguien detona sus mejores virtudes. Porque al final son los padres los que terminan por convertirse en seres que inventamos para curar insatisfacciones o justificar fracasos.

–El problema es que no hay medias tintas. La memoria tiende a condenar sus acciones y llevarlas a rincones rígidos, inamovibles, difíciles de matizar.

–Tanto pesan que nos definimos por contraste. –Explica Ana. Tiene la mano fuera de la ventana, la resistencia dibuja figuras en el aire–.

–El asunto es que nos marcan. –Apunta Julia de nuevo con acierto–. Yo lo que trato de hacer es portar el sello con la mayor naturalidad. Acostumbrarme a su textura, a su peso específico.

–Sí, pero si mueren, las marcas son distintas. Supongamos –propongo de nuevo– que desaparecen.

–Se facilita el tema. –Asegura Ana–. Es decir, todo cambia, estoy de acuerdo, pero sin cambiar por completo.

–¿A qué te refieres, artista?

–Que la muerte hace que lo perdonemos todo, escritor.

–Hablar, hace falta hablar. –Zanja Julia la conversación–. Aunque cueste mucho trabajo, hay que hacerlo.

–¿De qué? –Me detengo unos segundos para que crucen la calle algunos peatones–.

–De lo que sea, mientras se mantenga el puente transitable.

Después de algunos minutos que pasamos en silencio, Julia me enseña una foto que encuentra en el interior de uno de los sobres del material biográfico que tenemos. Todo el repertorio de fotografías, diarios y cartas lo metemos en tres sobres color manila. En el interior de uno de ellos apartamos el tercer folio de la carta del abuelo. Ninguno de los tres se ha atrevido a abrirlo. Necesitamos tiempo y algo de valor para hacerlo.

–La encontré por casualidad mientras ordenaba documentación y papeles de los sobres. –Al terminar de hablar estira las piernas y se acomoda en el asiento del coche–. Estamos escuchando *October*, otra canción de U2 que me encanta. Las notas de la música juegan con los sentimientos, les dan relieve.

Cuando tomo el sobre con las manos, caen al suelo otras dos imágenes que vemos antes, en algún álbum de la fundación. En la primera que recojo, el abuelo está retratado en primer plano. Se le ve muy joven, resuelto. El semblante es cercano y amable. Mismos lentes redondos de armazón grueso de color negro. En la segunda aparece con su amigo Francisco Cruz Salido en lo que la imaginación distingue como un espacio escolar, algún aula de instituto. Él tiene toda la pinta de profesor, su compañero de artista de cine. Los dos impecablemente vestidos, la forma de mirar a la cámara delata personalidades. El abuelo la observa con tranquilidad, incluso con un dejo de indiferencia. Cruz Salido la interpela, su mirada es directa y el gesto completo del rostro de enfrentamiento. Los dos cruzan las manos por detrás de la espalda. La sensación de conjunto es de camaradería. La tercera foto tiene un efecto eléctrico. En ella destacan nuestra tía abuela de niña y su padre separados por barrotes carcelarios. Me detengo en una estación de servicio carretero para verla con tiempo y cuidado, sin la intermitencia de la necesidad de ver el camino por donde conduzco. Los dos ven al que observa la imagen. La hija apresa con la mano derecha una de las barras de acero para ayudar a amortiguar el peso. El padre la carga porque aunque no se alcanzan a ver sus piernas, está suspendida en el aire, cogida del metal y sostenida por las manos del hombre que se cuelan por los huecos. Ella viste un abrigo gris de pana con collarín de felpa negra que le cubre el cuello para protegerla del frío. Tiene un moño en la cabeza para sujetarle el cabello, la raya un poco recorrida a la izquierda divide en dos mitades el pelo lacio que cae domado como cascada de agua limpia en las dos orejas. Es un abrazo imposibilitado. Por la cámara, que los separa para ser observada, por los barrotes que se interponen entre los cuerpos.

–A pesar de que está en blanco y negro, imagino el moño de color rosa. Qué estupidez, pero de ese tono lo veo. –Nos confiesa Julia, afectada–.

–Yo la percibo a colores. La expresión de los dos, las reminiscencias biográficas. El parecido con hijos y nietos. Siento que las imágenes me explotan en la cara.

–Metámoslos a la cárcel y matémoslos. –Lanza Ana medio en serio, medio en broma, ya no sabemos–.

Algo de razón saca la frase. La convivencia deshumaniza. Los años matan al amor. Al menos la descendencia del abuelo lo amará por siempre. La cárcel lo vuelve mártir, figura mítica. Lo que sí tenemos claro es que después del episodio que retrata la imagen, nuestra tía abuela nunca más vuelve a ser niña. Es una certeza que confirmamos al observar la foto de nueva cuenta. La mirada, la expresión parca y triste permanece adherida para siempre en el alma. El padre toma aire para cargarla, se le nota en las fosas nasales, algo infladas.

Recreo y dinamizo la imagen: se inclina hacia abajo para depositarla en el piso, resopla para soltar el aliento y recuperar el ritmo de la respiración. La hija siente el calor del hálito en la cara. Justo al tocar el piso, deja de ser una niña para convertirse en otra cosa. ¿Adulto? Qué más da, lo trágico es que se vuelve algo distinto. Apura el paso cuando los pies se plantan en el concreto frío de la cárcel. Sabe que también los demás integrantes de la prole quieren saludar y acercarse. Va con su madre para atestiguar la despedida. No se abraza a ella, prefiere estar en libertad corporal para ser testigo de la escena.

—No recuerdo cuándo dejé de ser niño, artista. Creo que fue cuando muere el padre de mi padre. Yo tomo la llamada y le paso el auricular. Veo cómo sufre en silencio.

—Yo con la muerte de nuestra abuela. Estoy con mamá cuando ocurre en el Instituto de Cardiología. También percibo el efecto que produce en ella.

—La válvula mitral, ¿no? —Le pregunto a mi hermana—.

—Sí, queda tocada por aquella fiebre que pesca en el buque de vapor.

—Tú, artista, ¿cuándo dejaste de ser niña?

—Cuando me vino la regla, escritor.

La respuesta nos hace reír a los tres. La risa aligera, disuelve el estado mortuorio en el que estamos. Tomamos distancia. La inscribimos en el espacio del humor. Y ayuda. Echamos un último vistazo a las fotografías. El ambiente se torna espeso. El silencio muerde la realidad. Los ojos se convierten en puente generacional. La universalidad del dolor se hace presente.

—Pueden ser todos y nadie. —Afirma Julia, al tiempo de acariciarme el pelo con una de sus manos—.

—Son todos y nadie. Pero son los nuestros.

* * *

Llegamos a la cárcel de Porlier antes de que se oculte el sol. El horario de verano vuelve eterna la luminosidad de la tarde. En otra época del año, a esta hora la oscuridad es encierro. Son más de las ocho de la noche y aún se sienten los rayos de sol sobre la humanidad. El astro rey como niño pequeño que no quiere ir a la cama. Julia y Ana duermen en los sillones traseros del coche celular. Es el tercer día de viaje, mañana cumpliremos el cuarto y si todo va bien, llegaremos el domingo a México, como se lo prometemos a mamá. Tengo la sensación de haber estado mucho más tiempo en Europa. En la vida de otras personas, entre los recuerdos de otra época. Me siento extraño conmigo mismo, pero liberado de mucha carga emocional. Cosido.

—¿Ya estamos? —Pregunta mi hermana, incorporándose—.

—Sí, tocamos tierra prometida. Quiero pasar de una vez a la prisión para ver si podemos registrarnos y revisar algunos archivos. ¿Les parece bien?

—Todas las cárceles —comenta Ana viendo a través de la ventana la antigua correccional de Porlier convertida en colegio de escolapios— de esa época son escuelas, institutos o asociaciones. ¡Menudo trauma nos cargamos!

El abuelo pasa casi tres meses en el edificio que tenemos enfrente. Aquí se lleva a cabo el juicio que lo condena a muerte junto a colegas de profesión y amigos de toda la vida. El inmueble ocupa una manzana, la formada por las calles Juan Díaz Porlier, Padilla, Conde de Peñalver y José Ortega y Gasset. Podemos dejar el coche a un costado de la calle Padilla, en los espacios confinados para las visitas. El cuerpo resiente las más de cuatro horas de camino, porque somos insectos fumigados al bajar del coche: espalda, piernas y brazos se retuercen para alinearse de nuevo con el esqueleto. Las vértebras crujen cuando las manos intentan tocar el cielo. La efigie de Nuestra Señora de las Escuelas Pías se impone a la vista. Es la Virgen María en una de tantas advocaciones: un enorme pedazo de piedra caliza esculpido con la forma de una virgen que carga en los brazos al primer hombre. Es la custodia del Colegio Calasancio, otrora sede de condenas y sepulturas.

–Buen eufemismo arquitectónico, ¿no? –Comenta Julia con la cabeza hacia arriba para mirar la figura–.

Porque a pesar de los remozamientos y las nuevas vestiduras, el colegio sigue teniendo pinta de encierro.

Tenemos poco más de una hora para inspeccionar el lugar. El colegio permite la entrada de visitas hasta las diez de la noche. De nueva cuenta la coartada estudiantil surte efecto porque el guardia (o sacerdote: viste un traje venido a sotana) de la recepción nos acredita como visitantes distinguidos. La distinción nos permite andar por la congregación a nuestras anchas. La oficina de registros históricos y bibliográficos está cerrada, por lo que tendremos que volver mañana temprano para revisar archivos decimonónicos, por viejos y también por valiosos para las pesquisas familiares.

–El abuelo de mi padre visita al vuestro en este lugar. –Afirma Ana bajando la voz (es un efecto que produce la cárcel, susurrar) –. Pudieron hablar un poco antes de que compareciera como testigo ante el Consejo de Guerra.

Cuando habla, gesticula. Las palabras van acompañadas de gestos para enfatizar un sentimiento o para descubrir un lamento. Cuando ríe enseña dos pequeños hoyos en los cachetes y la comisura de los labios se vuelve un recipiente para reflejar bondad. Las características del rostro amable y bello, sumado al acento castizo con algunos retoques asturianos, la convierten en un personaje muy singular. Me gusta su boca, la forma como la utiliza para hablar.

–¿Cuántos alumnos tendrá la escuelita?

–No más de mil. No creo que quepan más. –Le respondo a Ana, me acerco a ella para tomarle la mano–.

Según las crónicas y testimonios de presos que logran sobrevivir al proceso de encierro y juicios sumarios, pasan más de diez mil reclusos por esta cárcel. Cuando el abuelo se encuentra aquí, hay no menos de cinco mil en las galerías que estamos viendo. Son seis las que tenemos ante los ojos: tres del lado derecho y tres del izquierdo. Los bloques de estancias están separados por un patio central que se distingue por la aparición de un entresuelo.

–El *mezzanine* –Julia lo señala con el índice de la mano derecha–. Los internos lo llamaban *La Provisional*. En la tercera galería, la del fondo por la izquierda, internaban a los condenados a muerte.

El piso está cubierto por losetas de piedra negra. Al pisar, los bordes irregulares se sienten en las suelas de los zapatos. Tengo frío. Me escurro en el suéter de Ana para sentir el calor de su cuerpo. Otros testimonios de sobrevivientes dan cuenta de los distintos métodos de ejecución que los verdugos tenían a disposición. El procedimiento de exterminio por excelencia fue el fusilamiento, pero existieron otros que la historia quiere borrar por la brutalidad que mostraban. "En un rincón, tapado con una lona, mirábamos con espanto el instrumento del garrote, un siniestro sillón de madera y hierro en el que el verdugo, después de sujetar con un grillete la garganta de la víctima, giraba un enorme tornillo hasta romper el cuello del condenado". Vamos caminando en silencio hacia la última galería del colegio.

–¿Nos permite ver una de las habitaciones? –Le pregunta mi hermana a una muchacha joven de nacionalidad incierta–.

El verano ahuyenta a las alumnas de los deberes escolares. Por esta razón podemos entrar a las galerías y conocer los interiores. Son recámaras muy pequeñas, de no más de seis metros cuadrados. Frugales, austeras, llevan la huella indeleble de la proscripción. Por más que las tratamos de ver como residencias escolares, los ojos decodifican celdas de prisioneros. Repaso con la vista la habitación, completa. En una esquina de la puerta descubro un recuadro con una inscripción. Es un número. El número cinco.

–Chicas –Levanto la barbilla para señalar el recuadro con la inscripción numérica–.

Juntamos las miradas y las extendemos al conjunto de la morada. Notamos un pliegue de ladrillos distinto en la pared que está enfrente de la puerta de acceso. Escondido por el marco de un cuadro con motivos religiosos, encontramos otro panel con relieve, esta vez con el número seis en el centro.

–Dos calabozos, una habitación. –Expone Ana llevándose las manos a la nuca–

–Pasa el encierro en la dieciséis. –Les aseguro con el corazón agitado. Preparo el cuerpo para moverme rápido–.

Corremos de nueva cuenta al patio central para tomar perspectiva del lugar. La galería que visitamos no es la última, sino la primera de las tres de la derecha. Seis aposentos por cada galería, dieciocho por cada bloque.

–Quiere decir que su calabozo está en la última galería del bloque en el que estamos, por el lado derecho de *La Provisional*. –Resume Julia mientras camina en dirección a la celda–.

Llegamos sin aliento al dormitorio integrado por las celdas quince y dieciséis. Nos quedan diez minutos para ver la habitación. La muchacha que nos abre la puerta nos pide que nos demos prisa, que ella vigila hasta que terminemos. Sin proponérselo, se vuelve cómplice de nuestra búsqueda.

–Si dividimos a la mitad la recámara, apenas cabe una persona de pie.

–Es peor que un calabozo. No dudo que en algún momento haya sido más de un preso por celda.

Nos sentamos los tres a observar el perímetro, sentir el encierro.

—¿Aquí le toman la foto cargando a la tía? —Pregunta Julia—. Su voz es un hilo.

—No, porque es más pequeña. El abuelo llega a esta cárcel en agosto de 1940, por lo que la tía tiene doce años y pico. En la imagen que vimos hace rato tiene menos años, seguro.

—Entonces, ¿estuvo preso antes? —Nos pregunta Ana—.

—Sí —consulto mi cuaderno guinda—, en octubre de 1934, tras una serie de sucesos revolucionarios en los que participa. La tía tiene casi siete años. Es la Cárcel Modelo, también en Madrid. Ahí ocurre la escena que retrata la imagen de la que estábamos hablando.

Tomo mi pluma fuente y con la tapa trato de escarbar en la pared para llevarme un trozo de celda. No me detengo hasta despostillarla. Recojo uno de los pedazos de roca desprendidos y lo guardo en el bolsillo del pantalón. La muchacha nos apura, es hora de salir porque la escuela cierra de un momento a otro. Contagiada por el humor sentimental, la mujer sin patria nos ayuda a salir con un acompañamiento sutil de brazos. Nos empuja con el aire. De la puerta de la recámara al coche celular estacionado en la calle Padilla no recuerdo nada, sólo sombras. Niebla. Despierto del abismo, sigo sin ver con claridad.

—¿Qué pasó? —Les pregunto angustiado por el lapsus de conciencia que experimento—.

—Nos echaron, eso fue lo que pasó.

—Nos quitaron las credenciales —explica mi hermana—, así que será difícil entrar de nuevo.

—No hace falta que regresemos mañana —asegura Ana, gesticula con manos y boca en dirección al coche—. El *Big Brother* nos ha pillado.

En el parabrisas descansa una hoja de papel que nos apresuramos a tomar. Es un mensaje del tío. Nos pide que nos reunamos con él a las once de la mañana en el Cementerio de la Almudena.

—¿Queda lejos? ¿El Cementerio?

—Todo está lejos. Fuera de nuestro alcance. —Le respondo a Julia—. Sigo aturdido por la visita a las celdas. Siento un paso de melancolía invadir el cuerpo.

Ana es un cafre al volante: toma las curvas con mucha imprecisión, de modo que el pequeño coche celular grita rechinando las llantas cada vez que pasamos alguna. Nos conduce a su casa, donde pasaremos la noche. Imposible negar la cortesía por dos razones de peso: primero, porque estamos hartos de la impersonalidad de los hoteles y hostales europeos. Necesitamos algo de corrosión familiar, de engrudo filial: olor a café por la mañana, conversaciones personales, sensación de hogar. Segundo, porque cualquier subsidio a nuestra economía estival puede alargar la estancia en Europa. Sus padres son dos viejos encantadores. Viven en Madrid desde hace varios años porque el pueblo deja de funcionar, según explica Arturo. Durante la cena la plática se torna tan cercana que por momentos nos sentimos como en casa. Respiramos el oxígeno de la costumbre y nos olvidamos del sentido trágico de la vida. Soltamos el cuerpo para beber sorbos de indiferencia, platillos de libertad. Estoy atento a la comunicación no verbal que ocurre entre Ana y su padre. Quiero aprender el significado de perdonar todo de un tirón. Quiero saber si la convivencia entre progenitores e hijos es mejor cuando las adherencias son removidas, cuando la concesión se activa. Porque todo este asunto tiene que ver con el fracaso. Con el virus de la inseguridad. Tiene que ver con las predisposiciones naturales y los filtros genéticos. Porque no somos recipientes vacíos que se van llenando, somos depósitos que acumulan. Entre ellos noto predisposición. Están dispuestos a renovar una relación que nace mucho antes de que su madre, Úrsula, diera a luz a la niña de la que me estoy enamorando. La filiación en estado puro. Son instantes precisos de decepción, son instantes precisos de ilusión. Todos sumados forman la valla que frena la llama tenue pero constante del olvido.

–No recuerdo si mi padre jugaba conmigo cuando era niño. –Hablo y siento cómo la voz se me barre. Patino–.

–¿Los habéis encontrado? ¿Por lo que habéis venido? –Nos pregunta Arturo antes de llenarme la copa con licor de endrinas–.

Me gusta el nuevo derrotero de la pregunta. No es un quizá tímido de reconocimiento, es un camino para aterrizar los sentimientos. Estamos en la mesa sentados, cada quien con una copa de licor. Julia y yo tomamos pacharán, Arturo y Úrsula güisqui, Ana una copa de albariño.

–La búsqueda fue cambiando. –Asegura mi hermana con voz firme–. Cada quien fue eligiendo su propia cruzada.

–Vuestro abuelo, salvó la vida al mío, chavales.

–No empieces, papá.

Úrsula acuna al marido en un gesto que me devuelve a la realidad.

–Una vez sí que jugó conmigo.

–Si os sirve de algo –nos dice Arturo–. A veces nosotros sentimos los mismos remordimientos. Así como vosotros os sentís por momentos huérfanos, así nosotros nos sentimos por momentos abandonados.

–Nosotros lo toleramos todo, es sólo eso. –Concluye Úrsula la charla con una pizca de dulzura en la voz–.

Me llevo a la boca el licor de endrinas. Vacío la copa, saboreo la dulzura del líquido ocre al igual que las últimas palabras. El resto de la velada transcurre en un ambiente relajado. La conversación fluye y el aire se llena de amortiguación. Ana recupera el tono mordaz porque durante toda la cena nos interpela con comentarios irónicos que nos hacen reír a carcajadas. Con mi hermana se reserva un poco. Las dos son gitanas, se leen las manos antes de lanzar un acercamiento que modifique la convivencia. Esa noche duermo con Julia como cuando éramos pequeños, en una cama individual. Apenas cabemos porque los cuerpos ocupan más espacio del que recordamos.

—Se acaba el viaje. —Hablo y apenas me entiendo—. No encuentro las palabras en la mente. Estoy en estado gravitacional. La cama da vueltas.

—Descansa, mañana todavía nos queda un día importante.

Me duermo con la sensación de volver a ser niño. De tener miedo por las noches y pasarme a una cama ocupada para eludirlo. El miedo es el mejor amigo de la fraternidad. El pegamento que une a débiles y fuertes en una simbiosis capaz de equilibrar las predisposiciones naturales y los talentos heredados. Durante la noche no nos abrazamos. Con sentir las respiraciones próximas nos damos por bien librados. Al menos para mí es suficiente para conciliar el sueño.

—Anda, escritor, se nos hace tarde para ir a encontrarnos con el *Big Brother*.

Tengo sed y algo de sueño, pero me siento bien.

—¿Tus padres? ¿Julia? —Le pregunto a Ana algo desconcertado—. Palpo con las manos el colchón de la cama para confirmar la ausencia de mi hermana.

—Igual que tú, así que no te preocupes. Fue una catarsis colectiva. Nada que remedar, vale. Todos listos en el recibidor.

Tomo un baño de agua fría que me devuelve a la vida. Estoy ansioso, la velada mitiga bastante la sensación de precipitación que me aborda desde que llegamos a Madrid, pero lo cierto es que no dejo de pensar en la cita con el tío Jose. El último encuentro con él es todo menos placentero. Además, sabe que robamos el segundo folio de la carta de su cajón secreto y está al tanto de que tenemos el tercero y último. Debe estar furioso, molesto con el arrebato epistolar. Julia también está nerviosa, lo percibo. Nuestros sentimientos hacia él son muy similares: lo queremos como se quiere a un amigo cercano que desaparece por mucho tiempo. Las vetas generacionales son porosas, permiten al afecto fluir sin la resistencia del malentendido o la cercanía. Apostamos a esa miopía de las cosas del querer acentuada por la brecha de los años para que el encuentro sea (pienso muchos momentos el adjetivo, pero no encuentro alguno que se corresponda con los sentimientos).

—¿Cómo te gustaría que fuera el encuentro? –Le pregunto a Julia al llegar al recibidor de la casa de los padres de Ana–.

—Prefiero no elegir. –Me responde al darnos los buenos días con un beso en el cachete–. Esta vez opto por que el destino haga de las suyas.

—Siempre es así, chavales –nos alcanza Arturo con dos libros en la mano–. Es una primera edición de la obra de vuestro abuelo. Os pertenece, tomadla por favor.

—Pero, no hace falta, de verdad. –Hablamos los dos casi con las mismas palabras–.

—Queremos que lo tengáis vosotros. –Es Úrsula también en el recibidor de la casa, con la misma voz de la madrugada–.

Asentimos. Ahora cada uno tiene un ejemplar. Nos despedimos con gratitud sincera. La escala que tomamos en su casa nos proporciona el resto de energía que necesitamos para continuar. La improbable familiaridad encontrada en costumbres y afectos nos inyecta anticuerpos para fortalecer el sistema inmunológico.

—Andando, andando. –Nos empuja Ana con la voz–. Como nos pille tráfico no llegamos. ¡Ale!

—¡Cómo abrí los ojos y cómo miré a todas partes!

—¡Cómo abrí los ojos y cómo miré a todas partes! –Le respondo a Julia mientras caminamos hacia el coche que nos llevará a la cita–.

Los padres de Ana están confundidos.

Luego os lo explico. –Les grita desde el coche celular en movimiento–.

No estoy seguro de estar en el mejor momento de mi vida para lo que viene, pero piso el acelerador con fuerza para sentir cómo el aire de Madrid invade el ambiente. Por primera vez en lo que llevamos de viaje siento una extrañeza con relación a la figura del abuelo. Desconcierto que empieza a volverse culpa. Remover el recuerdo, desacomodar las piezas. Dar oxígeno a memorias que yacen inermes. La Doctora Guerra tiene razón, quizá nuestra necesidad reconciliatoria nos lleva a indagar en bolsas biográficas que llevan un sello inviolable. ¿Se notarán las huellas? Las pisadas en la nieve franca del olvido. Tengo que disolver el pensamiento para clarificar la mente y enfocar los sentidos en el camino. El viaje al Cementerio de la Almudena lo hacemos en silencio, opacados por la sensación de certeza que nos invade. Vamos tarde, Ana olvida que los sábados es el peor día de todos para visitar el cementerio. Todo Madrid viene a depositar flores a los muertos, nos comenta en la fila de entrada y me preocupa que empiece a perder la destilada ironía de su personalidad. Puede que también esté algo nerviosa por el desenlace del viaje. No hablamos mucho de lo que está ocurriendo con nuestros sentimientos. La saga familiar y sus derivaciones son el único motivo que nos mantiene cerca, unidos en la cruzada. Julia y yo tenemos boleto para regresar a México mañana por la noche. En el fondo no nos gusta que nuestro episodio amoroso acabe con un breve intercambio epistolar y la típica nostalgia de verano que caracteriza a los ligues estivales. Algo me indica que ninguno de los dos quiere ese corolario para una relación que empieza a volverse cierta. Imposible entrar por la puerta principal, debemos tomar la avenida de las trece rosas para dejar el coche en uno de los jardines habilitado como estacionamiento. Los veinte euros que pagamos sirven para los trabajos de remozamiento de la nueva necrópolis, según leemos en el reverso del recibo.

–Nos cargan diezmo de forma indirecta. A la iglesia la modernidad le ha sentado de maravilla. –Reclama Ana con el recibo en la mano–.

Luego dejamos el coche celular en uno de los cajones de estacionamiento dibujados con cal blanca.

–La iglesia se adapta, artista. Es como los Farabutto, lleva más de dos mil años haciendo creer a la gente que las ideas que vende son como el fabuloso traje del emperador.

–La farsa viste de etiqueta. Eso seguro.

Mientras caminamos por el cementerio nos acordamos de la historia de aquellas mujeres que acuden con obispos de distintas ciudades de España a pedir clemencia por familiares condenados a muerte. Todos se niegan a iniciar gestión alguna para interceder por la vida de padres, hermanos, hijos. Uno de ellos, el obispo de Madrid según recordamos, tiene el descaro de escribir en respuesta a la petición de clemencia una misiva encabezada por las siguientes palabras "Señoras viudas de", aún y cuando las sentencias no tienen fecha de ejecución.

–Llegáis tarde. –Nos detiene la voz del tío Jose–.

Está apoyado en una de las columnas de piedra caliza del cementerio. La conversación nos lleva, sin saber, a su encuentro, porque estamos desorientados. No sabemos en qué sección nos encontramos. A la distancia vemos los tres arcos de la entrada con las enormes cúpulas y la efigie de Dios en gran formato que destaca a la vista.

–Sabéis por qué vuestro bisabuelo firma algunas de sus cartas con un seudónimo. –Nos pegunta a manera de saludo–.

–Por el mayor y el menor de sus hijos. Sabe que los dos tienen inclinación por las letras. Serán jóvenes letraheridos, como el padre. Tocados por la escritura. Es una forma de honrar el oficio y fortalecer el lazo que los une.

Jose sonríe y parece aprobar la respuesta. Ana y yo permanecemos inmóviles, sorprendidos por la preclara reacción de mi hermana. La soltura en sus palabras, la seguridad que muestra. Ella está al mando, no tenemos la menor duda.

–¿Por qué no nos prestaste el segundo folio desde la primera vez, en tu casa? –Dispara antes de que ocurra otra cosa–.

–Vengan –ignora la pregunta de mi hermana–, seguidme, os quiero mostrar algo.

La rapidez del encuentro no permite que nos detengamos a observarlo, lo hago cuando nos pide que lo sigamos por los senderos que dibujan caminos por la superficie del cementerio. Es muy parecido al abuelo, pienso. La forma de la nariz, su pelo, el sello general de humanidad. Lleva la marca de los genes del apellido materno. Volteo a ver a Diego y le pido con la mirada que me acompañe y que me ayude a solventar la carga emocional. Lo noto disperso. No me encanta que me deje la iniciativa en estos momentos de tensión, porque aunque el lenguaje corporal de nuestro tío es mucho más próximo al del último encuentro en el departamento de México, no logro percibir un puente de comunicación del todo abierto. Lo seguimos por el pórtico del cementerio, rodeamos otros ocho arcos parecidos a los de la entrada principal, con gruesas columnas de piedra caliza y bóvedas muy grandes. Detrás de los arcos se levantan dos edificios rodeados por varios jardines que conducen a las lomas donde se encuentran las tumbas y los pasillos mortuorios.

–El día que estuvieron por mi casa –nos explica cuando nos detenemos en una de las lomas– no noté más que curiosidad en la búsqueda. Espero entendáis mi recelo.

–Es Ana. –Diego hace la presentación formal–. Nos acompaña desde Irún como lo habrás notado.

–A las dos familias nos unen más cosas de lo que os podéis imaginar. –Al expresar estas palabras, Jose se dirige hacia un camino mucho más angosto–.

–¿Cómo está la tía? –Le pregunto con ganas de saber–.

–Es vuestra mejor promotora. No ha hecho más que pedirme que los acompañe. Está perfectamente. Gracias a ella os he perdonado el asunto del cajón secreto. –Nos comparte con un gesto en la cara que no leemos del todo–.

Nos adentramos por el sendero angosto. Subimos una cuesta de unos sesenta metros. Más que la distancia, la pronunciación es la que nos roba el aliento. En varias ocasiones tenemos que subir a cuatro patas, utilizando las manos para mejorar la tracción y subir a mayor ritmo. Al llegar nos saluda una tapia de ladrillos rojos. A la vista, se trata de un muro que funciona como valla perimetral para dividir dos secciones del cementerio. Desde el punto en el que estamos, se diría que una sección se utiliza para bóvedas especiales, porque todas son enormes, con columnas de mármol y nichos recubiertos de encajes de piedras luminosas. En la sección que nos encontramos las tumbas son más austeras: un simple borbotón de tierra con cruces sencillas que cargan inscripciones en cuadrados simétricos de aluminio o de madera. Los ladrillos de la tapia se observan muy desgastados, pulidos por la erosión del aire y de los años. Nos llama la atención la porosidad, los agujeros que la visten. A unos diez o quince metros de donde nos detenemos, nuestro tío observa con detenimiento algunas de ellas. Son pequeños sobresaltos geográficos, relieves topográficos. Tierra abultada que resguarda restos humanos. Hay una lápida con un adorno de granito que nos llama la atención, se distingue de las demás por su buena ubicación y el brillo de las letras de los nombres de los residentes eternos. A la distancia no podemos leer las palabras que forman.

–Cuando el fotógrafo que le hace la filiación le asegura que le conoce y que se pone a sus órdenes, habla en serio. –Está sentado al borde de la pronunciación de la cuesta por la que acabamos de subir, de modo que tenemos una vista panorámica del cementerio–. Está dispuesto a hacer lo que sea necesario por ayudarle.

–¡La correspondencia! –Exclama Ana como si supiera la historia que se cuenta–.

–Quiere el destino –continúa nuestro tío con la narración– que sea él quien entregue la última carta de vuestro bisabuelo a su esposa, en enero de 1941. Nicolás Helman Meneguzzi, un joven apasionado por la aviación militar que hace de fotógrafo en las cárceles para ganar algunos centavos adicionales.

–Julita y la prole. –Susurro–.

En la cárcel de Porlier, a Nicolás le apodan el aviador. Parte por su genuina afición y gran pericia, parte por la capacidad de hacer cualquier tipo de entrega de los presos a sus familias y viceversa, en especial las cartas que los guardias de la cárcel confiscan. Un Robin Hood epistolar, para mayores señas. De padres españoles, el conservadurismo de la cuna lo define por contraste y se vuelve un defensor de los derechos de los más desfavorecidos. Un alma buena. Antes de cumplir los quince años de edad recibe instrucción gracias al hermano de la madre, un coronel retirado de la Primera Guerra Mundial. Durante el periodo de entreguerras lo que sobran son aviones y pilotos sin trabajo. El tío enseña al sobrino las artes de la aviación y lo convierte, en menos de un año, en un promisorio piloto militar. A pesar de la corta edad, el muchacho muestra condiciones innatas. Es un natural, dotado para navegar por los cielos a bordo de pájaros de acero. La desgracia quiere que no cumpla su sueño de volar por el Atlántico porque su protector muere de un infarto fulminante al miocardio unas semanas después de haberle prometido que lo llevaría a Alemania a continuar con la formación aeronáutica. Nicolás debe regresar a vivir con la familia y conformarse con una medianía existencial. De espíritu libre e inquieto, adquiere el oficio de la fotografía por asimilación: pegada a la urbanización donde vive, habita un pequeño comercio de revelado. Para cooperar con el gasto se emplea como ayudante de limpieza por unas cuantas pesetas a la semana. Después de un tiempo, termina en la sala de producción ayudando al dueño del local con la refracción de las imágenes impresas en metales, pero nunca olvida el sueño de cruzar el Atlántico al mando de uno de los aviones en los que el tío le enseña a pilotear.

–Hay historias que es mejor contarlas en una novela, ¿no, escritor? –Me interpela Ana con esa facilidad que tiene para oxigenar los ambientes impregnados de tensión–.

–Quería que lo vivierais por vosotros mismos, sin la intermediación de los juicios de valor. –Habla sin voltear a vernos–.

–Para librar el tabú, saltarlo. –Interviene mi hermana–.

Nuestro tío se pasa la mano por la frente, como queriendo borrar un recuerdo que regresa sin avisar. No es la primera vez que viene a este lugar, lo notamos en la forma como lo camina y lo observa. La memoria retiene el espacio, la configuración de la ruta. Habla y anda con naturalidad. Nos levantamos de la cuesta para girar las espaldas y avanzar hacia la tapia de ladrillos percudidos. A un lado tenemos el montecito que se distingue por el adorno de granito y los caracteres brillantes de cobre o de algún otro metal conductor de energía.

–Más que un cautiverio ha sido una forma de evitar el dolor. –Nos explica cuando llegamos a la tumba–.

No entendemos bien el significado de la afirmación, pero nos acercamos. El adorno toma forma: es un libro, dos hojas abiertas. En la primera, la del lado izquierdo (siempre empezamos a leer así, pienso) está inscrito el nombre del abuelo con letras de metal: JULIAN. La palabra ZUGAZA-GOITIA cruza la hoja en forma diagonal y MENDIETA se ubica un poco arriba de los números 9 – 11 – 1940. Vista con perspectiva, la disposición del nombre forma una Z invertida, como si se reflejara en un espejo. En la segunda hoja aparece el nombre de su amigo. FRANCISCO, arriba, CRUZ SALID en forma diagonal y la misma fecha al calce: 9-11-1940. Visto por completo, el nombre forma otra letra Z. La O no está adherida, solo alcanzamos a ver los dos orificios de los tornillos que en otro tiempo la sostuvieron. Jose se encuentra a un lado de nosotros, respirando el silencio.

–Su carta final –susurra acompañando las palabras de un breve suspiro–, terminó por cerrar la historia y convertir su desaparición en tabú familiar. Los nietos y vosotros lo hemos podido saltar, como ha dicho Julia.

Pienso en la muerte, en su carácter eterno. ¡Cómo lloramos por su culpa en nuestra niñez! Diego es el que más la sufre, aterrado por el descubrimiento. Nos levantamos a media noche para ir corriendo a la cama de mamá. No me quiero morir, le ruega con espanto en los ojos. Yo me contagio porque empiezo a profundizar, cada capa de pensamiento se superpone a la anterior, hundiéndolo todo en una ansiedad que muerde la piel. Estallo en llanto infectada por la espesura del ambiente. Yo tampoco me quiero morir. No recuerdo si ella nos consuela con palabras o con caricias, pero estoy segura que también piensa en su propia desaparición. Es una angustia honda, porque te va invadiendo de a poco y luego, cuando te das cuenta, estás inmerso en un pozo oscuro, infinito. Conforme pasan los años, la mordida original se hace cicatriz por un tiempo, después regresa. Cicatriz, herida, cicatriz, herida, cicatriz, herida. Te acostumbras al contraste existencial hasta que muere alguien cercano. Entonces vuelve con más fuerza, como queriendo recuperar el tiempo de sosiego. Te asalta el rostro del que desaparece para recordar la condición finita de los seres humanos, para evaporar el encanto de la vida. Eso siento en estos momentos, pienso, o siento, ya no sé, acompañada por las instantáneas del abuelo y algunos de los capítulos recorridos. Dardos de la memoria a corto plazo: su rostro en la foto filiación que encontramos en el cajón misterioso, los ojos cercanos, la cara ovalada. Su retrato sentado en el sillón moteado. Cuando carga a su hija pequeña en la cárcel. Todas las imágenes revolotean, se mezclan y adquieren peso gravitacional.

–Todo fue muy doloroso, ¿verdad? –Pregunta Diego con voz pausada–.

La pregunta resuena en los oídos. Me aturde. Recuerdo las interlocuciones que me pierdo por la falta de… Hay veces que no lo sé, otras es muy claro. Por falta de coraje, por culpa de la costumbre que se instala. Te vas quedando solo, eso es cierto. Te vas haciendo cómplice. Luego se necesita mucha fuerza para deshilar lo hilado. Andar en sentido contrario. Prevalecer. Como esa mañana que decides que es suficiente. Te levantas, coges la voluntad y se la empeñas al olvido. Después me la devuelves, exiges. Y olvidas para siempre.

–La tumba no nos pertenece. –Asegura nuestro tío evadiendo de nuevo la pregunta–. Se acomoda los lentes.

–¿Cómo? ¿A qué te refieres? –Le preguntamos algo desconcertados–.

–Es un misterio que quizá Ana nos pueda ayudar a resolver.

Ella está inmóvil. La afirmación la tiene al borde de la precipitación. No puede articular palabra.

–Sabina Marroquina, "Retad Laberinto". –Se adelanta nuestro tío al constatar que Ana está paralizada–.

–¿Otro de tus anagramas? –Le pregunta Julia–.

Él sonríe. Por primera vez muestra los dientes.

–Es el legado de vuestro bisabuelo en algunos anagramas que confeccioné. –Nos responde–. Pensé que los descifrarías.

Sabemos a lo que se refiere porque pasamos buenos ratos del viaje intentando formar palabras que encajaran con la historia del abuelo a partir de los mensajes extraños. Vuelven a la mente algunos de ellos: "Reciban Concilio", "Donad Vuestra Alquimia". De cualquier forma, nos gustaría mucho escuchar de la voz de nuestro tío las palabras adecuadas. Parece que lee nuestros pensamientos:

–Libertad, bondad, ternura, valentía y…

–Reconciliación. –Concluimos con esta palabra la serie de valores que los anagramas escondían–.

–Sabina Marroquina es el verdadero nombre de mi madre y de mi abuela. –Confiesa Ana tomando distancia, da tres pasos hacia atrás como cuando alguien se quema con algún material incandescente–.

–Tu familia la vistió con esta piedra de granito en forma de libro. –Asegura nuestro tío ante la expectativa generada–.

–Pero, ¿cómo? ¿Por qué? –Preguntamos con sinceridad–.

–En agradecimiento. –Nos responde Jose meciendo el cuerpo para desprenderse de la columna sobre la que descasa y avanzar hacia el borde de la cuesta por la que subimos–.

La sensación que domina es de pérdida. Aun así, decidimos incorporarnos para continuar la visita por las entrañas del cementerio. Sin prisa, dejando que pies y piernas avancen por voluntad propia, nos apartamos un poco de la tumba. Ninguno tenemos apuro por nada. Podríamos quedarnos muchas horas más en el cementerio. Descifrando el silencio, acomodando el aire que resopla en los corazones.

–Nunca más se habló de él ni se mencionó su nombre. –Nos confiesa nuestro tío–. La carta les terminó de romper el alma a todos. Los destruyó en vida.

Ve al horizonte, un pie apoyado en una roca, la rodilla de esa pierna flexionada, las manos en la barbilla en forma de cucurucho. Se pellizca la barba hirsuta que le cubre parte de la cara.

–La altura moral que impuso, sin quererlo, fue muy alta. Su muerte fue el peor de los epílogos de la derrota.

–El asunto de los anagramas fue genial, Jose. –Le comparte Ana para distraer un poco el ambiente trágico que empieza a gestarse. Debe apresurar el paso para darle alcance al filo de la loma–. Los cuentos, las notas, el encuentro con los dos viejos encantadores.

–En la universidad –rememora, se le ve contento– los uso para ejercitar la memoria de los estudiantes. Les sorprendería reconocer la cantidad de anagramas que inundan la vida cotidiana.

–Nos acompañaste siempre, dándonos pistas y enderezando el camino. –Habla Julia recordando los momentos de angustia que vivimos con su presencia encubierta–.

Perdonad si en algún momento los asusté, no quería que mi presencia los detuviera. –Se disculpa para enseguida incorporarse y dirigir los pasos de regreso a la tumba–. Nuestro último encuentro no fue del todo amigable, digamos.

Tiene toda la razón. Fue mucho mejor que no supiéramos que estaba acompañándonos de forma encubierta. La visita que le hacemos en la ciudad de México, donde tomamos el segundo folio de la carta de su departamento, nos había dejado un mal sabor de boca a todos. Al no saber que era él quien nos ayudaba, pudimos recibir el apoyo de mejor forma. Con este nuevo encuentro valoramos su ayuda muchos más. En particular, las pistas importantes que nos dio cuando nos sabíamos qué dirección tomar y el panorama se oscurecía. Nos mostró el camino a seguir con gran inteligencia y audacia.

Al llegar de nueva cuenta a la tumba del abuelo, descubro a Diego luchando con un pedazo de la piedra de granito. Logra desprenderlo para embolsarlo en el pantalón.

–No juzguéis. –Nos pide perfilando una despedida–. Han pasado muchos años. Utilicen la memoria de la historia para algún propósito. Que el desenlace no los entristezca demasiado, por el contrario, que les permita vivir mejor. Ser mejores personas.

–¿Julita y la prole? –Le preguntamos–.

–Nicolás cumple su sueño de cruzar el Atlántico, pero al hacerlo rompe sin quererlo muchos otros. Sin proponérselo se convierte en un heraldo negro.

–¡Les lleva a México la carta! –Mi exclamación es genuina–. Estoy sorprendido con la historia de Nicolás.

Luego nos cuenta cómo se establecen en la ciudad de México. Los Moré se encargan de acomodarlos, buscarles alojamiento y presentarles a amigos cercanos. Empiezan una nueva vida llena de penurias y sacrificios.

–¿De qué viven? ¿Cómo pagan las cuentas? –Le pregunto, angustiada–.

–El estado español autoriza una pensión. Es poco, alcanza para lo indispensable. La prole, como la llamáis, debe empezar a trabajar. Los mayores van un tiempo a Nevada para trabajar con la familia vasca materna que vive de la crianza de borregos y la venta de lo que produce la lana. La tía se emplea en una fábrica de hilados y tejidos, vuestra abuela en una tienda departamental.

–¿Julianín?

–A estudiar. Es el único de los hijos que tiene la oportunidad de continuar los estudios en México. Los hermanos le apoyan con el sustento cotidiano para que se matricule en la universidad. Algún tiempo después, Indalecio Prieto, espoleado por la culpa, apoya con algún dinero mensual.

–¿López y Ayuntamiento?

–¿Perdona?

–En la calle de López se instalan para vivir, en ese barrio de la ciudad al que llegan con la ayuda de los Moré, ¿no?

–Exactamente. Cerca de donde unos años más tarde se funda el Centro Republicano Español, en el corazón del centro de la ciudad.

Sentimos cómo las piezas del rompecabezas terminan de embonar en la memoria. Recordamos el departamento de la calle de López, un edificio sórdido y austero. En ese lugar mamá vivirá cuando su madre se casa. En el tercer piso, lo recordamos bien porque nos da miedo la entrada del edificio y ella nos anima al enfatizar que solo tenemos que subir tres pisos. Las escaleras angostas y lúgubres, nos llevan a un pasillo estrecho. Doblamos a la derecha, seguimos hasta el fondo para topar con una puerta pintaba con pintura de vinil brillante de color café. El timbre es un botón negro empotrado en la pared, apenas perceptible. Hay que presionar con el dedo índice para que se active una chicharra estridente. Al abrirse la puerta, olemos a alquitrán y a naftalina. Es para ahuyentar a las polillas, nos aseguran. Nos metemos y nos acomodamos en el sillón de la sala para ver la televisión. Es un departamento muy pequeño. No hay sangría para la convivencia. Aun así, la distribución contempla tres recámaras, una sala comedor y un baño diminuto con una ventana que se utiliza para dar de comer a las palomas. Algunas veces sorprendemos a alguna de ellas en el interior del baño, picoteando familiaridad.

–Toma –Le entrego el *Cuento Marinero*–. Gracias, me gusta mucho cómo escribe el abuelo.

–Un pajarillo me ha dicho que a ti también te gusta escribir. –Me responde tomando el manuscrito. Leo cercanía en la mirada–.

–Estoy en eso. Muchas más dudas que certezas, pero quiero internarlo.

–¿Por qué no escribes esto: la carta, el viaje? Lo que puede significar de ahora en adelante en sus vidas.

–Me encantaría. ¿Le echarías un vistazo si me animo a escribir la historia?

–Nada de prólogo.

–Sólo tu opinión, te lo prometo.

Nuestro tío es uno de los mejores profesores de literatura de la Universidad Nacional. Es el prologuista de al menos tres de las novelas de cariz social del abuelo, autor de artículos y libros. Un coleccionista sentimental. Si me animo a escribir algo le pediré su opinión –refrendo–, para luego enfrascarme en las sensaciones del momento.

–Gracias, Jose –Lo abraza Julia descargando algo del peso que lleva en el cuerpo–.

–Nada, nada. –Se aparta de la humanidad ajena tan rápido como puede–.

Es un hábito que comparte con mamá. Son refractarios al contacto, al apego emocional. Estar con él nos recuerda de muchas formas la compañía de nuestra madre.

–La proeza de la existencia es tanto más llevadera cuanto mayor grado de reconciliación se alcance. –Me descubro murmurando entre los labios la frase de mamá–.

–Podemos escribir los versos más tristes esta noche, Negrita.

–Me gusta Neruda. –Afirma Julia, ve al horizonte–. Me reconforta. ¿Qué sigue?

–Escribir, por ejemplo, la noche está estrellada y tiritan azules los astros a lo lejos.

Así está la noche en el cementerio. Nos cubre con su manto estelar y con el olor incierto de la tristeza. ¿A qué huele la tristeza?, pienso.

–¿Cómo lo matan? –Pregunta mi hermano, aun sabiendo la respuesta–.

–Lo fusilan junto a Cruz Salido en este mismo lugar. Es uno de los catorce hombres ejecutados ese día, uno entre los 953 ejecutados ese año, uno entre los 2,663 ejecutados en este lugar desde mayo de 1939 hasta febrero de 1944.

* * * *

Luce cansada. Viene de subir los doce peldaños (son pequeños bultos de tierra que intentan formar eslabones de escalera) que la separan de la tumba de su padre. Viene a depositar en la hoja de granito en forma de libro tres claveles rojos, símbolos de la esencia republicana. La acompaña su hijo más pequeño. Lo toma del brazo para ayudarse a escalar el último tramo de la cuesta. La válvula mitral de un material distinto al de los tejidos del cuerpo le obliga a tomar un descanso. Aspira Ventolin, una, dos, tres veces. Piensa que cuando muera le gustaría descansar aquí, a lado de un padre al que la guerra le arrebata cuando tiene catorce años y cinco meses. Al fin recupera el aliento, guarda el tubo metálico en forma de boquera en un bolso plegadizo de flecos y volantes de colores. Se acerca con la cadencia impar de los pies, el izquierdo alcanza al derecho, éste después avanza para volver a esperar. No deja el soporte del brazo. La vida la curte en materia sentimental. La expresión en el rostro no es de hondura ni de precipitación. El cementerio de la Almudena y los años le permiten beber un sorbo de reconciliación. Se regala un suspiro profundo. Se lo perdona todo a la vida. Algún tiempo después, no mucho, vuelve en distinta forma corporal para quedarse para siempre. Llegado el momento, arreglados los asuntos, su hijo, nuestro tío, esparce sus cenizas al lado de la tumba paterna en una mañana limpia y discreta. Sube esta cuesta como nosotros la estamos bajando, con la mente inundada de una nueva posibilidad de infancia. Porque es un mecanismo automático la niñez. Se detona cuando la vida nos pone a prueba, cuando es necesario echar mano de los recuerdos para flotar. Cuando es indispensable buscar, dentro y hondo, algunos trazos de bondad que descansan en el sedimento profundo de las entrañas.

LA ISLA DE LA INFANCIA

—Es mucho peor la derrota que el fracaso. —Les aseguro a Ana y a Diego al llegar a los arcos de la salida principal del cementerio—.

La despedida con nuestro tío es reciente. No sabemos si lo volveremos a ver como siempre o si el encuentro modificará en algo la costumbre de la relación. Pensamos en ello más con un dejo de curiosidad sentimental que de aproximación filial. El simple hecho de que se haya tomado la molestia de venir a mostrarnos la tumba del abuelo tiene un significado por sí mismo. Un motivo reconciliatorio, creemos.

—No te seguimos. —Me responden, intrigados—.

—Puedes fracasar, dejar de intentarlo, pero una derrota es eterna. Perder la guerra desde lo más íntimo, con la vida, debe ser la peor de todas.

Vamos caminando por la avenida de las trece rosas, en busca del coche celular que nos lleve a casa de Ana para hacer maletas, despedirnos de España y regresar a casa con mamá. Junto a tres mendigos de la zona, somos los últimos seres vivos en salir de las instalaciones. Diego y Ana van tomados de la mano, yo muy cerca de ellos. Los tres necesitamos contacto. Cercanía, otredad.

—Con todo lo que nos ha contado —nos va diciendo Ana durante el camino al coche—, entiendo perfectamente por qué mi familia le manda construir el sepulcro a vuestro abuelo.

—Los que vinieron no actuaron de la misma forma que él. —Hago el contrapunto para redondear la conversación—.

Me refiero a la gestión del abuelo como Ministro de la Gobernación en los últimos tiempos de la República. Gracias a la forma de encargarse de los asuntos de los prisioneros de guerra, salva la vida a muchos de ellos, entre los que destaca el bisabuelo de Ana. Poco tiempo después, el Ministro de la Gobernación del bando ganador puede actuar de la misma forma: salvando vidas, pero el implacable *"hors d'état de nuire"* que el nuevo ministro exige al gobierno francés no sólo define la forma de actuar del nuevo régimen, sino la detención y posterior juicio sumario para los jefes republicanos.

–No sé vosotros, pero estoy muerta de hambre.

Más que hambre, tengo ganas de hablar con mamá, pienso. Veo de reojo el reloj en forma de pulsera que uso en el brazo derecho: es tarde para marcarle desde una cabina, así que me conformo con recordarla por algunos momentos. Me río sola rememorando caras y gestos que delinean su forma de ser. Reconozco el apego, me revuelvo un rato en una especie de nostalgia de lo inconcluso.

Úrsula y Arturo están a la puerta cuando llegamos.

–Vamos, vamos –nos apuran– Echaros una ducha mientras mis padres y yo os preparamos la cena, vale.

–Te das cuenta que siempre estás apurando a las personas –Diego toma a Ana de la cintura para apretarla al cuerpo–.

–No, te equivocas –responde Ana con una sonrisa pícara en la boca–. Apenas lo hago desde el tiempo que nos queremos.

Por algún tiempo olvido las frases del abuelo. Esta que le escribe a su mujer desde la cárcel de Poitiers me devuelve a su recuerdo, al entramado trágico y poético de su vida.

Además de limpiar, el agua nos ayuda a sanar. Nos sentimos aliviados. ¿De qué? No lo sabemos bien. Tenemos ganas de volver a unir el pasado con el presente, tratar de ajustar el desfase. Entenderlo, ofrecerle una segunda oportunidad para nadar en el mar del perdón. Regresar para visitar a los amigos que ya no están. Cruzar la grieta de ida y vuelta. Volver a estar en disposición. Después de bañarnos bajamos las escaleras que dan a la cocina. El sabor que detecta la nariz no es paella, sino un guiso cercano: fideuà, el plato marinero valenciano por excelencia.

–Nuestro padre también es valenciano. –Aseguro al sentarme a la mesa–.

Los anfitriones están revolviendo la cazuela llena de fideos de pasta, pescados y mariscos. Tomamos una copa de vino tinto. La mesa del comedor es pequeña pero acogedora, su forma ovalada nos da proximidad. Los condimentos también están dispuestos para aderezar el guiso marinero: aceite de oliva, aceitunas, pan de centeno, alioli, resaca maternal.

–Todos los veranos vamos a Llombay. –Nos cuenta el padre de Ana con sabor en la boca–. Esto de venir a vivir a Madrid ha sido idea de mi esposa.

–Y de las gilipolleces del Gobierno –refuta la hija al padre–. En Llombay por nada pasamos hambre.

Úrsula se apena por el comentario. Nos sirve vino en una copa de cristal rosa en forma de volcán invertido. El rostro de Ana hipnotiza a mi hermano. Lo veo con claridad. Es el enigma del amor, pienso, la inocencia de la sorpresa, su capacidad para enderezarlo todo. La ternura presente como el agregado de los rostros que amamos en otros tiempos. Los dos están encandilados con su amor.

–Tu abuelo –Diego tutea a Arturo– mandó a hacer la tumba del nuestro. La vimos por la mañana, me parece un gesto muy noble.

–Apenas lo suficiente, chaval. No hay reconocimiento que pague lo hecho por el vuestro a mi familia.

Arturo tiene pasta de fideo en los bigotes. Los cachetes regordetes, destacan por las chapas rojas que los pintan. Su mujer salta la copa de vino del marido al momento de rellenar las demás.

–Hubo de usar un seudónimo para no tener problemas –recupera Úrsula el hilo de la conversación–. Vuestro tío tiene los derechos de propiedad. Tarde, pero el pedazo de tierra pertenece a vuestra familia.

Así como mi hermano mira a Ana imagino que lo hace el abuelo con su mujer en la playa de Portugalete muchos años atrás, cuando el amor entre ellos empieza. Es un influjo que se percibe y contamina el aire con una aroma a novedad. Me gustaría volver a sentir, ver de nuevo con la mirada del amor.

–Confieso que la fideuà es tan buena como la que hace nuestra madre. –Hablo y me dirijo a Úrsula, que avispa la mirada y la topa con la de su hija–.

Arturo da las gracias por la esposa, se le ve feliz de compartir la historia que nos une. La estancia con ellos es completamente reparadora. La acogida, la sensación de estar en familia. Todo lo intangible nos acuna. Me siento lista para volver a casa.

–*Si en falles no folles, en pasqua no falles.* –Avienta Arturo, con un aspaviento del cuerpo que pretende ser una jota española–.

–Joder, papá, tú sí que estás deschavetado. –Al terminar estas palabras, Ana toma del brazo a mi hermano para desaparecer juntos entre las escaleras centrales de la casa–.

El tono y lenguaje corporal son muy parecidos a los de papá. Un buen hombre, pienso, y me levanto de la mesa para ir a terminar de empacar.

–Gracias por todo, nos sentimos como si estuviéramos en casa.

–Siempre lo será –me toma Úrsula de las manos tal como lo hacía mi abuela cuando solía leerlas en busca del porvenir–.

Subo las escaleras que me llevan a la habitación donde duermo y me recuesto sobre la cama. La suavidad de la almohada en la nuca cierra los ojos, el dorso y las piernas se pliegan en la base para formar una letra "L" horizontal, los dedos de los pies descalzos tiritan al contacto con la alfombra. Estoy cansada de pedir perdón, pienso. La automaticidad de absorber la culpa me incomoda. Admiro a las personas que actúan como si la culpa no existiera, sin el intermediarismo de la conciencia. Yo, en cambio, pido perdón a la menor provocación. Me río porque quizá ese rasgo de mi personalidad sea el que me permite mantener a todas mis amigas vigentes. Todas las de ayer son las de hoy. Seguimos reconociéndonos, hilando sobre lo bordado, entendiéndonos. Buena para la amistad, mala para el amor.

—Pero, ¿qué hora es? —Le pregunto a Úrsula cuando logro incorporarme de la cama—.

—Es tarde, ven, necesito que me acompañes. —Me toma del brazo y me tapa la espalda con una manta de franela—.

Sigo amodorrada, me paso una mano por la cara para aclarar la realidad y logro despertarme casi en modo de conciencia.

—El día que el bisabuelo de Ana visitó por última vez al vuestro en la cárcel, le pidió que guardara este álbum de fotos. —Me asegura tan pronto entramos a una pequeña recámara convertida en estudio—.

—¿De qué hablas? —Estoy despierta del todo—. Tomo el álbum y empiezo a revisarlo.

—Se lo entregó a Wenceslao Fernández pocos días antes de huir a París. Me sentiré mucho mejor si vosotros os lo quedáis. —Me suplica, acariciándome el pelo—.

Las mujeres somos acomodadoras existenciales por excelencia, pienso. Vamos ordenando la vida en compartimentos estancos que luego vinculamos. Somos pegamento y costura de los grandes acontecimientos familiares.

—¿Por qué lloras? —Úrsula me abraza, sorprendida—.

—Por nada. Es solo que me recuerdas a mi madre.

El encuentro nocturno con Úrsula hace que conjure el recuerdo de mamá. Trato de alejarlo, exorcizarlo para purificarlo aunque sea por unos minutos. ¡Ay los padres! ¡Qué pesar! ¡Cuánto pensamiento perdido! ¡Cuánto consumo de energía! Los años van construyendo aduanas entre ellos y nosotros. Casetas de control. Puntos de paga. Así es y así será. A cierta edad llega la inexorable purga impositiva: gravámenes e impuestos conciliatorios que se deben deducir o pagar. Porque hay padres ausentes en presencia y padres presentes en ausencia. Es común que después de las deducciones y los pagos, nosotros, los hijos, tengamos balance positivo en el ejercicio filial. Ellos acaban pagando siempre de más. Cierro el álbum empastado y observo a Úrsula.

–Gracias –expreso palabras sinceras–. Te prometo que lo guardaré con los demás recuerdos que hemos encontrado durante el viaje.

Nos despedimos con los movimientos de la ternura. Me acuno en sus brazos y ella en los míos. A las pocas horas despierto con las imágenes de un sueño extraño: estoy en Alemania, lo reconozco por la puerta de Brandemburgo que se encuentra a mis espaldas. La plaza en la que me encuentro está nevada, la vista se hace espejo debido a la resolana del amanecer chocando con la nieve. Me persiguen dos alemanes con levita militar verde. Me precipito por un tobogán de nieve que desemboca en una plazoleta aledaña donde niños rubios de tez muy blanca queman libros. Alcanzo a ver con el rabillo del ojo el libro del abuelo en llamas. Grito, desesperada, pero nadie escucha. Me ahogo en mis propias expresiones guturales.

–El inconsciente es una chorrada –Ana entra a mi habitación dando golpes en el suelo con una maleta–. Todos mis sueños son clichés trillados, inundados de lugares comunes.

–No sé cómo demonios sabe que acabo de tener un sueño estereotipado, pero agradezco el gesto porque me saca de los laberintos oníricos en los que me encontraba.

El taxi nos está esperando en la acera. Es tarde, supongo, porque Diego y Ana se abrazan en el portón de la casa con las maletas listas. Odio las despedidas, pienso, mientras bajo las escaleras. Arturo y Úrsula están en la cocina, observando por la ventada. Prefiero no hablar, abrazo a cada uno y salgo por la puerta para dirigirme al coche. Dejo la maleta al conductor para que la acomode en la cajuela. Observo cómo se besan los dos enamorados.

–¿Qué sigue después de un beso así, artista?

–Sigue el amor, escritor.

* * * *

Algo más allá que la admiración convoca a Nicolás a ir en busca de los antiguos amigos del tío para conquistar su sueño de cruzar el Atlántico en una aeronave. Quizá es la promesa de entregar a la familia de aquel hombre sentimental la última carta que le escribe desde la cárcel de Porlier o quizá la ambición personal por lograr algo en la vida y convertirse en un aviador de verdad, no lo sabe del todo. Hacer orgullo su lote, como le pide el padre en aquellas tardes de confesiones. Acude a la cárcel por el rumor: mañana habrá saca, le confiesa uno de los cocineros mientras comen el menú para el personal: acelgas y patatas hervidas. Decide permanecer toda la tarde y toda la noche en la prisión. Con el pretexto de revelar las últimas filiaciones tomadas a los presos de nuevo ingreso, pide permiso al supervisor para pasar unas horas adicionales frente a los químicos que revelan figuras en primer plano de hombres sentenciados. Además de la permanencia, el permiso le brinda llave de acceso a los distintos gabinetes de las instalaciones carcelarias. La tarde la debe pasar encerrado en el despacho fotográfico, inventando tareas para fingir activa responsabilidad: verte líquidos en los depósitos de plástico de colores, acomoda los nuevos rollos de papel fotográfico que llegan de Alemania para hacer la labor mucho más sencilla, enumera las nuevas filiaciones, ordena archivos. Por la noche es cuando puede driblar las faenas y visitar a los presos con la cortada de la verificación de datos. Es tarea que hace antes, labor que no despierta suspicacia entre los ordenanzas que están de guardia. Toma el primer pasillo que encuentra al salir del despacho, desciende un par de bloques de escaleras para llegar a los pabellones donde descansan los prisioneros. Camina hacia el último gabinete, los pies apuntan a la celda dieciséis.

—Señor. —Amortigua cada letra para que la voz se vuelva un susurro—.

—¿Quién es? —Pregunta el interpelado y levanta la pluma del papel en el que escribe—.

—El de las filiaciones, en el despacho fotográfico. ¿Me recuerda?

No recuerda al chico. Hace esfuerzos mentales para recoger algún indicio de reconocimiento.

—En la filiación le dije que lo conocía y admiraba y que me ponía a sus órdenes. Vengo a reiterarle ese deseo, señor.

Lo empieza a recordar. Al momento de la fotografía le parece una jugada irónica del destino que alguien le exprese palabras empáticas. Ni siquiera le procura atención a quien las profiere. Sin embargo, con las noticias que acaba de recibir, le parece un buen indicio. Uno que puede aprovechar.

—¿Puedes venir a la mañana, muy temprano? —Le pregunta, las manos temblorosas descansan en los barrotes de acero—. No le quedan muchas más palabras, las utiliza todas para hablar con Cruz Salido al conocer la sentencia. Habla por acto reflejo, encadenando las frases y sintiendo cómo embonan una con la otra, en cámara lenta.

–Creo que sí, me las agencio.

–Necesito certeza en la promesa. –Le exige mientras le muestra la carta que escribe–. Es para mi familia.

–Lo haré señor. Estaré aquí a los primeros rayos de sol.

–¿Por qué lo haces muchacho? ¿Por qué tomar el riesgo? –Hace la pregunta y de nuevo detiene la escritura para verlo a los ojos–.

–No lo sé, señor. Como le dije, lo conozco y le admiro. Es todo lo que hace falta para ponerme a sus órdenes.

Nicolás no sabe si miente, porque hay un motivo adicional que lo lleva a esa celda. Sabe que es muy probable que la familia del señor con pinta de escritor se encuentre en América.

–Gracias –se levanta del catre donde escribe–, en las primeras hojas tienes la dirección postal de mi familia.

Se despiden con las miradas. Ambos saben que pueden ser las últimas líneas que escriba. El rumor de la saca, la sentencia comunicada. Nicolás se escabulle por las pocas líneas de luz que dibujan las torretas de iluminación de la cárcel, sube por donde baja hace algunos minutos, retoma el pasillo central para incorporarse a la zona de oficinas. Abre con cuidado el despacho de trabajo fotográfico. Duerme algunas horas acomodando la cabeza en el vértice de las dos paredes pequeñas que apuntalan el lugar. La efervescencia de sonidos y pasos continuos lo despiertan. Se asoma por la ventana que da a la entrada principal. Debe darse prisa: la presencia de curas le confirma la veracidad del rumor en torno a la saca. La cárcel de Porlier se prepara para matar. De un salto llega a la puerta del despacho para abrirla y emprender el camino hacia la celda. ¡Puede ser uno de ellos! Va pensando en el camino. Lo atormenta la posibilidad. El recorrido lo hace mucho más rápido que la primera vez. Sabe que el tiempo apremia. Debe esconderse detrás de las columnas que separan los gabinetes donde viven los presos de las oficinas burocráticas a riesgo de ser descubierto por una cuadrilla de limpieza. No parece que sean las cinco y media de la mañana. El barullo es constante y la sensación de conjunto es de actividad: hay más luz que de costumbre, el avituallamiento de las dos capillitas está completo, las cuadrillas de limpieza en funcionamiento. Huele a cloro y a desilusión. Es la palabra que busca desde que sale del salón de trabajo fotográfico. El hombre al que va a ayudar tiene cara de desilusión, concluye en la mente. En cuanto llega a la celda dieciséis se topa con su figura tras los barrotes. Está de pie, con dos sobres en la mano. Nicolás los toma y sigue el camino. Se detiene un instante, regresa sobre sus pasos. Habla movido por un sentimiento repentino de solidaridad.

–Lo siento mucho, señor.

–Yo también muchacho, corre, anda. –Lo apura sin verlo a la cara, la mirada la tiene puesta en el pasillo que debe tomar Nicolás para huir con los sobres–.

Nicolás sabe con claridad qué hacer. Es la primera vez en su vida que tiene un propósito tan nítido. Los sobres son el combustible que necesita para cumplir el sueño de cruzar el Atlántico. Sabe por las tareas que realiza en la cárcel que las familias de los presos de Porlier emigran como aves de estación a otros países de Europa y de América: Francia, México, los más comunes. Utiliza la devoción y la solidaridad para encontrar el valor que le hace falta. Hace suya la esperanza de que las letras escritas bajo el influjo de la muerte puedan ser leídas. Dota de contenido sentimental el sueño. Busca a los amigos del tío que le enseñan a pilotear. Se alista para volar.

* * * *

–¿Quién es? –Pregunta una voz de mujer–.

–¿Señora Julia? –Devuelve Nicolás con la esperanza que sea su voz–.

La calle de López, en el centro de la ciudad, está despertando. Hay confeti de colores en el suelo pavimentado con chapopote. Las motas de diferentes tonalidades toman fuerza al contraste con el pavimento. También hay restos de pirotecnia: petardos, bengalas, candelas. A la distancia se alcanzan a ver los restos quemados de una estructura de andamios en donde se despide al año viejo y se da la bienvenida al nuevo.

–Tengo una carta de su marido para usted, señora. –Se adelanta ante el silencio de la bocinita pegada al timbre del edificio–.

Nicolás no acepta la invitación para subir al departamento familiar. Piensa que con la entrega de los sobres es suficiente. Prefiere que el dolor sea expiado en la intimidad. No sabe por qué, pero se siente intruso, heraldo postizo, farsante. Le gustaría subir y leer en compañía de esa señora que tiene las facciones de una buena persona, pero la historia lo detiene, no se permite explicarle nada, ni siquiera agregar algo que la ayude a entender su presencia.

–Conocí a su marido en la cárcel. –Traiciona los pensamientos–. Lo siento mucho.

La carta va en un sobre amarillo, pequeño. La misiva está compuesta por cinco hojas de papel blanco dobladas en tres pliegues. Entre papel y letras hay tres fotos tamaño cartilla. Son las que le toman al abuelo en el despacho fotográfico de la cárcel de Porlier, cuando Nicolás cumple órdenes para completar el expediente carcelario. Una de ellas es la que tomamos Julia y yo de la cómoda del clóset de mamá. El joven aviador hace la entrega y se despide con un apretón de manos. Camina por la calle de López hasta entroncar con la de Ayuntamiento, que lo conduce a San Juan de Letrán, una de las avenidas más bonitas y transitadas de la ciudad. Va andando sin pensar, entre la humanidad *asentimental* y el yo hipersensible que se contaminan, poco a poco, de indiferencia. Julita toma los sobres y agradece con un leve movimiento de la cabeza hacia abajo. Le quiere preguntar circunstancias y razones, pero el joven misterioso tiene prisa, se le nota ansioso por desaparecer. No encuentra palabras ni ademanes para detenerlo. Se despiden con un silencio incómodo e insuficiente. La vida en México empieza a tomar rutina. A pesar de la ausencia del marido, familiares y amigos se empeñan en darle velocidad a los acontecimientos para que los recién llegados encuentren piso y suelas. Lo valioso son los amigos, la cara generosa del nuevo mundo. Gracias a las amistades y a la solidaridad de la tierra a la que llegan, pueden empezar a tener una existencia medianamente normal. Los hijos no lo pasan bien. Julianín se encuentra en espera de la aceptación a la escuela secundaria, le hace falta un papel oficial que acredite la estancia en el país como residente. Olga debe viajar todos los días hasta las Fuentes Brotantes de Tlalpan para cumplir seis horas de trabajo en una fábrica de hilados y tejidos y Jesu trabaja en una tienda departamental. Fermín y José Mari hacen vida en Estados Unidos trabajando en los campamentos borregueros de Nevada para ganar dinero que envían para ayudar a la manutención de la prole. Julita mata los días entre el recuerdo del marido ausente y las penurias de lo cotidiano. Todas las mañanas se desplaza al consulado de España en México para robar alguna noticia de la situación. Aprende el camino a fuerza de memoria visual, porque encuentra tarea imposible memorizar los nombres de las calles del nuevo mundo. Llegan las navidades y el viejo propósito (el tiempo ya no pasa como antes, ahora todo se acelera y cobra antigüedad inmediata) por pasarlas con el marido se desvanece. Aún queda la estúpida manía de la espera. El dinero no es suficiente para cubrir necesidades ni gastos. El resto, los salarios de las hijas y los giros de los hermanos mayores, son para comprar comida y pronto, si se puede conseguir la residencia oficial en el país, para cuadernos y libros. Todo es tan reciente y al mismo tiempo tan viejo. Sube las tres tandas de escaleras y al llegar al pasillo que la conduce al departamento cae en la cuenta: no sabe el nombre del muchacho que le acaba de entregar los sobres que tiene en las manos. En realidad no sabe nada. Todo es tan rápido, tan pasajero. Y ahora tan lento, tan viejo. Cierra la puerta con sensación de extrañeza en el cuerpo. Deja las llaves en la mesita franca y frágil del recibidor y avanza hasta el diminuto cuarto de baño. Se sienta encima de la taza del váter. El murmuro suave de las palomas y la luz del sol que empieza a lamer el cuerpo convierte el espacio elegido en el mejor de todos para leer. Endereza los pliegues de las hojas y caen al suelo tres fotografías. Un rayo enciende el cuerpo. El espasmo traqueal baña los ojos y endurece la piel. El rostro del marido se desvanece. Algo en sus facciones le genera un sentimiento de vacío. Se le ve mucho más viejo y delgado. No puede frenar los ojos. Lee aterida a los recuerdos que inundan la estancia.

* * * *

Llegamos a México el último domingo del verano por la noche. El aeropuerto de la ciudad nos recibe con una lluvia de personas en aceleración. Nos sentimos un poco ajenos al peregrinar autómata que denotan los rostros de hombres y mujeres que pasan a nuestro alrededor. Estamos llenos de contenido y significancia por la vida. Caminamos despacio hacia el mostrador del transporte que nos llevará a casa. Durante el camino, nos invade una certeza que compartimos sin el engorroso intermedio de las palabras: estamos listos para leer el tercer folio de la carta del abuelo. El desenlace de toda esta historia.

—Me voy a dedicar a escribir. —Le confieso a Julia durante el camino—. Voy observando por la ventana del taxi la noche estrellada que nos regala la ciudad. Un poco de viento me acaricia el rostro.

—Estás viendo a tu primer fan del club. —Me responde con las manos cruzadas sobre su bolsa de mano—.

—Yo le voy a dar una oportunidad a Xavier. Pienso que todos merecemos una segunda oportunidad. —Me explica mientras se acomoda en el asiento del coche—.

—Ana y yo vamos a hacer lo que sea necesario para consumar nuestro amor. —Le comparto—. Nada de amor de lejos y esas tonterías.

—Cuenta la historia del abuelo. —Me pide—.

—Si la escribo me gustaría titularla *Los Buscadores de Poesía*.

—No me encanta. Piensa en algo más directo. —Me sugiere—. Estamos a punto de llegar a casa con mamá y papá.

Gracias. Nos agradecemos sin la intermediación de las palabras. Antes de entrar por la puerta, volteo la mirada. Al encontrarnos con los ojos los dos enmarcamos una sonrisa en la boca y movemos ligeramente la cabeza de un lado a otro en un gesto de complicidad que se presenta cuando nuestra virtud telepática está a la alza.

Antes de entrar a casa nos asalta un recuerdo de infancia que experimentamos en la mente. Y es que mamá nunca nadaba. "Pero si está rica. Ven, tócala". Julia y yo la presionamos empujándola hacia la orilla de la alberca, pero ella se rehúsa con el pretexto de la temperatura. Mi hermana y yo nos tiramos al agua y seguimos rogando por su compañía. Ella nos abraza con la mirada y nos entretiene con artificios sentimentales. Ante la certeza de la imposibilidad que se tire al agua con nosotros, Julia y yo nadamos como perritos, dibujando con las manos remos en el agua. Fingimos ahogarnos. Nos sumergimos en el agua para practicar. Jugamos a adivinar los pensamientos. Piensas en Lezamita y sus familiares despellejados, adivina Julia. Y tú en Lorquita, le digo cuando salimos del agua para tomar aire. La concesión sigue intacta. Mi hermana es buena sin proponérselo. Es un rasgo de la gente bondadosa.

Es lista mamá, cuando nos da la noticia de la muerte de la tía Juanita usa inteligencia en las palabras. Muere como me gustaría morir a mí, nos dice al sentarnos a la mesa. Usa la cocina y la magia del trabajo previo para expresarse. Mientras comemos, nos acordamos de la tía Juanita. De su bondad, de su criterio de alma. No estamos tristes, pero sentimos cómo el universo pierde peso específico, cómo se desgarra la tarde en porciones solitarias de crepúsculo. Nos despedimos de ella en Irún, cuando buscamos pistas reconciliatorias de la vida de su hermano. El plato sopero lleno de migajas de pan, la forma de tomar la cuchara para recogerlas y llevárselas a la boca en forma de pico de pájaro, las caídas silenciosas que apaga con la discreción de la voluntad, las caricias amorosas que nos regala, su presencia brillante en la sala.

Me gusta la complejidad de las personas, aprender a descifrarlas. Veo más a mamá y a papá como seres independientes a mis carencias. Logro desacoplar mi visión de las cosas para entender fallas y aciertos y saber valorar el balance de su expresión familiar. ¿Una reconciliación? Quiero pensar que sí, que logro desprenderme de los reclamos. Cuando le preguntamos a mamá si el nombre de la mujer del abuelo tiene algo que ver con el nombre de Julia, me responde que todos los nombres tienen historia. Me gusta su respuesta. Hay algo de Julita en el nombre de mi hermana.

Entonces soy mejor persona. Intento serlo porque al acordarme de los tiempos de infancia siento una verdad en el corazón. No sé cómo decirlo, pero soy más feliz. Me despierto con la sensación de vida impregnada en el pecho. La mañana es suficiente para respirar. Durante cualquier camino tomo la ventisca del aire para revolotear y ver cómo las hojas de los árboles bailan conmigo. Es una sensación de vuelo extraordinaria. La existencia como una hoja que empuja el viento, liviana. Intento ser mejor persona. Cuando flaqueo, me obligo a recordar a mamá en la orilla de la alberca. De nueva cuenta le pido que se eche a nadar con nosotros. Y recuerdo. Pienso que escribir es como cocinar, mucho descansa en la magia del trabajo previo: escoger los ingredientes, prepararlos, cocinarlos, dotarlos de sello emocional. Luego probarlos: agregar o quitar agua, eliminar o añadir especies y saborizantes. Trabajar duro para que los demás disfruten el banquete.

Esa misma tarde nos sentimos listos para leer el tercer folio de la carta del abuelo. Reconocemos que esperábamos el momento de estar en casa con nuestros padres. Beber esas últimas letras entre su compañía.

EL TERCER FOLIO

Apuro la taza de café que tengo entre las manos. En un solo movimiento trago el agua caliente e insípida color charco y apago el cigarrillo que sostengo con los dedos de la mano izquierda. Cada vez fumo más, pienso, al tiempo que recojo papeles y carpetas del escritorio desordenado. Tengo esperando hace unos minutos en la línea a Wenceslao Fernández. Tomo la bocina auricular.

—Tienes que marcharte ya, Julián. Están sobre ti. El sueño ha terminado.

—Lo sé, hombre, lo sé. —Mientras hablo ojeo el prólogo del libro que acabo de terminar de escribir—. El problema es que hay conciencias testarudas como la mía. Tara biológica, supongo.

—Ya has hecho mucho. Ve con tus hijos y con tu mujer. Te necesitan. No queda mucho tiempo antes de que vayan por ti —continúa Wenceslao con la voz clara—, vete con ellos a París y después, a la primera oportunidad, toma un barco a América.

No puedo evitar sentir cierto malestar por el tono de alarma y la petición de huida, pero entiendo la preocupación que tiene por mí. No hace falta que me explique la gravedad de la situación. La derrota es inminente porque los pedazos republicanos no están listos para armarse de nuevo. Mientras lo escucho por la línea, tomo el cuento que estoy escribiendo a los niños. Es un cuento de marinos y aventuras, aún faltan detalles, pero para navidades estará listo. En Francia tendré tiempo de sobra. ¡Cuántos cuentos y cuántas novelas por escribir! Eso y la tarea de publicar la obra que terminé son los únicos motivos profesionales que me entusiasman. Mientras hablo por teléfono, apuro documentos y textos para meterlos al portafolio de piel que me regalan los colegas del *El Socialista* hace algunos meses, cuando Negrín me nombra Ministro de la Gobernación. Me trae buenos recuerdos, me gusta el olor que despide.

–Y ¿España? ¿Qué hacemos con ella? También nos necesita. Ahora más que nunca.

–España no tiene remedio. Se la tendremos que dejar a las próximas generaciones.

Es tarde, por el ventanal de la oficina del Ministerio de la Gobernación aprecio un Madrid distinto, listo para recibir las ráfagas de calor estival del continente. Salvo los guardias de seguridad que me despiden con amabilidad, no hay nadie en las oficinas. La mayor parte de los empleados ya no trabaja aquí, muchos de ellos están en otras ciudades europeas reinventando vidas, alejados de los latigazos de las escaramuzas. Antes de salir del despacho, resuelvo dos cosas en la mente: ir a ver al doctor por la mañana (debe ser la próstata porque la insistencia por orinar y la molestia que limita el andar no son cosa buena) y tomar el tren a París. Cuando salgo, no alcanzo a ver la sombra del personaje que se oculta en la oscuridad. Son las garras de la policía secreta, boca y manos que me delatan y me arrestan algunos días después. Esa noche, antes de dormir repaso mentalmente en la cama el título que le quiero dar al libro. Yo no soy, ni puedo ser un historiador, voy hablando conmigo mismo por el Paseo de la Castellana rumbo a casa. Soy un periodista que descubre sus observaciones y sus notas, por si tienen alguna utilidad para quienes hagan, serena y fríamente, el recuento de la guerra. No pretendo ganar sobre el papel lo que se pierde en los despachos ministeriales, en los locales de los partidos y en el campo de batalla. Escribo como testigo de una experiencia vivida, no como militante de una causa defendida. *Historia de la Guerra de España* es el título que pienso dar a las más de seiscientas hojas que redacto del conflicto que me tiene a unas horas de abandonar el país. En una cosa tiene razón Wenceslao, no escribo para el presente, sino para el futuro, para las nuevas generaciones de españoles. Me gustaría que lean la obra como una interpretación que renuncia deliberadamente al relato heroico para poner en su lugar la única historia que, con el paso del tiempo, puede abrir la puerta a una reconciliación verdadera.

–¿Puedo viajar? –Le pregunto al doctor sabiendo que lo que me diga no evitará que de aquí me vaya a la terminal–.

–Mientras tengas un baño cerca, no veo inconveniente alguno. –Me responde el galeno mientras apunta el nombre de la medicina que me receta en una hoja tamaño media carta con el membrete de sus iniciales al centro–. La inflamación de la próstata y el forúnculo deben ceder con las compresas y la penicilina.

En el camino a la terminal voy pensando en la trama de la nueva novela que quiero escribir. Esta vez el personaje central debe ser la masa, la conjunción de almas solitarias. Las personas que estoy viendo en estos momentos. Los luchadores sin nombre. Quiero incorporar a la muchedumbre cansada en el trabajo, vilipendiada en la vida y que, sin embargo, está operando el milagro de cambiarla. El colectivo, más que el individuo. Su lucha cotidiana. Pienso en mi padre, en su ejemplo de obrero consciente, luchador social por excelencia. También en Prieto, Perezagua, Meabe, en todos quienes me forman como lo que soy: un hombre con aspiraciones morales. Pienso también en el recorrido que llevo, las vicisitudes que me convierten en periodista. Porque no soy un literato, me considero ante todo un trabajador que forma la pluma afilándola en columnas de periódicos, tratando exclusivamente las cuestiones que afectan a los obreros y al partido socialista. Y soy un hombre que endurece carácter en aquello que los camaradas de Madrid no: haciendo campañas en los pueblos. Literato no, escritor sí, discuto conmigo mismo entre el sopor del viaje y el duermevela que me produce el vaivén del tren. El sonido interior anuncia la llegada. Prefiero caminar por las calles de la Ciudad Luz hasta topar con –leo en la libreta de notas que siempre llevo conmigo– la Rue du Commerce. Hace tiempo que no veo a los niños, su infancia se me va volando, como el chorro de agua que se diluye entre las manos. Estoy emocionado, contento de volver a verlos. Tanta faena política; a veces pienso si vale la pena, si algún día estaremos orgullosos de nosotros mismos como españoles. Tal parece que no viviré suficientes años para saberlo.

–¿Quién es? –Atiende una voz de niña–.

–Soy yo, tu padre. –Le respondo, poniendo una pequeña maleta al pie de la puerta. Un mohín de nostalgia se resuelve en un ligero zumbido que aturde los oídos, floto–.

Mi hija más pequeña abre y me besa la mejilla con fuerza. Los hermanos se acercan a saludarme. Mi mujer espera en el pasillo. La abrazo y siento su cuerpo débil apropiarse del mío. Los mayores no se encuentran en el departamento, salen a comprar viandas y provisiones: comida empaquetada, conservas, algunos embutidos. Me sobrecoge la escena porque reconozco mi ausencia, el tiempo que me consume la labor política. De forma inconsciente espero que mi ejemplo sirva de formación para ellos. Es lo único que tengo, mis principios, la forma de entender el mundo. Nos sentamos a la mesa y les cuento cómo van las cosas en España. La guerra se pierde y todavía no sé si algún día podremos volver. Después de un rato, llegan mis dos hijos mayores. Son dos jóvenes resueltos. Portan el aplomo de la familia. Los observo, son la estampa de nuestra estirpe. Mi identidad.

–¿Nos quedaremos en París? –Me preguntan, mientras se pone a la mesa algo de verduras y pollo hervido–.

–Un tiempo, me han ofrecido dirigir una revista y me gustaría publicar aquí algunos textos. –Les respondo mirándolos–.

Paso unas semanas, pocas, entrañables. Tanto, que me hago a la idea de vivir unos años en Francia para que los niños puedan establecerse en clases y estudios. Los ahorros son pocos, pero dan para solventar los gastos primarios. Pronto tendré un sueldo fijo y espero seguir escribiendo en diarios europeos de prestigio.

* * * *

Me duele en el alma que sea Olga, la más pequeña, la que abra la puerta. ¡A los alemanes! Pero es que acaso, ¿había que preocuparse por ellos? Me entero muy tarde de la salida de Negrín y de otros colegas republicanos a Burdeos, no contestan mis mensajes y cada vez que voy a buscarlos a las direcciones que me dan los contactos descubro oficinas cerradas o departamentos vacíos. Debí salir de París hace tiempo, quienes me intentan persuadir para hacerlo tienen razón. Debo actuar rápido para que no se disponga un registro domiciliario y coloque en riesgo a mi familia. Con mi detención espero que sea suficiente, sé cómo son los procesos, se llevan todo: ropa, comida, utensilios, recuerdos, todo confiscado. No puedo despedirme de nadie y no me arrepiento de no hacerlo, la angustia es mayor a mis deseos de abrazar y besar a los niños. Paso por la cocina y veo a Fermín haciendo café, me le acerco, prácticamente le susurro al oído.

–Tienes que ser fuerte, hijo. Yo me las sabré agenciar. Cuida a la madre y a los hermanos por mí.

Él no contesta. No sé si me escucha porque lo veo aturdido, fuera de sí, con el miedo adherido al cuerpo como si se tratara de una garrapata que chupa la sangre. No lo culpo, los alemanes imponen. Levitas impolutas, rangos de importancia en las medallas que cuelgan del pecho, botas duras con punta de metal. No volteo al cerrar la puerta, acelero el paso para que los policías se alejen de mi familia. Será una diligencia de rutina, me convenzo. Dos o tres horas de interrogatorio y regresaré para hacer maletas e irnos con los demás republicanos a Burdeos, donde estaremos más seguros. Al llegar a la comisaría francesa veo a Sevilla, mi antiguo asistente.

–Han cogido a Companys. –Me alerta con el semblante roto. Está sentado en una silla de metal oscuro, las manos esposadas–. También a Cipriano, Cruz, Teo, Montilla y Salvador. A todos.

La noticia ahoga la respiración y acelera la preocupación. No me cabe en la cabeza que la policía francesa se preste a tal farsa colaboracionista. Los tratados internacionales, las leyes. ¡Esto es un secuestro! Intento calmarlo con argumentos legales a nuestro favor, pero la sensación que impera en la comisaria es de maltrato. Estamos presos, sin oportunidad para aclarar nuestra situación. De la comisaría nos trasladan, en coches separados, a la cárcel de París. Por fortuna logro hacerme de un fajo de hojas blancas. El bolígrafo que uso para anotar en mi libreta registros que nacen de vez en cuando aún permanece en el bolsillo del saco, por lo que tengo lo necesario para escribir. Prácticamente es lo que hago durante los cinco días que paso incomunicado en la celda. Escribo a mi mujer para explicarle la situación que guarda mi condición legal, exponerle cómo percibo el contexto y lo endeble de la detención. Le aseguro que pronto estaré de nuevo con ellos. El único alimento que entra al organismo es la pasta de dientes que como a dentelladas para engañar al estómago. Por las mañanas, cuando nos permiten dar un breve paseo puedo saludar a los compañeros de encierro.

Intercambiamos pocas palabras porque somos vigilados desde atalayas bien dispuestos. Le entrego a Sevilla los mensajes escritos con cuidado de no ser sorprendido por los guardias de seguridad.

–En cuanto salgas de aquí, entrégaselas a mi esposa. –Le ruego–. No hay forma de imputarle nada a este hombre que fungió como mi asistente en el Ministerio de la Gobernación. Quedará libre en cualquier momento.

Me queda poco papel. La escritura, como tantas otras veces, me saca a flote. Permite sobrepasar las penurias a las que el cuerpo es sometido: comida y agua escasas, pocas horas de sueño, maltratos. Me entero por uno de los presos que Sevilla queda en libertad y me alegra haber tenido la oportunidad de entregarle lo escrito con noticias para la familia. A la mañana siguiente, muy temprano, me despiertan con golpes certeros en la cara. Tengo sed y sueño. Pregunto al oficial que espera a la puerta de un coche de turismo mi situación legal. Le recrimino que no tengo acceso a un abogado de oficio y que conozco mis derechos. Me doy cuenta que es un alemán porque no entiende las frases. Me llevan de regreso a España en un automóvil muy pequeño en el que debemos acomodarnos cuatro personas. Chofer y teutón por delante, traductor y yo en la parte trasera. La salida desordenada del departamento provoca que olvide la penicilina prescrita por el doctor para tratar la infección. Siento ganas de orinar desde el momento que subo y hasta la primera parada. El conductor y el policía hablan en francés y el intérprete que está a mi lado tiene mucho más miedo que yo. Ninguno me dirige la palabra, actúan como si no existiera. Como si mi presencia fuera una circunstancia pasajera. En el primer alto trato de entablar conversación con el muchacho que nos traduce. No puede o no quiere decirme más que lo evidente: que me llevan a España para someterme a juicio. En vano, intento obtener más información de la situación que guardan las cosas en el país. Nada, nadie suelta prenda. Quien muestra mayores gestos de afecto es el chofer. Me convida fruta y comida y procuramos entendernos con las pocas palabras que conozco del idioma y a base de gestos que no llevan la conversación más que a la orilla de la amabilidad. Cuando pasamos por Poitiers pido al traductor que anuncie mi necesidad imperiosa por ir al baño de nuevo. El recuerdo de mi hermana y de mi madre invade la mente de inmediato. Viven aquí, cerca de la estación de autobuses. Retraso lo más que puedo la parada para buscarlas. Desespero, miro por todos lados en busca de algún rostro conocido, alguna referencia que me dote de esperanza y me de fuerza para seguir el trayecto. El trajín del trabajo hizo imposible que las visitara con la regularidad que me hubiera gustado. La detención las afectará mucho. No me dirán nada, pero sé que su aflicción será permanente. Durante un alto en Tours le escribo a la madre con la esperanza de encontrar medio de hacérsela llegar. Tengo el cuerpo contrahecho, adolorido. La sensación constante de querer ir al baño me tiene incómodo a nivel de desesperación. En Burdeos y en Biarritz, últimas dos paradas antes de llegar a Irún, el organismo estalla. Me desplomo en un desmayo casi voluntario. El médico que me atiende no atina a diagnosticar más que agotamiento y anemia. Le pido que me prescriba penicilina y accede solícito, como quien se deja llevar por la corriente de un río sin oponer resistencia. Supongo que piensa que se encuentra ante un viejo moribundo pidiendo el último deseo en el lecho de muerte. El antibiótico suerte efecto de inmediato, porque a la mañana siguiente me siento repuesto. Al llegar a Irún el intérprete comenta que es el final del viaje para él y para los alemanes. La misión consiste entregarme y volver a Francia. No me animo a darle la carta, prefiero guardarla para alguna otra oportunidad. El oficial alemán ni siquiera se toma la molestia de voltear a verme y el conductor, en un último gesto de empatía, me entrega un paquete de hojas blancas y un nuevo bolígrafo de tinta azul que guardo con rapidez en el bolsillo del saco y agradezco el gesto: *danke*, le susurro al joven conductor articulando con los labios las letras de la palabra. Seca la boca, vacío el estómago, el recibimiento en la cárcel de Irún es hostil. A fuerza de preguntar mi situación legal, el director de la prisión me informa que los detalles de la imputación se me darán en Madrid, una vez ingresado y fichado en la Dirección General de Seguridad. El director de la prisión me encierra en la peor celda de todas. Es un cuarto vacío, lúgubre. Tengo papel y pluma, así que no hago nada más que escribir

—Julián, Julián. —Me despierta una voz en la penumbra de la noche—.

Todavía mareado por la modorra del sueño, no alcanzo a distinguir los sonidos.

—Soy Ernesto Ercoreca. ¿Cómo te encuentras?

Es el ex alcalde de Bilbao, un viejo amigo de andanzas políticas. La imposibilidad de vernos por los muros hace que palabras y sonido sean los recursos de comunicación.

—Con hambre y frío, por lo demás de maravilla. —Le respondo con ironía—. Estoy recostado en el piso, apoyo la cabeza en una de las paredes de la mazmorra.

—Mañana me llevan a Bilbao para procesarme por rebelión. Todo este asunto de las extradiciones es ilegal. Finca la defensa en ello, en las fallas del procedimiento.

—La convención de armisticio ha sido firmada por Francia —expongo con la mayor claridad que puedo, mientras apachurro con las manos las pulgas que intentan alimentarse del organismo anémico—, el defensor de oficio no debe tener problema para tirar los cargos y solicitar una prórroga. ¿Dónde te detuvieron?

—En Burdeos, cerca de la frontera con Biarritz. —Me responde, su voz es un hilo brillante en la oscuridad—. Estaba a punto de embarcar a Inglaterra. Las huestes de Urraca me siguieron por meses, hasta que dieron conmigo.

–¿Urraca? –Le pregunto extrañado–. No tengo la menor referencia del apellido. Se lo hago saber mientras me incorporo del piso para estirar brazos y piernas. Experimento un alivio inesperado: la próstata y el quiste no se quejan, no he tendido ganas de ir al baño desde que el novel médico me inyecta la penicilina.

–Un tal Pedro Urraca –continua Ernesto bajando el tono tanto que me cuesta trabajo escuchar–, agente secreto que ha conformado un escuadrón de elite para cazar a los republicanos. Un hijo de puta.

La revelación no me sorprende, pero me llena de remordimientos. ¿Qué pocas medidas de seguridad tomo? Soy cazado sin oponer resistencia. Debemos acallar la conversación por la presencia de una pareja de guardias en rondín de vigilancia. A la mañana siguiente recibo la noticia de la partida de Ernesto y la entrega de trecientas pesetas de su parte. Con él empieza el conteo de camaradas que no vuelvo a ver.

* * * *

Jornada de claroscuros: al conocer la noticia de mi estancia, otros presos me envían chocolate, queso, plátanos, tabaco, cerillas y hasta un par de huevos fritos. Con el estómago satisfecho puedo escribir mejor. No paro de hacerlo. A pesar de la terapia de las letras, la nostalgia empieza a hacer estragos en la mente. Me reprendo por no dedicar unos minutos a consolar a mi hija pequeña. Imagino la culpa que la embarga. Me gustaría explicarle que nada tuvo que ver ella con la detención, que fui yo el culpable por esperar hasta el último momento y demorar la partida a México. Eso le cuento a su madre, le pido que le explique con palabras sencillas lo que ni yo mismo entiendo del todo. Que me perdone.

Pasan los días sin que tome conciencia clara de su devenir en la celda sucia y vacía. Encerrado en los pensamientos y en la escritura recobro realidad cuando me conducen a Madrid en un pequeño coche celular. Conmigo somos cuatro los trasladados. No conozco a los tres hombres que me acompañan en un recorrido por tierras vascas y castellanas que me devuelve cierto gusto por la vida. Hacemos el camino en silencio, cada cual hundido en la niebla sentimental de la desilusión. Voy pensando en los hijos. Todas las cartas las firmo con seudónimo: utilizo el nombre de mi padre y de mi primogénito para burlar la censura. Al primero le debo la idea de lo estético, la formación moral y el advenimiento al socialismo. Embobados ante el chorro de hierro líquido que brota del horno de fundición, mis amigos de infancia y yo observamos a mi padre moldear el metal para convertirlo en figuras improbables ante miradas atónitas: soldaditos, caballos, casas de dos aguas, torres, graneros. El recuerdo que guardo de él en esos momentos es el de un dios del olimpo en plena faena artística. Cubierto por un mandil de cuero que resiste los embates de lava incandescente, nos observa con gracia al momento de verter el hierro líquido en los moldes que definen las figuras mágicas que nos llevamos para jugar horas interminables en el patio de la fundidora. A mi primer hijo le debo la felicidad. Sé que el seudónimo que utilizo no burla la censura carcelaria, pero puedo escribir con mayor soltura, pensando en la posibilidad de que alguien, algún día, lea las cartas y pueda encontrar motivos de reconciliación en ellas. Porque al final, pienso, un escritor escribe para ser leído.

–Soy Nicolás, señor. –El muchacho que habla carga una cámara y lleva papel en la boca que le complica articular palabras–. Sé quién es usted, le admiro y conozco su trabajo. Quiero decirle –baja la voz y se acerca–, que me pongo a sus órdenes para lo que necesite.

Estoy en el despacho fotográfico de la Dirección General de Seguridad de Madrid, recién afeitado. Me toman la foto para el fichaje documental. Descubro mi rostro. Ajado por los temperamentos del maltrato, lo veo más afilado, surcos de piel como canales de riego marcan las líneas de la vida. No me gusta lo que observo. Gano unos quince años, estimo, la mirada es lenta y los pensamientos constreñidos a la supervivencia. El intelecto dormido, apresa cualquier síntoma de libertad. Aunque ordeno a la mente pensar lo menos posible, las descargas eléctricas en el cerebro son incontenibles. Le doy vueltas a la defensa, los argumentos que nos asisten, las posibilidades de libertad. Escucho al muchacho pero no entiendo lo que dice. Me esfuerzo por comprender lo pintoresco y absurdo del episodio. Río en una mueca improbable. El teatro del absurdo, pienso.

–Lo único que necesito –alcanzo a pedirle antes de ser llevado al despacho principal– es que mi familia reciba la correspondencia. Lo expreso con la última reserva de sinceridad que me queda.

El aire que sopla por los pasillos me espabila un poco. Reconozco el reloj empotrado en la pared del edifico. Estamos en el antiguo edifico que fue el Ministerio de la Gobernación cuando yo era el titular, hace algunos años. Son casi las ocho de la noche, estamos ante el comisario del recinto. Para mi sorpresa, el ambiente es mucho menos hostil que la víspera. El delegado me estrecha la mano para decirme que me conoce y que, a pesar de ser un detenido, se complace en saludarme por ser un hombre honrado y moral. La sorpresa se agudiza cuando los guardias reciben la orden para llevarme a dar un baño, pagar por comida caliente de la calle y acompañarme a la celda número dieciséis. El comisario enfatiza el número por razones que descubro a las pocas horas: se trata de un lugar limpio, seis por cinco metros cuadrados, recién encalado. Tiene bien dispuesta una cama con colchoneta y manta en estado de bastante decencia. Me dedico a dormir y esperar al día siguiente para conocer el régimen y saber quiénes son los compañeros de cautiverio. Sevilla tiene razón: nos cogen a todos. Al alba me entero que también aquí están presos Francisco, Teodomiro, Cipriano, Carlos y Miguel.

—Hace unos días pasó por aquí Luis Companys. El rumor es que se lo han llevado a Barcelona para enjuiciarlo de forma sumaria y fusilarlo.

Reconozco la voz de Cruz Salido a través de los muros. Se encuentra a dos celdas de la mía en dirección al pasillo que lleva al despacho principal. El tono es directo y robusto. Me contagia fuerza.

—¿Cuánto tiempo lleváis aquí? —Le pregunto, finjo no haber escuchado el destino de Companys—. Estoy sentado en la cama, la manta decente cubre la espalda. Duermo todas las horas que me hacían falta.

—Con hoy empieza la tercera semana. —Me responde sin modificar entonación—. Nos mantienen incomunicados, hablamos entre los muros, como lo hacemos tú y yo ahora.

Nos queda poco tiempo antes de que los guardias se instalen en atalayas y puertas.

—¿Os han asignado defensa? —Indago impostando un poco las palabras para trasmitir entereza—.

—Nada, ni un señorito de oficio. Estamos solos como cuando las imprentas.

Se refiere a los cinco años que pasamos en la redacción de *El Socialista*, cuando es preciso contratar fuentes de información directa, elevar el nivel tipográfico del periódico, comprar una imprenta propia para no depender de la gráfica burocrática del partido.

—Nos las ingeniaremos de nuevo. —Le aseguro con la voz más firme que encuentro en las entrañas—. Ya lo verás.

Durante el tiempo que estoy preso en Madrid, se me autoriza escribir una vez por semana. Redacto una larga carta a mi mujer diciéndole hasta qué punto me acuerdo de ellos y pidiéndole que al contestarme me envíe retratos de ella y de los hijos. ¡Cuántos días espero su respuesta con la ansiedad de un regalo precioso! A la siguiente escribo a la madre y a las tías. Largas horas se suceden sin noticias de vuelta. ¡Qué ratos! Comprendo que los mensajes no son turnados. Aun así sigo escribiendo, con la convicción de que algún día llegarán. La tía me manda un pijama y una camisa de franela y amigos cercanos doscientas cincuenta pesetas, pidiéndome, además, que los mantenga al corriente de todas las cosas y añadiendo que están a mi entera disposición para ayudarme. Una buena alegría. No necesito más. Tengo para fumar y para tomar café, cosas ambas que se me hacen indispensables, pues para comer me atengo al rancho de la prisión: patatas al mediodía y patatas a la noche y así durante un mes seguido: ¡sesenta platos de patatas! Cuando podemos comunicar con las familias, Cruz pide a su cuñada que le envíe comida y de la que recibe, me pasa la mitad. Lo que hacen por mí, no puedo encarecerlo. Además de enviarme víveres, se encargan de lavar la ropa y me envían una manta de lana y me buscan, recorriendo todo Madrid, las medicinas que necesito. No tengo palabras de gratitud para su conducta. Si algún día puedo me gustaría demostrárselas. Expresarles lo mucho que significa todo lo que hacen por mí. El régimen bondadoso y la amabilidad se acaban pronto. Se nos castiga con la prohibición de recibir alimentos de fuera y volvemos al rancho frugal. Ya no son patatas, sino acelgas cocidas. A dos días de esta alimentación me despierto por la noche con un hambre desesperada. También nos suprimen el café. Jornadas negras, más para mí, por el asunto de la orina. Voy y regreso al baño, decenas de veces. Por fin, al cabo de muchas semanas, empieza el proceso. Salimos de la celda para prestar declaración ante un juez de la que aquí llaman causa general, especie de historia que nada tiene que ver con los acontecimientos reales. La noche que nos llevan a declarar da inicio formal al juicio por adhesión a la rebelión, así nos lo hacen saber.

–Hace unos días, su familia embarcó rumbo a México. Deberá llegar con bien en algunas semanas–.

Con estas noticias me da la bienvenida ministerial el jefe de la brigada político–social. Nos recibe en el despacho de la Dirección, un lugar amplio, de techos elevados, persianas de madera en los ventanales, mobiliario frugal pero elegante.

No sé qué hacer, si agradecer o guardar silencio. Opto por lo segundo fingiendo saber lo que acaban de informarme. Durante la confesión el trato es correcto, por momentos fraternal.

–¿Por qué se han dejado coger? –Me pregunta uno de los policías con aire de reproche–. Al hacerlo, se sienta en el borde de la mesa y cruza una pierna. Lo tengo a mi lado, esperando la respuesta.

–¿Quiere decirme que tenía yo que temer de los alemanes? –Alego con perplejidad genuina, lo miro a los ojos–.

El gendarme reconoce que tengo razón. Acaban por darme, él y su jefe, un cigarrillo y por mostrar evidente simpatía durante las horas que dura la sesión. Nos vamos de la sala de interrogación con satisfacción y esperanza. Algunas horas más tarde pasamos al juez, un general de caballería apellidado Arroyo. Es asistido de un capitán secretario y de su ayudante. La recepción es fría, seca y hostil. De las tres personas, el más empático resulta ser el general. A la segunda declaración, el ambiente cambia por completo. El general acentúa la simpatía y los colaboradores la inician. Al final, conversamos y me ofrecen cigarrillos. Queda claro que mi conducta los persuade de la veracidad de mis dichos, me lo hacen notar con pequeñas atenciones que me animan y confortan. A la noche Cruz y yo dormimos con la conciencia y la esperanza de un juicio objetivo. Estamos lejos de sospechar lo que sigue.

A la mañana siguiente nos espera una llamada del juez para comunicarnos los cargos del fiscal: la petición de pena de muerte para los seis. Segunda convocatoria para darnos a conocer la formación del Tribunal, compuesto de oficiales y generales, y para indicarnos que debemos elegir al defensor de una lista de la que desconocemos todos los nombres. Una tercera llamada para asombrarnos con la noticia de que el Consejo de Guerra se celebra el siguiente lunes a las ocho de la noche. Después de más de tres meses de incomunicación, nuestro proceso va a llevarse a uña de caballo, sin darnos ocasión de preparar nuestra prueba y sin casi la posibilidad de hablar con el defensor. Algo insólito y de síntoma fatal. En la noche me tomo unos minutos para redactar un telegrama a la tías para pedirles que le comuniquen a la familia que el lunes comparezco ante un tribunal ante el que se me pide pena de muerte. Escribo lo más escueto y claro posible, incluyo una línea donde les aseguro que no deben angustiarse más allá de lo normal. Con gran asombro me entero que los mensajes no son cursados, los aparatos de censura de la prisión los confiscan. Saben que las letras forman conciencia. Por eso cuando, el domingo a la tarde, me llaman para recibir visitas la sorpresa es instantánea. Cuando llego a la oficina de *Paquetes*, el recibidor compacto donde podemos ver a quienes acuden a nuestra vista, me encuentro con las tías quienes, por inspiración de su bondad, se plantan en Madrid. El disgusto que se llevan al saber la verdadera situación es amargo. No pueden creer lo que les confirmo, solo tiene fuerzas para besarme y llorar.

—¿Cómo está la madre? —Las tomo de las manos. El parecido tan cercano con ella activa una emoción que se resuelve en lágrimas—. Estamos de nuevo en la oficina de *Paquetes*. El lugar es pequeño y artesanal, cómodo para recibir visitas.

247

Los geranios rojos que delinean el contorno de la jardinera donde estamos sentados distraen la vista.

Ellas no hablan, me acarician y abrazan, besándome las mejillas. La asepsia de su espíritu me ayuda. Me despido con el corazón partido. Al día siguiente, a las seis de la tarde, comparecemos ante el Consejo de Guerra, constituido de oficiales generales y de carácter sumarísimo. La expectación es enorme. La sala llena, abundan soldados de todas las graduaciones. El aparato, que como espectadores nos impresiona, como actores nos fortalece. Ninguno de los seis que nos sentamos en el banquillo da la menor muestra de nerviosismo ni alteración.

Termina la prueba y el fiscal recusa generalizando mucho y presentándonos como responsables, como inductores, de las cosas ocurridas en España. ¡Qué tontería! ¡Buena idea la de España! Lo cierto es que no se ensaña con ninguno de los seis, quizá por la premura con que se ve obligado a hacer el trabajo. Para nuestra sorpresa, el fiscal llega a más: llega a aplicarnos un artículo del Código de Justicia Militar en que se puede recurrir la sanción de treinta años, con lo que deja abierto el pórtico para que se nos condene a reclusión perpetua en lugar de pena de muerte. Esta consideración mantiene una expectativa positiva en el ambiente. Nuestro abogado defensor, que en esta clase de juicios tiene cauces muy estrechos, hace un informe entrañable, aun cuando poco eficaz, limitándose a aludir de forma indirecta los motivos que pueden servir mejor al amparo colectivo.

A la mañana siguiente, mientras tomamos el sol en el diminuto patio interno del confesonario de la cárcel, el capellán que asiste con las capillas se nos acerca para comunicarnos que nos indultarán a todos. Que sabe de buena fuente que el Consejo de Guerra tiene la intención de revocar la pena de muerte y sustituirla por la figura del indulto. Le pido seguridades al muchacho, pero no puedo reprimir el impulso.

–¡Lo que se va a alegrar mi pobre madre! –Alcanzo a gritar al levantarme–.

–Hay que ver. –Duda Cruz Salido, pero su semblante es una fiesta–.

El resto del día lo pasamos discutiendo y analizando posibilidades. Puedo intercambiar algunas palabras con el director de la cárcel, Agripino Tomé. También considera factible el indulto. Cruz y Teodomiro permanecen incrédulos. Salvador y Montilla prefieren esperar. El único confiado es Cipriano. Pasamos dos días envueltos en una incertidumbre incómoda. Al tercero, durante la cena, uno de los cocineros nos cuenta que viene de la Dirección General de Seguridad. Habrá saca, nos asegura. Hay una lista de condenados a muerte que debe cumplirse al alba.

–A ver si no estamos en ella. –Manifiesta Cruz Salido tan pronto se comparte el rumor–.

–¡Calla, hombre, calla! –Lo reprende Cipriano, con apasionado empeño–.

A la tarde, el director de la cárcel me lo cuenta todo. En efecto, el aparato juzgador titubea. Tanto, que un emisario se entrevista con el militar del más alto rango encargado de firmar la sentencia y autorizar su cumplimiento. Los Generales deciden remitir la sentencia a Franco, quien cumple visita oficial en Alemania. Éste tarda varios días en decidir, los mismos que permanecemos en limbo jurídico, encerrados en el locutorio.

–Atípico. –Me confiesa Tomé–. Al momento de llegar el asunto al Generalísimo, todo indicaba que sería un indulto de facto. Pero algo ha pasado.

Me despido de él con un vació en el estómago. Toda ilusión desvanece.

–A Teodomiro, Montilla, Salvador y a mí nos han conmutado la pena de muerte por reclusión perpetua. –Cipriano da la noticia a eso de las nueve de la noche. Estamos cenando–.

No hace falta que diga más, tenemos, Cruz y yo, la convicción trágica del condenado a muerte. El orden de responsabilidad fijado por el fiscal y confirmado por el juez es crucial para establecer destino. Más tarde notamos la presencia del Padre Félix García. Pasamos el resto de la noche literalmente en capilla, porque el director nos pide permanecer en el reducidísimo oratorio de la cárcel, compuesto por una mesa, seis sillas y un modesto altar cubierto por una cortina de terciopelo. Nos ofrece una copa de coñac. Francisco se recuesta a leer, yo escribo.

–No perdono, Cipriano, no soy capaz de hacerlo todavía. Es muy reciente la afrenta. –Escucho a Cruz–. Pide por mí que me entierren en una fosa común –le exige al amigo artista–, no quiero que mi mujer viva con la obsesión de un pedazo de tierra en España ni que mis hijos vuelvan nunca con idea alguna de venganza ni de revancha inútil.

La noche de nuevo es distinta. Apagada, la gravedad cae con todo el peso. Me siento torpe y lento. Sangro por dentro, la estela sanguínea me lleva con mi familia. Estoy de pie observando el retrato con todos. El agua de la filiación inunda la morada. La corriente me lleva por recuerdos, rostros, sentimientos. No paro de observar.

–Que mi sangre no sirva nunca de mínimo pretexto para verter más sangre de españoles –le pido a Cipriano que recuerde a todos mis amigos y correligionarios mi firme deseo–. Tengo la esperanza de que mi muerte pueda servir de satisfacción a los que con ella vean saciada la terrible justicia que creen hacer.

Un buen hombre Cipriano, lo veo alejarse con pesadez en los hombros. Parece que carga un bulto de acero a las espaldas. El reflejo me contamina, la derrota, la desilusión, la debilidad física. Sin embargo, estoy pleno de sentidos, quiero despedirme. *Corto, querida Julia. Había interrumpido esta carta para continuarla mañana, pero ya no tengo* mañana. *Acaban de levantarnos de la cama a Cruz y a mí y nos notifican la fatal noticia. No tengo mañana y, sin embrago, me considero inocente, injustamente condenado. Solo tengo tiempo para acordarme de ti y de los hijos, de la madre y de mis hermanos. Estoy lo bastante sereno para no tener miedo. Pero no sé cómo puedo decirte que te he querido y te quiero entrañablemente. Desde la altura de mi cariño te pido que mi muerte no sea cultivada con un motivo de rencor. Tampoco quiero que con mi piel agujereada se hagan tambores de desquite. Me basta con el cultivo tierno que entre vosotros hagáis de mi memoria o doctrina moral, de la que no estoy arrepentido, ha consistido en hacer el bien, en no herir a nadie, olvidando del mejor grado las ofensas que haya podido recibir. Me voy, pues, sin ningún rencor y queriendo una sola cosa: que los hijos te hagan una torre de cariño en la que puedas vivir con plena entereza y con la dulzura a que tienes derecho. ¡Cuánto me apesadumbra este terrible disgusto! Tú no lo mereces; tampoco lo merece la madre, a la que pedirás en mi nombre perdón y la besarás como si la besara yo. Tengo delante de mí el retrato de todos vosotros. Estáis todos: tú, la madre, los hijos, Juanita, y no saco palabras bastante emocionadas para deciros cómo miro vuestras imágenes. Tendría que enfriar mi pasión y sólo así puedo pensar que encontraría el acento para deciros cuál es mi sentimiento. Me interesa que os conservéis serenos, que no os enlutéis por dentro más de lo que conviene a vuestra propia vida: que no se marchite para siempre la alegría de la juventud, que nuestros hijos puedan olvidar este trágico momento de vuestra existencia. Fortaleza. La vida sigue y vosotras debéis seguir viviendo para nuestros hijos. No creo que falten personas que os faciliten la posibilidad de acabar la educación de los hijos. Seréis ayudados y mi recuerdo os será, a medida que pase el tiempo, menos trágico que al presente. No tengo más que muchos besos y muchos abrazos, muchos, muchos. Si esta carta que escribo en mi último aliento no te llegase, el defensor o la bondad de un muchacho se encargarán de hacerte conocer mi último pensamiento que es íntegramente para vosotras. ¡Cómo os quiero y cómo os pierdo! ¡Qué pena! ¡Cuánto proyecto malogrado! ¡Cuánta buena intención frustrada! No escribo más que para ti, pero esta carta es para todos vosotros: para ti, para la madre, para los hijos, para Juanita y Estanis, y naturalmente para aquellos de mis amigos que tú sabes que yo amo: Marcelino, Severino, Tomás, Joaquín, Paulino Abrazos para todos y para vosotros, una y otra vez, besos, muchos besos.* Los ordenanzas me hacen la última llamada para alistarme. Espero que el muchacho llegue antes de que me marche de esta capilla. Algo en su mirada hace que confíe en el propósito por llevarla esta carta a mi familia. Me incorporo un poco de la cama para acomodar el cuerpo, me hago un leve masaje con las dos manos en la parte baja de la espalda, acaricio riñones, hígado y estómago. Paso con suavidad una mano por donde mido que puede estar la próstata. Levanto la cabeza hacia arriba y siento cómo entra el aire limpio a los pulmones. La mirada al mundo es distinta. La capilla recién encalada, la mesa, las sillas. Todo espacio circundante es diferente. El relieve del mundo que me rodea permite sentir la conjunción de átomos, el perfil íntimo de mi esencia. Me siento conectado con el cosmos. Soy parte infinitesimal de su grandeza. Registro mi individualidad y mi insistencia en existir. Me atengo a una especie de felicidad biológica. Un flujo filial colma el cuerpo ajado y maltrecho, una florería de recuerdos riega la mente. *Nuestro epílogo se desenlaza cuando todo mundo nos había hecho acariciar la ilusión de que habíamos terminado con bien. El choque ha sido por esa causa más violento, pero ya está superado y acepto el trance con la filosofía necesaria para conservar absoluta tranquilidad.* Estoy con Cruz Salido en las tapias del Cementerio del Este. La pared que sirve de apoyo al cuerpo luce majestuosa. Los ladrillos que la integran brillan con la luz de la mañana. Alcanzo a ver algunos agujeros de bala que rompen la simetría visual, rasgaduras que destripan la pintura. Caigo al suelo, no experimento dolor, sólo algunos puntos de calor en el cuerpo. Observo cómo un militar se aproxima a mi encuentro, lleva una pistola en las manos. Sigo con los ojos abiertos hasta escuchar el disparo. *Termino aquí. Muchos besos, muchos. Abrazos. Os quiere con apasionado amor y os desea un porvenir sereno y conforme, vuestro marido, padre, hijo y hermano. Julián.*

LA RECONCILIACIÓN FINAL

Mamá me da tu carta cuando tengo la misma edad que tu hijo mayor cuando te detienen en París en el verano de 1940. Quizá ella no lo sabe, pero su forma de ser me convierte en un coleccionista sentimental, en un arqueólogo del alma. La vida es distinta, pero grabo tu historia en el corazón. Pienso que algún día la compartiré, siento el impulso de honrar lo que tus palabras cuentan y tu valentía muestra. Pasa el tiempo y la carta llega de nuevo a mis manos. Se pierde algunos años entre mudanzas y desórdenes pero está presente, así que busco hasta encontrarla. Ahora somos nosotros quienes abrimos los ojos y miramos a todas partes. Ser buena persona sigue siendo la peor de las condenas, pero seguir intentándolo el mejor camino para reconciliarte con la vida. La felicidad se vuelve escasa y la espera se convierte en ansiedad. Es común que me atenga a una especie de felicidad biológica. Tu historia me enseña la valentía con que hay que vivir la vida, la fuerza de voluntad de los ideales. La vida se vuelve banal y escurridiza, tu muerte y tu cuerpo agujerado no se utilizan para hacer tambores de desquite. La estatura moral de tus últimas líneas marca hondo: se hace una torre de cariño y se cultiva tu memoria. Siguen zozobrando proyectos y frustrándose las intenciones, son más los epílogos con desenlace fatal. Sin embargo, hay esperanza en seguir haciendo el bien y en no herir a nadie. Ahora soy yo el que levanta a mi hija como tú lo haces. También resoplo para izarla al pecho. Entre nosotros no hay barrotes de acero que nos separen. Cuando la levanto pienso en ti, en tu mujer y en tus hijos. A veces mi hija me dice que la estoy apretando y yo suelto la fuerza de los brazos para sustituirla con ternura, porque la vida sin ternura no vale mucho. ¡Cuánta razón tiene mamá! Hoy, que tengo la edad que tú tienes al momento de tu muerte, te confieso que tu historia obliga a constituirme en mi mejor versión posible. Como tu libro, la carta encuentra eco en otras generaciones. Porque todos formamos parte de una estela familiar, borbotones por donde abreva el agua de la filiación. Porque los coleccionistas sentimentales están destinados a sentir durante toda la vida.^Ψ

La carta del abuelo de Diego Gaspar
se terminó de imprimir en julio de 2017
en los talleres de
Litográfica Ingramex, S.A. de C.V.
Centeno 162-1, Col. Granjas Esmeralda, C.P. 09810,
Ciudad de México.